LE SPLEEN DU POP-CORN
QUI VOULAIT EXPLOSER DE JOIE

ÉGALEMENT CHEZ POCKET

TA DEUXIÈME VIE COMMENCE QUAND TU COMPRENDS QUE TU N'EN AS QU'UNE

LE JOUR OÙ LES LIONS MANGERONT DE LA SALADE VERTE

CUPIDON A DES AILES EN CARTON

LE BAZAR DU ZÈBRE À POIS

LE SPLEEN DU POP-CORN QUI VOULAIT EXPLOSER DE JOIE

Raphaëlle Giordano

Depuis toujours, Raphaëlle Giordano peint, écrit, crée. À vingt-quatre ans, elle sort diplômée de l'École supérieure Estienne. Après quelques années en agence de communication, sa vie connaît un tournant décisif : un événement l'incite à revenir vers l'art. Entre mots et images, son coeur balance. Elle explore les deux voies, tout en dirigeant une entreprise d'événementiel artistique et de coaching créatif. Formée à la psychologie depuis petite, elle croit en l'intelligence émotionnelle et souhaite transmettre ses idées à travers des textes créateurs de déclics et inspirateurs de changements de vie. En 2015, elle publie son premier roman, *Ta deuxième vie commence quand tu comprends que tu n'en as qu'une* (Eyrolles), un best-seller international, salué comme un phénomène d'édition, suivi de quatre autres titres à succès, *Le jour où les lions mangeront de la salade verte* (Eyrolles), *Cupidon a des ailes en carton* (Eyrolles/Plon), *Le Bazar du zèbre à pois* (Plon) et *Le spleen du pop-corn qui voulait exploser de joie* (Plon). Son nouveau roman, *Heureux les fêlés car ils laissent passer la lumière*, paraît aux éditions Récamier en 2023.

Retrouvez toute l'actualité de l'auteure sur :
www.raphaellegiordano.com
www.instagram.com/raphaellegiordano
www.facebook.com/raphaellegiordanoauteure

Soyez accompagnés dans la transformation de votre vie et suivez les mêmes préceptes que les personnages des romans de Raphaëlle Giordano, grâce au coaching de Stéphanie Giordano, sœur jumelle de l'auteure, avec des consultations francophones internationales à distance :
www.femina-coaching.fr

RAPHAËLLE GIORDANO

LE SPLEEN DU POP-CORN
QUI VOULAIT EXPLOSER DE JOIE

PLON

ISBN 978-2-266-33304-7
Dépôt légal : octobre 2023

« La joie, c'est le passage de l'homme d'une moindre à une plus grande perfection. »

Baruch Spinoza.

« Le plaisir se ramasse, la joie se cueille, et le bonheur se cultive. »

Bouddha.

« La joie est dans tout ce qui nous entoure, il suffit de savoir l'extraire. »

Confucius.

Heureusement !

Heureusement que l'on n'annonce pas tout de suite la couleur aux enfants. On n'imagine pas les pater *ou* mater familias *lancer nonchalamment à leur progéniture, entre la tartine de Nutella et la partie de dominos : « Profitez ! Profitez bien ! Parce que, vous verrez, quand vous serez grands, vous aurez tout le temps la pression... » Prophétie baudelairienne du couvercle bas et lourd qui pèsera sur nombre d'existences.*

Pression d'être à la hauteur.

Pression du regard des autres.

Pression de ne pas y arriver.

Beaucoup ne l'ont pas vu venir et, quand ils s'en aperçoivent, la vérité est là : ils ne vivent plus, ils « gèrent ».

Le marchand de sable a bien changé. Autrefois, le soir venu, il jetait gentiment dans les yeux des bambins des grains de sable magique pour les endormir. Aujourd'hui, il sonne à leur porte tous les matins, et leur livre de gros sacs d'enquiquinements de cinq, dix, quinze kilos jusqu'à leur en mettre plein le dos. Ils ont beau expliquer qu'ils n'ont pas demandé à participer à Koh-Lanta, il s'en moque bien, le marchand de stress, il est déjà parti sonner chez le voisin. Ils rêvaient d'être des Petit Prince, mais se retrouvent bien plus souvent cloués au sol que la tête dans les étoiles.

La société s'est-elle pris les pieds dans son système ? À force de sur-créer des boutons-pressions, elle ne s'est pas encore aperçue de l'absurdité de la pseudo-équation gagnante « pressions = performance ». Hiérarchie, concurrence, obligation de résultat... Tout est bon dans la pression. Il suffit de taper le mot stress dans le moteur de recherche Google pour s'en apercevoir. Plus de 3670000 résultats ressortent instantanément. Stress, sujet devenu central, omniprésent, entêtant, incontournable... Stressant ! Ironiquement, la pullulation des techniques anti stress finit par rajouter du stress au stress ! Vingt techniques, dix astuces, trois théories, pour mieux « contrôler son stress », promettent les gros titres de liens commerciaux sponsorisés.

Se faire coller la pression pour arrêter de stresser, c'est un comble !

« As-tu fait correctement ton trikonâsana au saut du lit après la sonnerie de ton réveil simulateur d'aube ? »

Vie sous pression. Et de pression à dé-pression, il n'y a qu'un coup de dés. Mais vous savez quoi ? On ne joue pas son destin aux dés. Subir, ou décider de prendre la main, tel est le choix de chacun. Choix plus difficile qu'il n'y paraît, quand on a été élevé au biberon du cortisol. Alors, pour « gérer » la pression, il y a ceux qui font dans le classique. Boire son stress reste socialement assez bien accepté. Mais gare à la pente glissante de l'alcoolisme social camouflé derrière le masque de l'épicurisme... D'autres fument leur anxiété ou, depuis peu, tètent à longueur de journée leur cigarette électronique pour tenter d'oublier leur compulsion et se donner bonne conscience. Déni du vrai problème qui n'est pas la cigarette ou l'alcool mais le mode de vie qui déglingue les systèmes nerveux.

D'autres préfèrent des approches plus oniriques. Il y a les passionnés de chakras – dont beaucoup n'avoueront jamais qu'ils cherchent encore la clé qui permettrait de les ouvrir. Ce sont souvent les mêmes, férus de contorsions, qui tentent de coller leur gros orteil sur le nez pour faire plier le stress, quitte à parfois y laisser leur dos. À chacun ses techniques.

Dans les entreprises, on apprend à dessiner des matrices pour classer les tâches : « important et urgent, pas important mais urgent, important mais pas urgent, ni important ni urgent ». Pour les anniversaires, on offre volontiers un attrape-rêves pour conjurer les insomnies. Le vendeur maîtrise par cœur son argumentaire. Résolument, ce petit objet venant du peuple amérindien Ojibwé aurait le pouvoir d'apaiser les nuits perturbées par les pensées négatives. Puisqu'il le dit. Plombé par les responsabilités auxquelles il doit faire face, l'adulte cherche à se faire pardonner par son enfant intérieur qu'il délaisse. Il lui achète des « jouets » anti stress, manettes, cube, spinner de bureau, pendule, papier bulle à éclater, et autres gadgets en vogue. Mais le mal est fait pour l'enfant qui est en lui : le cœur n'y est plus pour se laisser aller au jaillissement spontané de la joie de vivre, fontaine régénérante et source de l'effervescence créative. La joie est la sangria du bonheur.

Le stress, en mal insidieux, s'est infiltré partout et les âmes ne sont pas toujours à la fête. D'autant plus qu'il est mal vu de trop stresser. Il ne faut pas avoir l'air d'être sous pression sous peine d'être montré du doigt comme « quelqu'un qui ne gère pas ». « Cachez ces ongles rongés que l'on ne saurait voir ! Ayez la décence d'inhiber ! » La pire réaction face à une situation de stress : l'inhibition. Tout ce qui ne s'exprime pas s'imprime. Corps et désaccords : nous finissons par somatiser. À l'instar du rat de Laborit, que le stress a rendu malade…

Mais comment les humains d'aujourd'hui pourraient-ils rester calmes et sereins quand ils sont sans cesse scrutés, évalués, jugés les uns par rapport aux autres ? Le jeu de l'évaluation a commencé si tôt dans leur existence ! Dès les premières gommettes collées dans leurs cahiers, leurs parents se sont inquiétés de savoir comment ils s'en sortaient par rapport à leurs camarades.

Être ou ne pas être à la hauteur, telle est l'incontournable question dans une époque où les philosophes s'appellent plus Moire que Spinoza.

« L'homme est né libre et partout il est dans les fers », écrivait déjà Rousseau du haut de son XVIIIe siècle. Nous avons d'autres fers aujourd'hui, moins visibles, plus pernicieux. La pression que l'on se met à soi-même est devenue la nouvelle forme d'aliénation. Le diktat de l'image de soi. Ce que vous paraissez devient plus important que ce que vous êtes.

Attention, vous êtes regardé !

On vous jauge en fonction de vos revenus, de votre voiture, de vos vacances. Votre apparence est devenue la valeur refuge, au même titre que pourrait l'être l'or. Carl Jung parlerait de « persona *». Ce qui nous définit dans le monde extérieur, un masque socialement valorisant.* Persona, *ce même mot latin qui désignait autrefois* *le masque des acteurs de théâtre. Chacun s'applique à enduire son être d'un joli vernis social, une couche d'apparat la plus reluisante possible, si épaisse dans sa superficialité qu'il devient difficile de percevoir* la personne *dans sa vraie profondeur. Car le verbe* personare *peut prendre un tout autre sens. On y entend aussi « ressentir, résonner, porter un son ». Quand une personne nous touche, c'est probablement le son de son être profond qui fait écho en nous. En réalité, une personne, c'est comme une caisse de résonance qui sonne creux ou plein. Cela dépend de la manière d'habiter son corps et son être. Et parfois, il arrive qu'on ne sache pas si bien que cela qui l'on est, ou qu'on ait oublié. Coupé de notre être profond, de nos désirs et de nos émotions, on a, sans le savoir, débranché notre prise de joie. Et un matin, par surprise, il nous rattrape :*

le spleen.

Est-ce pour autant une fatalité ? Non, Benjamin n'y croit pas un instant. Il est persuadé que chacun peut trouver la route qui mène à la joie, joie d'être soi, joie de se sentir pleinement vivant… Il en est là de ses réflexions tandis que Joy se tient devant lui en cet instant crucial. En une fraction de seconde, il se repasse le film de tout ce qu'elle a traversé depuis qu'il a fait sa connaissance et l'émotion le gagne. Que de chemin parcouru ! Jamais il n'a connu quelqu'un comme elle. Joy, se dit-il, c'est l'histoire d'un p'tit pop-corn qui avait oublié comment exploser de joie.

Joy, chère Joy, un sacré personnage, qui n'avait eu de cesse de l'étonner…

1

Personne n'a à savoir. Ça ne regarde que moi. Après tout, des tas de gens ont des petites manies et ils n'en font pas toute une histoire.

Je me demande parfois : « Suis-je quelqu'un ? » Quelqu'un oui. Mais ordinaire. Une personne *lambda*. Cette pensée m'est insupportable. Il faut pourtant bien se rendre à l'évidence : je n'ai aucun talent particulier. Je ne suis pas spécialement jolie. Pas moche non plus. Mais pas franchement jolie. Quelle affreuse sensation d'avoir l'impression d'être toujours un « ton en dessous ». Je refuse. Je veux être dans la course. Alors depuis trente-quatre ans, je cours. Je cours pour compenser mes manques. Je cours pour donner le change. Pour donner l'illusion que je suis mieux que ce que *les autres* pourraient penser…

Ça tambourine à la porte. Je me fige.

— Joy ? Magne-toi, la réunion va commencer. Virginia et Ugo sont sur les dents. David Douillet est censé arriver dans cinq minutes. Joy ? Je sais que t'es là ! Qu'est-ce que tu fiches ? Joy ?

Je me recroqueville. Je suis assise sur la lunette des toilettes que j'ai baissée pour m'installer dans mon refuge habituel et m'adonner à mon rituel calme-nerfs. Ça ne regarde que moi. Ils n'ont pas à savoir. C'est la seule chose qui me fait du bien quand j'ai l'impression d'être dépassée par les événements, de ne plus rien maîtriser.

— Joy ? Tu es malade ou quoi ? Dis-le si tu es malade !

Je sais qu'il faut répondre quelque chose. Mentir, c'est mieux. *Malade,* ça passe mieux que *borderline.*

Je réponds d'une petite voix à peine audible, une voix spasmodique pour faire plus crédible.

— Non, je ne me sens pas très bien… Désolée. Tu peux leur dire que j'arrive. Cinq minutes ?

C. émet un claquement de langue contrarié. Dans ma tête, C. n'existe pas. Je l'appelle VIPère, VIP' en raccourci. Very Immoral Person. Une vipère VIP, c'est une vipère gratinée, vipère haut de gamme, vipère de luxe, mais vipère quand même. À l'agence nous sommes sept, en me comptant. Ce n'est pas beaucoup, sept. Dire que, dans l'imaginaire collectif, le chiffre sept amène généralement des évocations positives. Les sept samouraïs. Les sept nains. Les sept merveilles du monde… Jamais vous n'auriez entendu parler des sept affreux, ou des sept pitoyables. Tout de suite, ça sonne moins bien. Parfois, je songe à l'agence et je me dis : pourquoi ? Comment ? Une si petite agence avec une si grande concentration de caractériels ? Comble de l'ironie, j'y travaille depuis sept ans. Et bizarrement, j'ai malgré tout réussi à m'enraciner, à survivre et même à croître. Comme ces graines déposées par le vent dans un milieu hostile, et qui poussent envers et contre tout, au cœur de la caillasse, dans un sol aride, avec trois rares gouttes d'eau providentielles…

Pourtant, « La Huitième Sphère » n'a rien, en apparence, à voir avec une terre désolée. Au contraire. C'est tout l'inverse. « La Huitième Sphère » incarne officiellement l'esprit d'élite, le luxe, le prestige.

Nous sommes supposés être la fine fleur de l'avant-garde corporate et nous nous sommes fait un nom dans le celebrity marketing. Métier émergent, terriblement en vogue, encore peu connu, et qui n'évoque pas grand-chose de prime abord au quidam. L'élégance se loge dans une forme d'abstraction. *Flou is so chic !* Plus vous vous revendiquez *haut de gamme*, plus vous *adorez* employer des mots anglais par exemple. Avec l'accent, *Paris-London-New-York. Community management. Brand contents. Motion design.* N'importe quelle personne normale patauge dans ce jargon. Mais le luxe est un sérail d'initiés.

Ainsi, notre agence connecte des talents VIP avec de grandes marques pour les auréoler de prestige. D'où le nom « La Huitième Sphère », imaginé par Virginia et Ugo, cofondateurs associés, mari et femme à la ville. Selon la légende de l'agence, on raconte que c'est en cherchant une idée pour incarner l'esprit d'excellence qu'ils avaient fini par tomber sur la notion de « firmament », voûte céleste. Il leur arrivait de raconter à quelques privilégiés ce brainstorming mémorable. « Nous cherchions une image forte autour du concept de luxe, de prestige, d'étoiles... Très vite, l'association d'idées avec la cosmologie s'est imposée. La sphère ultime, dans l'Antiquité, c'est la huitième sphère ! À cette époque-là, pour les astrologues, la Terre ne tourne pas encore : elle est immobile au centre du monde et entourée de sept sphères célestes portant les planètes : Lune, Mercure, Vénus,

Soleil, Mars, Jupiter et Saturne. La huitième sphère est celle des étoiles fixes, comme accrochées sur une toile de fond qui clôt l'univers cosmique. »

Dans mon agence, je ne crois pas qu'on puisse parler d'étoiles, mais plutôt d'une nébuleuse pleine de poussière d'ego. Et si nous étions constellation, nous serions probablement constellation de l'Hydre – serpent ou dragon mythologique à plusieurs têtes. Pourquoi je reste, dans ces conditions ? Je ne sais pas. Je me pose souvent la question sans trouver de réponse. Mais ai-je jamais pris le temps de vraiment la chercher ? Je me suis habituée, je crois. J'ai un oncle qui dit souvent : « Tu verras, Joy, on finit par se faire à tout. » Il doit sans doute avoir raison.

Pour prendre de la distance par rapport à chacun des membres de la Huitième Sphère, dans ma tête, je n'appelle personne par son prénom. Je les désigne par initiales ou par surnoms. Virginia et Ugo, mes boss, ne font pas exception à la règle. Cela m'amuse que leurs initiales soient V & U, pour des personnes aussi m'as-tu-vu ! Elles sont devenues *les Badass*. Un mix du mot *bad*, mauvais en anglais, et *ass*, diminutif d'associés. Et bien sûr, l'argot ! V & U sont des badass tout désignés avec leur tempérament de durs à cuire, qui savent ce qu'ils veulent et comment l'obtenir, quitte à utiliser la force !

— Grouille, Joy ! C'est vraiment pas le jour.

La porte des toilettes claque. VIP' a quitté les lieux. Je pousse un soupir de soulagement. Je vais pouvoir m'adonner à ma pratique déstresse. Mes mains tremblent légèrement. Je prends une grande inspiration pour essayer de me calmer. Cela fait maintenant deux ans que je souffre de cette compulsion. En soi, je la trouve plutôt bénigne. Je ne culpabilise pas. Je ne m'en inquiète pas. Un tas de gens souffrent de manies bien plus toxiques. Moi, ce n'est rien qu'un mauvais tic. Ou plutôt un toc.

Un toc digital…

2

Une heure plus tôt.

J'arrive à l'agence à 8 h 24. Je le sais parce que j'ai une montre connectée qui donne l'heure avec précision et qui possède tout un tas d'autres fonctionnalités : signal d'appels entrants, rappel des événements de l'agenda, météo et même gros titres de l'actualité. Ainsi, je suis sûre de ne jamais rater aucun nouveau message, aucune notification, aucun rendez-vous. Pour venir, je prends le métro : douze stations. Avec un changement à la septième. Je descends toujours deux stations avant l'arrivée. Pour marcher. J'ai besoin de ce temps de calme, de respiration, où je peux être seule avec mes pensées, avant de vivre le tohu-bohu de la journée. Et puis, c'est important, la marche. *C'est le meilleur remède pour l'homme*. Ce n'est pas moi qui le dis. C'est Hippocrate, il y a deux mille ans. Je l'ai lu encore récemment, dans un article sérieux : marcher régulièrement améliore l'état de santé général et la longévité. Je fais mieux que marcher : je compte mes pas. Enfin, mon appli HappyFit le fait pour moi. J'aime mon appli HappyFit. Sa façon de m'encourager quand j'ai atteint mes objectifs. Les pixels-cotillons, les sifflements joyeux de la musique électronique. Une telle gratification, ça se mérite : huit mille pas ou rien ! Auxquels il faut rajouter l'équivalent de cinq étages à monter. Ils disent étages mais ce n'est pas obligé que ce soit un escalier. Tout ce qui est en côte, ça compte. Un sentier à escalader au parc, ou une rue à arpenter… Au début, cela peut paraître laborieux. Mais c'est juste une habitude à prendre. Et si c'est le prix pour rester en bonne forme, je le fais bien volontiers. Qu'est-ce qu'il peut y avoir de plus important que la santé ? Surtout vu tout ce que j'ai à faire… Je ne peux vraiment pas me permettre le moindre défaillement, la moindre absence. Mon organisation ressemble à un château en Kapla, le jeu de construction en bois pour les enfants. Il est splendide ! Mais au moindre faux mouvement, il peut s'écrouler…

Aujourd'hui, on ne peut pas dire que je sois dans une forme éblouissante. Mon appli SleepTight m'a indiqué que j'avais dormi six heures. Au saut du lit, je regarde les petits graphiques qui me racontent les coulisses de mes cycles d'inconscience. J'ai froncé les sourcils en voyant un large plateau irritant de sommeil léger entre 4 h 30 et 6 heures du matin. Je sais bien que le flot des pensées continue de m'assaillir même pendant mon sommeil. J'arrive rarement à mettre sur off mon cerveau. Cela explique sans doute le voile de fatigue chronique que je ressens et qui va sans doute aujourd'hui encore compliquer la réalisation de mes tâches. Sur le chemin du bureau, j'ai déjà reçu sept notifications. J'avais pourtant pris soin de choisir un son discret et mélodieux. Malgré tout, il vient percuter mon oreille sensible de manière désagréable. Une sensation de bruit semblable, en transcription physique, à un chardon qu'on essayerait d'introduire dans mon orifice. Quelque chose d'épineux et de piquant. J'aimerais échapper à ces poursuivants sonores, mais je n'ai pas le droit : mes fonctions m'imposent une disponibilité sans faille, une réactivité irréprochable. Je n'ai pas le choix. C'est comme ça. Quand on n'a pas le choix, on accepte. Un point c'est tout.

Je suis devant le bâtiment haussmannien. Nous ne sommes pas dans n'importe quel quartier. Rue Chateaubriand. À deux pas de l'ambassade du Pakistan et de la chancellerie de l'ambassade de Chine. Une rue qui jouxte la plus belle avenue du monde. Les Champs-Élysées. Tous les matins, je m'imagine marcher sur les traces de ce vicomte français né sous la Révolution, écrivain célèbre pour ses *Mémoires d'outre-tombe*. Un récit plein d'une poésie douce-amère d'un homme à l'esprit embué par le souvenir de son enfance perdue auprès de son père et de sa sœur Lucile, sa belle sylphide, chère confidente auprès de qui abriter sans crainte les rêves secrets de son adolescence inquiète.

Et moi ? Que reste-t-il de mon enfance ? Mes parents habitaient la Côte de Beauté, quelque part entre la Palmyre et Meschers, sur le littoral du Sud-Ouest. Une enfance sans histoire ponctuée d'éclats de rire. Car à l'époque, j'avais la joie facile. Joie de vivre que je laissais éclater à tout bout de champ, pour un oui ou pour un non. À tel point que mon père me surnommait affectueusement « mon p'tit pop-corn ». Un petit pop-corn, c'est léger mais pas futile pour autant. Le pop-corn a la légèreté profonde. Les joies pures ne font pas dans la superficialité. Je me revois, si drôle, si insouciante, fière de mon prénom, Joy, et de mon surnom qui semblaient me prédestiner à une existence heureuse et haute en couleur…

À quel moment est-ce que ma prise de joie s'est débranchée ?

Je ne saurais dire. C'est arrivé sans prévenir. De même qu'on ne se voit pas prendre du poids, on ne se voit pas devenir triste.

J'ajuste ma coiffure avant de pénétrer dans l'immeuble. Je salue le concierge de standing qui fait discrètement des grilles de Sudoku derrière son comptoir. Il ne me demande même plus mon badge. Il ne connaît que moi, car je suis souvent la première arrivée et la dernière partie. Il n'est donc pas surpris de me voir emprunter les escaliers et non le bel ascenseur aux parois vitrées qui annonce les étages d'une voix féminine et fleurie.

La Huitième Sphère est hébergée dans ce bel appartement avec le charme de l'ancien. Et une répartition des espaces semblable à l'esprit des appartements bourgeois du XIXe siècle : d'un côté, les pièces de réception avec tous les apparats de rigueur pour éblouir le visiteur. De l'autre, une fois passée la porte de séparation, quatre petits bureaux réservés « au personnel » et une kitchenette miniature.

Dans la partie « vitrine », nous retrouvons en premier lieu la salle d'attente, digne d'une antichambre de galerie d'art. Puis, juste en face, la grande salle de réunion, son lustre, son mobilier en cuir et bois précieux. Et enfin, le bureau des Badass, V & U, à la déco design chic jusque dans les moindres détails. Un vrai bureau de direction : étudié pour refléter les valeurs, la vision et la philosophie de la société. Enfin, ça, c'est ce qui est dit tout haut. Tout bas, c'est juste pour en mettre plein la vue. Autant dire un style qui ne respire ni la modestie ni la simplicité.

Dans la partie « réserve », nous retrouvons tous les autres membres d'équipage, qui bûchent telles des abeilles dans les alvéoles qui leur servent de bureau. Dans le rôle de l'abeille qui se prend pour une reine mère, je ne présente plus C. (#VIP' *qui tambourinait à la porte des toilettes*), une brune aux boucles souples et aux yeux de chat qu'elle allonge encore d'un interminable trait d'eye-liner noir parfaitement exécuté. Toujours tirée à quatre épingles, coiffée, parfumée, manucurée avec le même soin été, automne, hiver, VIP' a décidé d'arrêter le compteur des années le jour de son trente-cinquième anniversaire. Malheur à qui commet l'impair de vouloir le lui souhaiter !

VIP' partage son bureau avec B., surnommée par mes soins la Taser. À l'instar du pistolet à effet paralysant, B. émet au quotidien une telle charge électrique d'hystérie nerveuse qu'elle paralyserait de stress un régiment de concombres de mer. Grande fille longiligne aux cheveux d'un blond indéfinissable aussi plats que sa poitrine – à son grand désespoir –, elle occupe elle aussi un poste de manager projets VIP. Le rajout de ce tout petit mot, VIP, fait tout le chic de leurs fonctions. Il met du strass dans leur intitulé de poste. C & B s'en gargarisent souvent.

C. s'occupe de tous les projets en amont – prospection et relations privilégiées avec les clients –, B. s'occupe plutôt de l'aval et du terrain : réservation de salles, organisation des tournages, des shootings, des conférences… C & B s'entendent très bien, dès lors que la Taser a compris qu'il fallait laisser la Vipère se donner de l'importance et qu'avec juste ce qu'il fallait de brosse à reluire tout pouvait se passer pour le mieux dans le meilleur des mondes.

G., le directeur financier, a le privilège de bénéficier d'un bureau de neuf mètres carrés pour lui tout seul. Cet homme d'âge mûr au physique passe-partout, dont je ne saurais même pas décrire les traits, au costume attendu – gris ou bleu marine – et aux souliers cirés s'occupe d'assurer *le respect des équilibres budgétaires* et *la soutenabilité* des actions conduites par la direction. Il est le garant de la qualité, de la fiabilité et de la sincérité des comptes de l'agence, dans le respect des normes en vigueur. Il veille, avec une conscience professionnelle que personne ne remettrait en cause, à l'optimisation de la gestion de la trésorerie. G. est un monsieur sérieux et responsable, éminemment respectable. Un élément précieux. À ceci près qu'il est épouvantablement négatif. Expert en scénarios catastrophes, il imagine toujours ce qui peut arriver de pire : les négociations qui tourneraient court, les célébrités qui planteraient un tournage, un imprévu technique qui doublerait le budget. Il y a certaines personnes que le stress fait grossir. Lui, le stress l'assèche. Le tabac aussi probablement. G. est un *chain smoker*. Toute la journée, on le voit s'éclipser en direction du balcon pour fumer son anxiété chronique. Pour toutes ces raisons, j'ai surnommé G. Cataclope. Un mélange entre cataclysme et clope. Quand il passe dans le couloir, je suis souvent tentée de me jeter sous le bureau, pour éviter les débris d'ondes négatives. Mais je me dois aussi de soigner nos relations. Car après tout, c'est lui qui tient les cordons de la bourse et qui valide – ou non – les budgets de nos événements haut de gamme.

Il est l'homme qui calme nos délires budgétaires. Son plaisir est palpable lorsqu'il nous sort son expression fétiche : « Là, mes petits chéris, vous avez décollé de la plaque ! » Cette rigueur implacable lui vaut l'estime de V & U.

Nous sous-traitons par ailleurs le juridique et le community management. Les Badass tiennent à garder une certaine légèreté de structure.

Quant à moi, j'ai le « bureau tournant », celui qui a toujours une place vacante. Pour les intérimaires, les prestataires ou, comme depuis quelques mois, pour un stagiaire.

F. est le cas typique du BGBC. Dans mon esprit, pas « bon chic bon genre », mais bien « beau gosse bras cassé ». Pour faire clair, un boulet. Ne sait pas faire, ne veut pas faire. Même pour les tâches les plus insignifiantes, il ne peut s'empêcher de venir me demander cinq fois d'affilée comment il doit s'y prendre. J'ai bien essayé de m'ouvrir auprès des Badass sur ce point problématique mais la question a été balayée d'un geste. Les Badass avaient d'autres chats à fouetter.

— C'est ton job de le former, *ma grande* ! Débrouille-toi, *flûte* ! m'avait rétorqué encore récemment Virginia en soufflant sur ses ongles rongés qu'elle était en train de peindre.

Ma grande. Mes poils se hérissent quand elle m'appelle comme ça. Je suis assez fascinée par cette sorte de familiarité dans les agences de luxe. Au nom de l'esprit « maison » plus qu'entreprise. De même, on ne dit pas de vrais gros mots. *Flûte*, mine de rien, cela peut s'avérer autrement plus cinglant qu'un bon vieux *merde* ou *bordel*. Le fin du fin, c'est la délicatesse dans la grossièreté. Grossièreté qui aime s'exprimer par des voies plus originales, souvent moins par le langage que par des attitudes détestables.

Il est donc 8 h 24 quand j'arrive à l'agence, les Badass m'ayant donné rendez-vous plus tôt que de coutume. Une mission spéciale qu'ils voulaient me confier. Le texto envoyé la veille au soir n'en disait pas davantage. Mon premier réflexe, en recevant le message, a été de pousser un soupir de découragement. Encore une charge supplémentaire ! Le problème de mon travail à la Huitième Sphère, c'est que les bords ne sont pas bien définis. Même l'intitulé de mon poste est flou. Je suis « coordinatrice ». Coordinatrice de quoi ? Précisément, de tout et n'importe quoi. Je suis trait d'union. Tampon. Éponge. Scotch pour réparer les embrouilles. Touillette pour accompagner les pauses-café des uns et des autres. Pas vide-poche, mais plutôt vide-sac : artistes et clients, dès qu'ils en ont l'occasion, me livrent leurs petits états d'âme. Je ne sais pas pourquoi j'attire ça. Je ne cherche plus à comprendre. Bref. Je suis la polyvalence incarnée. Femme-orchestre avec une batterie d'instruments bizarres. Les instruments, ce sont la discrétion, la diplomatie, la réactivité, le sens psychologique. Ce dernier a intérêt à être particulièrement développé au vu des sensibilités exacerbées que je côtoie au quotidien. Je suis madame « *Ça va, tout se passe bien ?* ». Je dois toujours être attentive à ce que tout le monde soit content, les artistes et les personnalités, les clients, et les gens de l'équipe. Peut-être que finalement je suis une sorte d'*harmoniseuse*.

Malgré mes qualités de facilitatrice et d'organisatrice, je n'ai jamais cessé de complexer pour mon absence de talent spécifique, tandis que j'étais entourée de personnalités brillantes. Alors, rapidement, devenir indispensable m'est apparu comme la seule stratégie de survie dans cet univers impitoyablement sélectif.

Avant de rentrer dans le bureau de V & U, je lisse ma jupe courte et porte la main à ma coiffure pour vérifier qu'aucune mèche rebelle ne s'échappe. Je frappe à la porte, pourtant déjà ouverte. Les Badass se retournent vers moi tous les deux en même temps, et malgré moi je déglutis nerveusement. Je ne sais pas pourquoi, mais ces deux-là continuent à m'impressionner.

— Entre, voyons ! On t'attendait. Tu veux un café ?

Virginia, alias Badass 1 (honneur aux dames), n'attend pas ma réponse et insère une nouvelle capsule dans la machine à espresso qui vrombit aussi sec. V. est une belle femme qui s'amuse à faire un pied de nez à la quarantaine. Je regarde ses jambes incroyablement fines et ciselées et regrette d'avoir mis une jupe qui pourrait laisser apercevoir des genoux trop épais à mon goût, la faute à un peu de rétention d'eau, paraît-il.

V & U sont mariés depuis « la nuit des temps », comme elle se plaît à le dire. Ils ont fait le choix de ne pas avoir d'enfants. Ils n'ont pas le goût ni le temps pour ça. V. aime mouler son corps dans des tailleurs improbables qui soulignent sa taille d'éternelle jeune fille. Les ongles toujours rouges et les chaussures toujours à talons très hauts. Je me suis souvent demandé comment elle faisait pour passer ses journées ainsi perchée. Je crois simplement que V. laisse la notion de confort aux gens ordinaires.

— Il faut qu'on te parle d'un projet. Et on tient à ce que ce soit toi qui t'en occupes.

Mon agenda est déjà si rempli que j'ai songé la nuit dernière à me renseigner sur des programmes scientifiques de clonage humain. Même si ma surcharge de travail finit par n'avoir plus rien d'humain. Je sens une invisible sueur couvrir mon front, la sueur fantôme des grandes paniques. Chargée comme une mule, voilà ce que je suis. Néanmoins, je ne laisse rien transparaître de mes émotions. Au contraire, je souris et réponds avec un calme pseudo-olympien :

— Ah ? Un nouveau projet ?

Badass 2, alias Ugo, prend la parole. De dix ans l'aîné de Virginia, il porte aussi bien la maturité que les costumes de marque. Miraculeusement bronzé toute l'année, il n'hésite pas à mettre en avant son charme méditerranéen, sillons rieurs autour de ses yeux bruns, cheveux noirs épais, rides avantageuses. Chevalière au petit doigt de la main droite et alliance tapageuse de 24 carats à l'annulaire gauche. U. a la séduction entêtante comme ces parfums chers saturés de virilité. Mais c'est chez lui tellement assumé, que ça finit par sembler naturel. Un espresso à la main, il vient s'adosser à son grand bureau et braque son regard exigeant sur moi.

— Joy, cela fait tant d'années que tu es à nos côtés. Presque depuis nos débuts. Tu es une pièce maîtresse de l'agence, tu sais ? (Je manque m'étouffer sous l'émotion de ce compliment aussi inattendu que rare.) Cette année, nous allons fêter les dix ans de l'agence…

U & V échangent un regard chaud et complice.

— Nous voulons que ce soit toi qui te charges d'organiser l'événement.

— Quel genre d'événement ?

— Oh, je te rassure, un événement juste pour nous, en interne…

Pourquoi ne suis-je pas rassurée ?

— … Oui, en petit comité ! surenchérit Virginia, mais c'est important que cette soirée marque les esprits, tu vois, on pensait à une activité qui laisse une trace, quelque chose qui sorte du lot…

Ugo intervient à son tour. Ses mains s'agitent toutes seules dans les airs, de ces grands gestes larges marqueurs d'inspiration, dont il se targue de ne jamais manquer.

— Oui, c'est ça ! Un truc marrant, fun, tu vois, une idée tendance qu'on n'aurait pas encore vue, pas de quiz ou de chasse au trésor, merci bien ! Tu vois ?

Je l'écoute sans sourciller et me demande intérieurement pourquoi les gens de ce milieu répètent sans arrêt des *tu vois* avec cette intonation appuyée et agaçante.

— Ah oui, je vois très très bien ! dis-je en ne voyant pas du tout ce que les Badass peuvent bien vouloir.

Flou is so chic. Toujours la même histoire. J'ai l'habitude des non-briefs absolus. Et je sais très bien que c'est à partir de ce rien que je vais devoir me décarcasser pour tout imaginer…

J'ose poser la question qui fâche.

— Une idée de l'enveloppe ?

V. éclate d'un rire tonitruant comme si j'avais dit une absurdité.

— *Ma chérie*, pour une telle occasion, on dépense sans compter !

S'est-elle rendu compte de sa córdulaterie ? Nous avions beaucoup vu Cristina Córdula ces derniers temps – une grosse campagne de placement de produits pour l'émission « Les reines du shopping » –, une adorable personne, mais impossible de la côtoyer sans attraper ses gimmicks de langage qui ont largement contribué à sa notoriété.

U. tique tout de même.

— Oui, enfin, comme d'habitude, tu fais des propositions à tiroirs, hein ? Tu nous rejoues pas non plus *Le Roi-Soleil*, on s'entend, hein ?

J'ai compris l'idée générale : j'ai trois radis pour faire des miracles. Les Badass aiment la devise : « Toujours plus pour moins. »

Ils sont aux anges. Moi je me demande déjà comment je vais faire. Voilà que gonflés de fierté de cette réussite qu'ils portent depuis plus de dix ans, ils se mettent à retracer l'historique de tout le chemin parcouru. Ça y est. Ils s'écoutent parler à présent… Je trépigne sur mon fauteuil et torture avec une discrétion anxieuse le bout de mon étole. Tout à coup, Ugo s'interrompt dans son laïus et émet un claquement de langue contrarié.

— … Mais qu'est-ce que c'est que ce bruit à la fin ?

Je me fige.

— Ah, ça, ce n'est rien, ça doit être mes notifications…

Je jette un regard à mon portable et coupe le son pour faire taire mon appli Procrastop qui m'envoie des alertes de plus en plus virulentes pour manifester son mécontentement. Visiblement, je suis dans le rouge sur plusieurs dossiers. L'application a été créée pour envoyer des notifications sonores qui montent graduellement en agressivité afin de mettre l'utilisateur au pied du mur par rapport à sa procrastination. Consciente que plus l'heure tourne, plus je me mets en retard sur le programme de ma journée, je prends mon courage à deux mains pour les interrompre et poser la question cruciale :

— Et vous la prévoyez pour quand, cette belle soirée ?

Les Badass répondent en chœur :

— Pour dans un mois !

— Un mois et des plumes ! ajoute V. avec un rire joyeux. La date anniversaire de création est le 15 janvier. Pile dans la continuité des fêtes de fin d'année. N'est-ce pas merveilleux ?

— Merveilleux, en effet…

Tout à leur excitation, les Badass ne voient pas les expressions de mon visage déconfit qui démentent totalement mes paroles. N'importe qui aurait perçu ma panique mais, chez eux, les capteurs empathiques ont dû tomber en panne il y a bien longtemps. Je songe quant à moi que les fêtes de fin d'année sont la période la plus épuisante et que, accessoirement, la coupure de Noël et celle du jour de l'An enlèvent autant de crédit-jours à la préparation du projet.

Les minutes s'écoulent tandis que Victoria continue son monologue comme si je n'étais pas là. En dix ans, V. n'a jamais daigné déjeuner avec moi en tête à tête. Pas une fois. Avec l'équipe, oui, mais seule toutes les deux, jamais. Découvrir mes facettes intimes ne présente pour elle aucun intérêt. Tout ce que Virginia veut connaître de moi, c'est mon numéro de téléphone afin de m'avoir sous la main pour gérer les problèmes et les urgences de l'agence ! Je tente de revenir dans la discussion.

— Un mois, c'est court tout de même. D'autant que je travaille déjà sur les dossiers Douillet, Saran, Pokora, Alizée et Chabal, sans parler des campagnes influenceurs et des…

— On sait tout ça, Joy ! Mais si on te le demande, c'est parce qu'on sait que tu en es capable !

Ça recommence, songé-je. L'effet stretch. V & U en sont les spécialistes. Ils tirent, ils tirent ! Sur la corde. Pourquoi ne le feraient-ils pas ? Tant que ça tient… Et puis si un jour ça lâche, il y aura toujours quelqu'un d'autre pour me remplacer…

U. tourne autour de moi à présent. Une espèce de danse de séduction probablement. Il ne me quitte pas des yeux. Sans doute fait-il confiance à son pouvoir hypnotique pour me convaincre que tout va bien aller, qu'il n'y a pas de raison de s'en faire, qu'un peu plus ou un peu moins, après tout, cela n'a pas d'importance. Il se penche vers sa femme en riant.

— Et nous ? Tu veux qu'on te montre comment se remplissent nos journées ? Et regarde ! On tient toujours debout !

Précisément, me dis-je en mon for intérieur. Les Badass sont des *boss bioniques*. Le sang qui coule dans leurs veines n'est pas humain. Il y a autre chose dedans. Un sang comme dans les films de SF, avec des métaux intergalactiques ou un truc du genre, qui décuplent leurs forces. Les Badass, on a l'impression qu'ils ne mangent pas, ne pissent pas, ne dorment pas. À côté d'eux, je me sens petite nature. J'essaye d'ignorer le nœud qui commence à se former au niveau de mon plexus.

Je sursaute quand U. claque fort dans ses mains pour signifier la fin de l'entrevue. Son visage de séducteur a disparu, remplacé par celui de l'homme d'affaires pressé et autoritaire. L'homme qui veut du R.O.I. Du résultat. Du chiffre.

— Bon, c'est pas tout ça, mais on attend Douillet d'un instant à l'autre. Joy, tu as préparé son accueil ? Et le shooting photo à 14 heures avec Alizée ? Tu as pensé à sa boîte de macarons préférés ? Ça va aller, Joy ? Tu gères ?

J'acquiesce à tout, comme une automate, avec un sourire figé. J'ai développé une technique imparable pour donner le change : le sûr-ça-va. Quoi qu'il se passe, répondre que ça va. De préférence avec énergie et conviction. Ils n'ont pas à savoir la nausée qui me gagne, le vertige, l'impression de perdre pied. Ils n'ont pas à savoir…

3

Je sors des toilettes, rayonnante. En apparence. Un magnifique rôle de composition dans lequel j'excelle. Je croise VIP' qui me toise.

— Dis donc, t'as drôlement le sourire d'un coup, pour quelqu'un qui avait un malaise il y a cinq minutes ! T'as croisé le prince charmant aux lavabos ou quoi ?

Elle a l'air contente de sa réplique sournoise. Elle n'a pas la méchanceté discrète. C. connaît mon statut de célibataire et ne perd jamais une occasion pour me le jeter à la face.

— Oh non, C. ! Moi je suis libre et je tiens à le rester ! Pour être aussi aigrie, c'est que ça doit pas être bien folichon ta vie conjugale…

— T'as mangé du lion ou quoi ? sourit-elle dans un rictus qui laisse entendre que mon agressivité ne lui déplaît pas.

Comment lui dire que j'ai plutôt mangé du rat, tant je me sens misérable aujourd'hui. Comment lui dire qu'un instant plus tôt, enfermée dans les toilettes élégantes pavées de marbre avec des robinets en or, assise sur la lunette comme sur un canot de sauvetage, les mains tremblantes, mon toc digital reprenait le dessus. Que pour calmer mes nerfs à vif, je cherchais compulsivement une nouvelle application à installer qui pourrait m'aider. Ma plus grande peur ? Que la situation échappe à mon contrôle. Que je n'arrive plus à gérer. Alors, depuis deux ans, j'ai commencé à télécharger des petites applis. Des applis-assistants-doudous. Pour m'aider. Me rassurer. Me donner les moyens de me sentir davantage à la hauteur. Les premiers temps, je rajoutais juste une appli de temps en temps. Ce n'était pas grand-chose. Et puis, petit à petit, je suis tombée accro et je me suis mise à les accumuler. Rien que le fait de les savoir là, « avec moi », m'apaisait. Du moins, j'aimais m'en persuader.

Avec cette nouvelle mission qui m'incombait désormais d'organiser un événement inoubliable pour les dix ans de l'agence, ma barque prenait l'eau. Je cherchais un moyen d'écumer en réalisant l'impossible : compacter le temps, encore et toujours davantage.

Pendant plus de vingt minutes, donc, j'ai éclusé tout ce qui se faisait de mieux dans le catalogue des applications 2 en 1. Parmi elles j'ai longuement hésité entre trois : Tedyrun, Yogacook et Sleep'n learn.

Tedyrun est apparu vraiment intéressant : faire son running tout en écoutant les conférences TED les plus en vogue du moment. J'aimais aussi beaucoup le principe de Yogacook : l'appli explique différentes postures de yoga possibles à réaliser tout en préparant un repas, fabuleux pour faire deux choses à la fois et gagner du temps. Deux activités de détente simultanément, je jubilais tant je trouvais le concept extra ! Évidemment, Sleep'n learn m'intéressait tout autant. Il s'agissait de se coucher en écoutant un contenu pédagogique et de s'endormir avec. L'application garantissait au réveil d'avoir assimilé le contenu. Moi qui voulais me remettre à l'anglais pour ajouter encore une corde à mes compétences professionnelles, j'étais séduite.

Ces longues minutes à faire défiler toutes ces applications dans le store ont eu sur moi un merveilleux effet calmant. Finalement, incapable de choisir, je décidai de télécharger les trois applications. Je quittai le store le sourire aux lèvres, comme on sort d'une boutique avec trois nouvelles paires de chaussures : le portefeuille allégé mais le cœur adouci par une douce euphorie. Mes mains avaient cessé de trembler.

VIP' s'apprête à répliquer vertement quand B. déboule dans le couloir. La Taser des grands jours.

— Vous n'avez pas entendu ? Ça a sonné ! David Douillet est là et personne n'a rien préparé ! Qu'est-ce que vous fichez ?

Avec le stress, sa voix grimpe dans des aigus stridents et désagréables.

— Du calme, B. J'ai acheté des tonnes de viennoiseries. Tout est dans mon bureau. J'ai rempli le frigo de jus d'orange hier, et il n'y a plus qu'à faire couler un café. Je m'en occupe pendant que vous l'accueillez dans la salle de réunion.

B. et C. me regardent, bouches pincées, mais doivent se résoudre à passer à l'action. Je cherche mon stagiaire pour le charger au moins du café. Je trouve mon BGBC sur le balcon en train de fumer une cigarette tout en savourant la vue. Cataclope est là aussi. Ils tapent la causette. Je rêve.

— Ah te voilà ! Je te cherchais ! Douillet est là ! J'ai besoin de toi pour préparer le café, si ça te dérange pas.

Nonchalant jusqu'à l'exaspérant, il ne relève pas mon ironie et prend mon propos au premier degré, le bougre.

— Ben si, un peu, que ça me dérange. Je viens juste d'arriver, et j'avais besoin de prendre le temps de me poser, *tu vois*.

Là, tout de suite, j'ai envie de faire du boudin de stagiaire. Mon regard incendiaire lui demande sans équivoque de bouger son joli derrière toutes affaires cessantes. Il me répond avec mollesse.

— Bon, OK, je termine ma clope et je m'en occupe…

Quand je débouche dans la salle de réunion, tout le monde est affairé et aux petits soins autour de David Douillet qui ne sait plus où donner de la tête. L'enjeu est important, car David hésite entre deux agences pour proposer ses interventions de conférencier VIP. Je sais que V & U vont jouer la carte de l'exclusivité pour lui proposer des conditions encore plus rémunératrices. Moi, ce que je perçois de David Douillet, c'est que ce n'est pas ce genre de considération qui l'intéresse le plus. Mes capteurs me disent que ce qui peut faire la différence avec un homme comme lui, ce sont les qualités humaines. L'atmosphère. Les jolies relations. Si les Badass l'attaquent trop sur l'angle financier, on va perdre la partie. Voilà quelque chose que j'anticipe depuis plusieurs jours. J'ai tout prévu. Je dispose les viennoiseries à sa portée. Je m'éclipse et reviens un instant plus tard avec une coupelle que je lui apporte. Je l'ai remplie de pièces jaunes en chocolat.

— J'admire beaucoup tout ce que vous faites, monsieur Douillet… Vous êtes un homme de cœur !

Il me regarde, visiblement touché de mon clin d'œil à son engagement pour les pièces jaunes, et me gratifie d'un chaleureux sourire. Mon approche semble lui plaire. Il me demande de lui raconter avec mes mots pourquoi il devrait choisir la Huitième Sphère comme partenaire. Je joue la carte de l'authenticité et parle des qualités et de quelques travers. Il éclate de rire. Je ne suis pas sûre que les Badass soient enchantés de mon intervention. Tant pis. Il me semble malgré tout que j'ai marqué quelques points non négligeables… Je m'échappe rapidement à la fin de la réunion. Une très longue journée m'attend.

4

Benjamin vient de finir d'installer son stand. Ainsi qu'il l'avait prévu, il lui a fallu plus de deux heures. Il lui reste quelques minutes avant l'ouverture officielle du Salon au public, à 10 heures précises. Il en profite pour s'asseoir un instant sur le tabouret de fortune et savoure la pause. Il n'y en aurait pas beaucoup d'autres dans les heures qui suivraient. Le Salon Heavent, quand on travaille comme lui dans l'événementiel, est LE rendez-vous annuel incontournable. Aussi bloquait-il systématiquement dans son agenda les 23, 24 et 25 novembre. Quand il arrivait dans sa camionnette blanche pour se garer au parking des exposants, il ressentait chaque fois la même excitation. Ce rendez-vous au Parc de Versailles, c'était le grand bal annuel de l'événementiel, où tous les prestataires pouvaient parader et exposer leurs dernières trouvailles à un public de professionnels de l'entreprise gourmands d'inédit et de sensationnel. Le pavillon 4 n'avait plus de secrets pour lui. Il louait toujours le même emplacement. Un stand de neuf mètres carrés, suffisant pour faire sa démonstration, et déjà un luxe, compte tenu du prix exorbitant pour avoir le droit de figurer parmi les exposants. Mais Benjamin ne rechignait pas à cette dépense. L'investissement en valait clairement la peine. Chaque année, il concluait ses plus belles affaires à l'issue de ces journées portes ouvertes.

— Tiens, salut, Benjamin ! Comment ça va depuis l'année dernière ? Tu continues de faire un carton avec tes mots en plastique ?

Benjamin rend le bonjour chaleureusement, sans tenir rigueur à son interlocuteur de sa boutade. Dans le milieu, il est presque de bon ton de railler gentiment ses concurrents.

— Et toi ? T'as pas réussi à en asphyxier quelques-uns avec ton bar à oxygène ?

— Arrête de rêver, je vais encore tout déchirer cette année ! Prépare tes mouchoirs !

L'homme s'éloigne en rigolant, en adressant à Benjamin un signe de la main qui dit « sans rancune ».

Benjamin pousse un soupir. La journée va être tendue parce que, malencontreusement, il se retrouve seul sur le pont. « Ses p'tits Max » n'ont pas pu venir. Ses p'tits Max, ce sont à la fois ses amis, et ses coéquipiers. Benjamin ne met pas de frontières entre pro et perso. Quand il aime bien les gens, il aime les avoir dans sa vie, point. Leur surnom lui était venu un jour où, à la fin d'un joyeux dîner, la chanson *Il est libre, Max* était passée. Ils s'étaient tous mis à chanter à tue-tête, galvanisés par un sentiment de joie inégalée : joie d'être ensemble, joie d'avoir trouvé une famille de cœur, joie de se sentir au diapason.

Depuis, chaque membre de leur cercle était devenu un Max.

Perché sur un tabouret, Benjamin réajuste la banderole où l'on peut lire le nom de son entreprise :

« EMOTEXT », Événementiel corporate, avec en sous-titre « Magie des mots, magie des moments ».

Benjamin est un autodidacte. Il a tout appris « sur le tas ». Après avoir eu son bac au ras des pâquerettes, il s'était mis en tête de beaucoup voyager. Il préférait le monde en guise de formation et avait voulu faire confiance à l'adage « le voyage forme la jeunesse ». Il avait essayé tout un tas de métiers, parfois improbables, pour sa subsistance, et qui lui laissaient suffisamment de temps pour l'essentiel : se nourrir de la diversité des cultures et des rencontres. À New York, il s'en était très bien sorti en devenant « voix off ». Son accent français et son timbre de voix harmonieux étaient très prisés. Son séjour en Chine avait été déterminant. Il avait dégoté le job alimentaire parfait : « Blanc de service ». Son boulot consistait tout simplement à s'exposer bien en vue des clients et des concurrents lors d'événements ou via des vidéos à destination des réseaux. Seule caractéristique nécessaire qu'ils exigeaient dans le CV : être blanc. Là-bas, certaines entreprises sont prêtes à tout pour montrer leur dimension internationale, même si c'est du bluff. C'est lors de ce séjour qu'il avait découvert le travail de l'artiste Hongtao Zhou, et ses désormais célèbres Textscape. Les textes, imprimés en 3D, deviennent des « paysages textuels ! ». Benjamin avait trouvé l'idée d'une poésie rare. La poésie, sa grande passion. Il avait les mots dans la peau, ils étaient ses compagnons de jeu. Depuis son plus jeune âge, il s'amusait avec eux, goûtait leur richesse, leurs nuances, leurs sonorités. Il s'était essayé à différents styles de poésie.

Pendant un temps les calligrammes, qui permettaient une approche graphique de la poésie. Il créait des textes qui formaient en même temps un dessin en relation avec le thème.

Il s'était ensuite intéressé au haïku libre, version occidentale du haïku japonais, poème extrêmement bref, célébrant l'évanescence des choses et les sensations qu'elle suscite. Les règles de base étaient simples mais permettaient d'infinies possibilités : composer un court texte de trois lignes ou trois vers. Le premier avec cinq syllabes, le second, sept et le troisième, cinq, à nouveau. Soit, dix-sept syllabes, en tout. Ni plus ni moins.

Puis, plus récemment il s'était tourné vers le slam. Cette forme de poésie urbaine, amenée à être déclamée en rythme devant un public. Benjamin adorait cette forme d'expression qui libère la poésie de l'obligation de la rime. C'était une petite révolution poétique, un peu comme le jour où les femmes ont pu s'affranchir des corsets. Respiration ! L'idée du slam, c'est de « faire claquer les idées ». Un défi excitant auquel il aimait jouer le plus souvent possible. Il avait mis au point son processus de création : noter sur des petits bouts de papier des centaines de mots, tous registres confondus, soigneusement conservés dans sa « bonbonnière à mots ». Puis, il les tirait au sort par cinq ou six, et devait composer un texte en les incluant obligatoirement ! Ce rapprochement de mots improbables, pour Benjamin, c'était peut-être cela, la clé de la poésie.

Il avait ainsi composé des centaines de textes. Des dizaines de carnets… Mais qu'il n'avait jamais montrés à personne.

— Bonjour. C'est possible d'avoir quelques renseignements ?

Benjamin voit une jeune femme engoncée dans un manteau long en laine camel, qui laisse entrevoir une robe noire coupée au-dessus du genou et des bottes cavalières. Le premier réflexe de Benjamin, étrangement, est de se dire qu'elle doit avoir vraiment trop chaud. La température à l'intérieur du Salon grimpe d'heure en heure avec la foule, jusqu'à devenir irrespirable à l'heure de pointe du milieu d'après-midi.

— Oui, bien sûr. Voulez-vous que je vous explique le concept de mes Brandscape ?

— Ce serait parfait, oui.

— Venez, vous pouvez passer derrière le comptoir si vous le désirez.

La jeune femme le suit. Il l'observe à la dérobée et se demande ce qui le gêne : elle a le visage d'une discrète, ovale avec un menton légèrement en retrait, un petit nez droit et fin et des yeux clairs immenses, surplombés par des sourcils marqués mais bien dessinés. Son front assez grand est dissimulé par une large frange de cheveux châtains et miel. Elle a planté une pince noire à grosses dents dans son chignon de fortune. Le peu de rouge aux lèvres et aux joues tranche incroyablement avec la pâleur de son teint.

Ça y est, il vient de trouver ce qui le gêne : elle ne sourit pas. Du tout. Elle est sérieuse comme un pape !

Benjamin lui montre le principe de l'animation Brandscape.

— Voyez, ici, vous avez l'imprimante 3D. Le jour J, l'impression de votre création se déroule sous les yeux de vos convives et je vous garantis un effet spectaculaire !

Elle ne sourit toujours pas et Benjamin en conçoit un léger embarras. Elle se contente de demander un peu sèchement :

— Et comment ça marche, votre truc ?

Benjamin se racle la gorge pour retrouver une contenance et explique :

— Regardez la tête d'impression montée sur un chariot mobile : elle va se déplacer pour déposer le fil plastique chauffé par empilement de couches successives. L'effet « surprise » plaît beaucoup, car on ne sait pas tout de suite quel objet va apparaître sous nos yeux.

Elle a sorti un minuscule calepin de sa poche de manteau et griffonne quelques notes d'un air circonspect en marmonnant des « Mmm… » indéfinissables. Sceptique ou séduite, impossible à dire.

— Je vois bien la technologie employée, mais le cœur de l'animation, ce sont les mots, n'est-ce pas ? Qu'est-ce que vous proposez ?

Benjamin tend la main pour lui montrer sa plaquette avec ses différentes formules.

— Pour les Brandscape, nous pourrons travailler ensemble un « nuage de mots corporate », vos valeurs d'entreprise, par exemple.

— Et… ?

Benjamin est quelque peu dérouté par ce visage opaque de toute expression et ces yeux qui ne laissent rien transparaître. Il continue sa démonstration avec un enthousiasme plus traînant.

— Et non seulement vous avez la possibilité de jouer sur l'échelle des mots en relief, mais aussi de donner aux mots la forme d'une image, un paysage, ou tout simplement votre logo !

— Mmm…

Un « Mmm… » de plus et Benjamin jette l'éponge ! Et soudain, le miracle : une esquisse de sourire.

— Très intéressant. Me montreriez-vous sur l'ordinateur comment on conçoit l'image du Brandscape ?

Cet imperceptible changement remet Benjamin de bonne humeur. L'affaire n'est peut-être pas perdue ? Il lui explique le b.a.-ba de la composition graphique sur le logiciel de typographie 3D.

— Je peux essayer ?

Benjamin hésite à lui laisser les manettes de l'ordinateur mais d'autres personnes se présentent au stand, qu'il doit aller accueillir.

— Oui, allez-y ! finit-il par dire à contrecœur.

Happé par plusieurs visiteurs avides de renseignements, il se contente de jeter un œil épisodiquement sur la jeune femme. Le masque de la cliente pénible semble tombé. Elle est calme et appliquée, ses traits se sont détendus, révélant une harmonie qui n'était pas apparue de prime abord. Imperceptible métamorphose, mais qui n'échappe pas à Benjamin. Soudain, un franc sourire sur ses lèvres. *Ma parole, elle s'amuse !*

— Monsieur ? Monsieur ? Je vous demande vos tarifs !

Distrait par son observation muette, Benjamin n'a pas écouté la dernière phrase de son prospect.

— Excusez-moi, vous disiez ?

Le client fronce les sourcils mais repose sa question, non sans laisser transparaître un léger agacement.

Quand Benjamin retourne près de l'inconnue, il se penche sur l'écran d'ordinateur et écarquille les yeux.

— Vous connaissiez déjà le logiciel ?

Il ne peut cacher sa surprise.

Elle rit franchement, ce qui transfigure son visage.

— Je suis juste touche-à-tout ! Et puis, j'aime le graphisme…

— J'ai aussi d'autres animations avec des effets révélations très étonnants, voulez-vous que je vous montre ?

— Je vous remercie, mais j'ai encore tellement d'autres stands à visiter !

— Ah…

— Je vais prendre votre carte et votre plaquette. Ça m'intéresse, ce que vous proposez.

Elle glisse le tout dans le tote bag aux couleurs du Salon et poursuit son chemin. Elle n'a toujours pas enlevé son manteau. Il aurait dû lui proposer de lui garder de côté à son stand. Elle aurait été plus à l'aise pour déambuler…

5

Au fil des heures, mon tote bag s'est alourdi de dizaines de plaquettes en tout genre. Créations de cocktails moléculaires, apéro peinture, murder party en cuisine, blind test…

Des animations spectaculaires, amusantes, insolites, mais aucune n'était porteuse de sens comme ce que pouvait proposer EMOTEXT. Or les Badass avaient été on ne peut plus que clairs : ils voulaient une animation marquante pour les esprits et qui laisse une trace ! Le Brandscape 3D paraissait l'idée la plus forte, et j'imaginais sans mal cette surprenante impression 3D exposée dans leur hall d'accueil, comme une plaque commémorative et honorifique pour l'agence.

Cela fait maintenant six heures que j'arpente le Salon. La foule, de plus en plus dense, se presse autour des stands, en quête d'idées nouvelles et sensationnelles. Soudain, je me cogne littéralement dans une grande toile blanche. Un peu étourdie, je lève les yeux et aperçois un échassier blanc, impressionnant dans son vaporeux costume immaculé. Ils sont une troupe de quatre qui parade dans les allées.

— Hey ! Faites un peu attention ! Vous avez failli me faire tomber !

Je bredouille des excuses. Je crois que j'arrive à saturation. Je ne sens plus mes jambes. Obnubilée par mon objectif de trouver l'idée du siècle pour mon événement, j'en ai oublié de faire la moindre pause. Mon estomac proteste, mon gosier ressemble à une carrière de craie. Sur le plan du site, j'identifie un spot sandwich, allée B7. Je joue des coudes de plus en plus fort. J'ai si chaud ! Je n'ai pas pris le temps de mettre mon manteau au vestiaire pour éviter la queue et pouvoir partir vite à tout moment. J'y suis presque ! Tout à coup, mes oreilles bourdonnent. Je sens comme des picotements partout dans mon corps et un accès de tachycardie à l'intérieur de ma poitrine. J'ai vaguement conscience que mes jambes se dérobent sous moi. Je m'attends à sentir le fracas de mes os sur le sol dur. Mais non. En réalité, mon corps est rattrapé par un support accueillant et confortable, que j'identifie comme étant des bras. Je m'y abandonne totalement. Pendant quelques merveilleuses minutes, je suis enveloppée par une lumière douce et blanche dans un univers sans consistance, sans bruit et sans pression. Un calme absolu. Un paradis de quiétude. Puis, petit à petit, le brouhaha extérieur revient grésiller dans mes oreilles. Mes yeux papillonnent pour me ramener à la réalité : j'ai perdu connaissance. Quelle idiote ! Je discerne la forme d'un visage, flou tout d'abord, puis dont les contours se précisent.

— Vous vous sentez bien ? Comment vous appelez-vous ?

— Euh, Joy.

Je le reconnais à présent : c'est le gars du stand EMOTEXT.

— Quel est le président des États-Unis ?

— Joe Biden…

Il plante très sérieusement ses yeux dans les miens. Je me fais la réflexion que ce vert patiné n'est pas courant.

— Souriez-moi, pour voir ?

Je fronce les sourcils en guise de désaccord.

— Vous ne seriez pas en train de me faire le test anti-AVC par hasard ?

— Il faut ce qu'il faut, vous vous êtes évanouie !

— Oui !! De faim et de chaud, c'est tout, grommelé-je avec mauvaise humeur.

— Alors, ce sourire ?

Je lui adresse une franche grimace en guise de réponse.

Il éclate de rire.

— Ah ! Me voilà rassuré !

Embarrassée, je me rends compte que je suis toujours dans ses bras. Celui de droite est couvert de tatouages colorés d'une grande finesse d'exécution. Lui n'a pas fait la même erreur que moi et a tombé la veste depuis longtemps tant l'atmosphère du Salon devient suffocante. Je l'observe à la dérobée. C'est drôle, ce mélange des genres dans son apparence. Des cheveux châtain clair légèrement ondulés plutôt sages, des joues un peu creuses et mal rasées qui lui durcissent le trait, un grand front d'intellectuel, une bouche rieuse d'enfant sauvage, des yeux doux et perçants à la fois.

Je tente de mettre mon corps en mouvement pour me relever et suis agacée de me sentir encore si faible.

— Doucement !

Il m'aide à me mettre debout et je suis terriblement gênée, d'autant que mon petit malaise a rassemblé pas mal de gens autour de moi. Une personne de la sécurité s'approche et veut m'emmener au point infirmerie. Heureusement, M. EMOTEXT le remercie mais l'assure que tout va bien aller et qu'il s'occupe de moi. Il rassure tout le monde et disperse le rassemblement de curieux. Quel soulagement ! Bras dessus, bras dessous, nous marchons jusqu'à son stand où il me fait asseoir et m'offre une barre chocolatée avec un Coca frais qu'il gardait sans doute pour sa propre pause.

— Et vous ?

— L'urgence, c'est vous. Allez, mangez !

Il donne ses ordres avec un grand sourire doux, alors je m'exécute. Mon estomac gargouille d'aise et instantanément l'apport de glucides me fait du bien.

Le Salon va fermer dans un quart d'heure. Vous êtes priés de vous diriger vers les portes de sortie. Merci et bonne soirée !

Je regarde ma montre connectée et étouffe un cri : il est déjà 18 heures !

— Il faut que je file !

Il a un mouvement de surprise devant mon sursaut de stress. Il faut dire, j'ai bondi de la chaise comme si elle avait un coussin à ressorts. Je réalise que je ne connais même pas son prénom.

— Au fait, comment vous appelez-vous ?

— Benjamin !

— Alors, merci, Benjamin. Vous avez été adorable. Je ne vais pas vous déranger plus longtemps…

… D'autant qu'il me reste encore des milliers de choses à faire avant d'avoir fini ma journée !

— Attendez-moi, j'en ai pour deux minutes…

— C'est que je suis pressée !

Sans prêter attention à ma protestation, il disparaît un court instant dans le petit vestiaire du stand pour y prendre son manteau et y ranger l'imprimante 3D pour la soirée. Quand il ressort, il tient à la main un trousseau de clés et l'agite sous mes yeux.

— Je vous dépose.

Je tente de déceler l'existence d'un point d'interrogation, mais non. Clairement, c'est une affirmation.

— Non, non, c'est inutile ! Je vais prendre un taxi…

— Un taxi ?

À son air sceptique, je sais qu'il n'en croit pas un mot.

Je soupire.

— Je vous assure que je vais très bien, je suis parfaitement remise, j'avais juste besoin d'un petit en-cas ! Et puis le métro, c'est très bien, très rapide, très…

Il me coupe la parole.

— Hors de question. Je vous raccompagne chez vous. Vous n'êtes pas en état de prendre les transports en commun.

Nous suivons le flot humain qui nous éjecte du Salon dans un flux dynamique. Il me voit hésiter quelques secondes avant de grimper dans sa camionnette blanche. Il a l'air gentil. Et c'est vrai que je suis claquée. Après tout, pourquoi pas ? Il me sourit avec son drôle d'air de *bon mauvais garçon* qui a gagné une bataille. Il démarre.

— Vous habitez où ?

— Je… On ne va pas chez moi… Je dois… retourner au bureau !

J'hésitais à lui dire. Je prévoyais sa réaction.

— Retourner au bureau ? À cette heure-là ? Après la journée que vous avez eue ?

Je hausse les épaules, blasée.

— Pour moi, c'est comme ça tous les jours.

— Ah… Et ça vous plaît ?

— Je ne me plains pas. J'ai une bonne situation dans une belle agence de renom.

— Laquelle ?

— La Huitième Sphère.

— Ça me dit quelque chose…

— On fait du celebrity marketing.

— Et c'est pour votre boîte, l'événement que vous devez préparer ?

— Oui, pour nos dix ans…

— J'espère qu'ils ont prévu de vous offrir une médaille pour l'occasion !

Je tourne vers lui un regard faussement blasé.

— Ce n'est pas le genre de la maison.

Le silence s'installe dans l'habitacle du véhicule. Je sors mon portable et commence à pianoter dessus d'une manière assez impolie. Je consulte la cinquantaine de notifications qui apparaît et je sens poindre une céphalée de tensions. Les yeux rivés sur l'écran, je songe à tout mon retard accumulé sur le reste de mes dossiers et maudis les Badass de m'avoir mis sur le dos cette énième mission qui va ruiner mon organisation pendant des semaines.

— Vous pourriez profiter du temps de trajet pour vous accorder une pause, non ?

Consciente qu'il n'a pas tout à fait tort, je pose mon portable sur le siège. Nous échangeons quelques banalités, puis enfin nous arrivons. Je le remercie à la hâte, platement, lui promets de considérer son animation pour notre événement et m'enfuis presque. En bas de l'immeuble, avant de monter à l'agence, je fouille mes poches et n'y trouve pas mon portable. Je me retourne : soulagement, la camionnette blanche n'est pas encore repartie. Confuse et énervée, je reviens sur mes pas, ouvre la portière. Il me tend mon portable dont l'écran est allumé.

J'essaye de fuir son regard mi-affligé, mi-sarcastique.

— Tâchez quand même de prendre soin de vous…

Je lui arrache le portable des mains et respire de nouveau. Cet objet, c'est toute ma vie ! Sur l'écran apparaît l'icône d'un énorme sac rempli comme un ballon de baudruche, prêt à exploser. C'est mon calculateur de charge mentale. Busybrain. Une super appli. Elle a réussi à faire le tour de toutes mes tâches et me prévient gentiment que je suis gravement dans le rouge du surmenage. Ce n'est pas formidable, la technologie, quand elle se met à prendre soin de nous ? Je regarde Benjamin. A-t-il vu l'écran ? J'ai l'impression que oui. Je rougis de confusion, vaguement honteuse. Il doit me prendre pour une dingue… Mais après tout, quelle importance ? Je bredouille des remerciements et fais claquer la portière de la camionnette qui, cette fois, redémarre et s'éloigne. Je serre plus fort contre moi mon portable et ressens pour lui une espèce de gratitude étrange… Dans l'ascenseur, je prends les deux minutes nécessaires pour que mon niveau de charge mentale redescende dans l'orange : il me suffit de reporter deux ou trois tâches du jour, grâce à une autre de mes applications, PostponePro.

Il est 18 h 45. Je pousse les portes de l'agence et je me dis que tout va bien aller.

Tout va bien aller.

6

À l'agence, c'est encore l'effervescence. J'ai la désagréable impression d'une journée qui recommence. Je croise VIP' qui me lance une petite pique :

— Eh ben ! T'as pris une RTT aujourd'hui ou quoi ?

Elle s'éloigne en pouffant. Je hausse les épaules. Cela dit, j'avance prudemment dans le couloir comme en terrain miné. J'ai peur de tomber sur une autre bombe humaine. Ça ne manque pas. La Taser me saute dessus sans même me laisser le temps d'enlever mon manteau.

— Ah, te voilà, toi !

Oui, songé-je, et je suis en train de regretter d'avoir voulu repasser par l'agence pour avancer sur les dossiers. La Taser poursuit :

— Nan, mais c'est pas possible quand tu t'absentes comme ça ! T'étais où ?

— J'ai fait une virée shopping et après j'ai pris un apéro en terrasse…

La Taser reste un instant figée, les yeux écarquillés d'incrédulité. Puis tous les traits de son visage commencent à vrombir d'indignation. Si je ne démens pas dans les trois prochaines secondes, elle pourrait convulser d'énervement.

— Mais non, la rassuré-je. (Et je me penche vers elle pour lui chuchoter avec un air mystérieux.) J'étais en mission secrète…

La Taser m'en fait tellement voir des vertes et des pas mûres chaque jour qu'il faut bien que je lui rende la monnaie de sa pièce. La faire bisquer, juste un chouïa… ça me remonte un peu le moral. Vaguement offensée de ne pas être dans la confidence, elle redresse le menton d'un air fier et me rappelle que de toute façon elle saura tout par Virginia. Elle est sa préférée. Mais quelle sorte de préférée est-ce là ? Virginia garde B. sur ses talons comme une suivante plus que comme une alter ego. B. est toujours de l'avis de Virginia. Autant brosser quelqu'un dans le sens du poil, cela en devient écœurant. La stratégie a l'air de porter ses fruits pourtant : Virginia, par exemple, emmène souvent B. déjeuner, elle. Suis-je jalouse ? Non. Un peu, peut-être… Je ne comprends pas l'intérêt de ce type de relation superficielle et lisse où l'on ne se dit pas vraiment les choses. S'il faut passer la brosse à reluire pour obtenir de la considération, alors non merci.

La Taser me fait part de la montagne de détails que je dois régler en urgence pour les événements des prochains jours. Entre les caprices de certaines célébrités, et les desiderata souvent irréalistes des clients, je me retrouve avec un sac de nœuds à démêler.

Je pars m'enfermer dans mon bureau pour m'atteler à la tâche. Dans un sursaut d'espoir, j'espère y trouver mon BGBC. Mon utopisme me fait sourire. Bien sûr que mon stagiaire est parti depuis longtemps…

Aide-toi et le Ciel t'aidera, Joy ! Je commence enfin à m'immerger dans les dossiers quand Cataclope passe une tête.

— Je peux te voir cinq minutes, Joy ? Y a un truc qui me chiffonne sur le budget du spot Casta…

Je me redresse sur mon fauteuil comme un petit animal en alerte. Je sens le piège. Je crie mentalement *Run Forrest !*, réplique du film culte où le héros se tire des situations les plus folles et périlleuses en se mettant à courir.

— Joy ?

Son regard se fait insistant.

Il suffirait de dire non. De s'affirmer. Tout simplement. Je me mets à rêver la scène. Avec un sourire jovial et décontracté, je dirais à Cataclope : « Non, G., là, je ne suis pas disponible, tu vois. »

Je laisserais un court blanc pour lui permettre d'intégrer le refus, comme conseillent les experts en communication. Bien sûr, il protesterait, mettrait la pression, prétexterait que l'affaire ne souffrirait pas d'attendre.

Et là, calme et sereine, un sourire indulgent flottant sur les lèvres, je répliquerais : « J'entends ton besoin, G., et que tu es inquiet et contrarié, mais je te répète, je ne suis pas disponible pour le moment. Je te propose d'aborder le point demain matin ? »

Quel merveilleux combo gagnant cela serait, cette figure technique du savoir-dire-non « touche d'empathie + disque rayé » qui le mettrait K-O !

— Alors ? Tu viens ? s'agace Cataclope.

Un silence qui capitule.

— Oui, j'arrive…

21 heures.

Ils sont tous partis. Sauf moi. Tout l'appartement de la Huitième Sphère est plongé dans le noir, sauf mon minuscule bureau sur lequel s'accumulent des montagnes de dossiers. La légère collation offerte par le Benjamin d'EMOTEXT paraît bien loin. Je sens ma tête tourner de nouveau. Il faut absolument que je me commande à manger. Je décroche mon téléphone. J'appelle si souvent ce restaurant de sushis qu'ils reconnaissent ma voix. Inutile de donner l'adresse, ils savent le chemin par cœur. Sur l'écran de mon smartphone, l'appli Busybrain hurle. Le ballon de baudruche de ma charge mentale est de plus en plus moche et rouge. Je décide de me mettre en mode « ne pas déranger ». La paix cinq minutes ! Je savoure ce moment de calme. Le silence m'enveloppe doucement, comme un ami glisserait sur mes épaules un châle réconfortant. Je ferme les yeux pour me laisser bercer un instant. Un bruit me réveille en sursaut. Mon cœur fait un bond dans ma poitrine.

Quelqu'un vient d'entrer dans l'agence. Ça ne peut pas être le livreur. Il n'aurait pas les clés ! Je sors dans le couloir sombre et avance dans la pénombre.

— Y a quelqu'un ?

Mes sens aux aguets tentent de détecter une présence. Personne. Je me dis que j'ai dû rêver. Soulagée, je retourne vers mon bureau, lorsqu'une main, comme surgie de nulle part, m'attrape le bras et m'attire sans ménagement à l'intérieur de la pièce vide. Je pousse un cri.

L'homme me serre dans ses bras à m'étouffer, m'embrasse goulûment dans le cou, caresse ma peau partout à travers le tissu. Je le repousse et proteste vertement. Il éclate de rire.

— Tu m'as fait trop peur !

Il rit de plus belle.

— Arrête ! Je t'ai déjà dit pas ici ! Quelqu'un pourrait revenir…

L'homme ne s'arrête pas du tout, mais que dire ? Ses baisers ont sur moi un effet à la fois calmant et euphorisant. Je sais qu'il ne faudrait pas… Là encore, savoir dire non. Mon esprit ne répond plus aux commandes et mon corps m'adresse poliment son aveu de faiblesse.

— Je savais que tu reviendrais ce soir ! Je commence à te connaître…

Nos corps se cherchent avec appétit. Je n'ai plus faim mais le livreur vient de sonner à la porte.

— Il faut que j'aille ouvrir ! J'ai commandé à manger…

— Moi, je sais ce que j'ai envie de manger…

Je le repousse comme je peux et vais ouvrir. Tandis que je ramène les sushis tant attendus dans mon bureau, je songe à cette douce folie d'avoir une liaison sur mon lieu de travail. Un homme marié de surcroît, comme pour rajouter encore plus au cahier des charges. Qui plus est, mon patron.

Je n'avais rien cherché. C'était arrivé sans qu'on le voie vraiment venir. À la base, je n'étais pas du tout son genre. Il le répétait d'ailleurs souvent, comme pour dire à voix haute son incrédulité. *Tu n'es pourtant pas du tout mon genre, Joy ! Tu m'as jeté un sort ! Oui, ça doit être ça, tu m'as ensorcelé !* Une manière de se dédouaner peut-être. De se dire qu'il n'était pas totalement responsable. Mettre la faute sur le compte de facteurs extérieurs : moi, bien sûr, mais aussi la crise de la cinquantaine, les heures de travail à rallonge, le stress, l'essoufflement du couple…

Je l'écoutais distraitement évacuer sa culpabilité quand ça le prenait. À vrai dire, je m'en foutais. Tant qu'il continuait à me prendre dans ses bras, tout m'allait. J'avais commis cette folie de tomber amoureuse de lui il y a deux ans. Deux ans à être heureuse en pointillé. Il avait pris le pouvoir sur mes moments de joie et il utilisait très bien l'interrupteur. *On* ou *off*. *On* quand il me faisait la grâce de m'accorder un moment. De s'échapper quelques heures de ses obligations professionnelles et maritales pour être avec moi. *Off* quand il reprenait de la distance et me laissait dans une attente sans nom qui me plongeait dans des affres de désolation. Intérieurement, je bouillais. De frustration, de rage sûrement, et d'impatience. Je rêvais que quelque chose bouge. Que la situation se débloque. J'encaissais. Encore et encore. Le p'tit pop-corn que j'étais enfant était aujourd'hui un grain de maïs dans l'huile bouillante, un grain de maïs incapable d'exploser mais au bord de l'implosion. Et plus je gardais tout ce que j'avais sur le cœur, plus je le sentais se contracter. Quand on fait du pop-corn, en fin de cuisson, il y a toujours quelques grains de maïs qui ne se sont pas transformés, qui sont restés tout durs et immangeables. Peut-être que c'est ça, le sort qui m'attend ? Peut-être que l'amour ne voulait pas de moi, et le bonheur non plus ?

Je préfère ne pas y penser. Pas maintenant. Maintenant, je veux profiter puisqu'*il* est là. Assise à mon bureau, j'entreprends de commencer à me restaurer enfin. Ugo m'enlace par-derrière et glisse une main sous mon chemisier. Je proteste gentiment.

— J'ai vraiment très faim, tu sais !

Il se recule en souriant, mais je vois bien que je déçois ses attentes.

— Bon, je vais te laisser dîner, *beauté* !

Une angoisse sourde me saisit : il va partir, me laisser, possiblement me délaisser pendant des jours. Je me lève d'un bond pour aller vers lui en faisant tomber une de mes baguettes. Ma voix implore.

— Tu me rejoins tout à l'heure, chez moi ? Un petit moment ?

— Mmm…

Il regarde sa montre, inconscient de mon supplice intérieur.

— Il est déjà tard, Joy… Ça va être compliqué… On remet ça ?

Je tente comme je peux de camoufler ma déception. Il caresse mes fesses et m'offre un fougueux baiser de consolation. Il me jette un dernier regard, chaud et enveloppant, à croire qu'il a fait une école d'art et techniques de séduction. Il promet de m'envoyer un message dans la soirée.

La soirée a passé. Et aucun message n'a été envoyé.

7

Unité de lieu, unité de temps, unité d'action. Le petit théâtre de la Huitième Sphère se rejoue tous les jours de la même manière.

Ce matin, réunion au sommet. Et moi, éternel rôle secondaire. Je suis là pour une seule chose : écouter.

On attend l'arrivée imminente de Badass 2. Monsieur joue la guest star. VIP' et la Taser discutent à bâtons rompus de la dernière série à la mode, « fooormidable », avec beaucoup de *o* et le *r* roulé façon Stromae. Mon BGBC est à moitié couché sur la table et griffonne au Bic des formes aléatoires sur une feuille A4 piquée à la photocopieuse. Cataclope est sur le balcon et tire fort sur sa cigarette comme s'il avait peur de devoir l'écraser avant de l'avoir finie. Badass 1 ignore tout le monde royalement et pianote sur son Mac ultra-portable. Quiconque n'utiliserait pas la Pomme comme fournisseur officiel de technologie serait répudié. Dans l'univers de la com et du luxe, les Androïdiens font figure de peuplades préhistoriques qui n'ont pas encore découvert le feu.

Ugo arrive. Il soigne ses entrées. Il a le sens du spectacle. Mon cœur se serre comme chaque fois.

— *Ciao* tout le monde ! Comment ça va, *tutti* ?

Ugo aime bien le franglais. Mais ce matin, il se permet une petite fantaisie en frantaliano. Plus original. Il claque dans les mains et parle fort, comme un Italien quand il sait qu'il aura de l'attention. Son énergie se réverbère aux quatre coins de la pièce et installe immédiatement une atmosphère électrique. Cataclope a radiné fissa. On est tous pendus aux lèvres du boss. Mon regard croise le sien. Le sien glisse sur moi sans s'arrêter. Aucun signe, même imperceptible, qui trahisse notre intimité. Mon plexus se serre malgré moi.

Ugo est un boss efficace. Il est là pour faire court, clair, concis. Comme tout bon manager, il annonce en début de réunion la durée de celle-ci, désigne un gardien du temps pour éviter de déborder, puis annonce l'objectif : nous attaquer à la pépite de l'Ultraperformance, manne d'une nouvelle génération de conférenciers en vogue, spécialistes de l'empowerment. Il annonce de suite la couleur : nous sommes en chasse. Ces profils manquent cruellement à notre catalogue.

Il s'anime avec verve et les particules d'ambition transpirent par tous ses pores.

— On ne peut pas se permettre de rater le train du #*shiftyourbrain* !

Toutes les personnes présentes acquiescent avec force conviction. Je me recroqueville dans mon fauteuil et me fais toute petite. Mes lacunes et mon ignorance me donnent les mains moites. Qu'est-ce que c'est que ce truc de *shiftyourbrain*, bon sang de bois ! J'ai deux solutions : A – me taire et me sentir idiote pour le restant de la réunion. B – oser poser la question et prendre le risque du ridicule. Je finis par lever une main timide.

— Euh, Ugo, ça ne t'embête pas de nous rappeler ce que c'est que le *chifoubrène* ?

À côté de moi, la Vipère éclate d'un rire insultant, suivi par l'assemblée. Elle me reprend sans ménagement en se moquant de mon accent français.

— Pas chifoubrène, Joy ! *Shiftyourbrain* ! (VIP' fait claquer son plus bel accent américain.) *Shift* veut dire changer en anglais. (Elle m'achève de son regard.) Changer ton cerveau quoi, allô ?

Elle mime l'expression idiote et outrancière du personnage de téléréalité à l'origine du désormais célèbre *Non, mais allô quoi ?*. Elle rit de plus belle et je sens mon visage s'empourprer davantage. Le regard d'Ugo, à la fois amusé et peiné pour moi, finit de me couper le sifflet. Je cache mes mains sous la table pour qu'on ne les voie pas trembler.

La réunion se poursuit et je n'entends plus rien. Ou si, des bribes de mots. Ça parle de Performance avec un grand P et d'Harmonie avec un grand H, et de révéler les talents humains dans toutes leurs potentialités. Des noms de candidats potentiels fusent : Marc Amerigo, spécialiste de l'Ultraperformance, Franky Zapata, entrepreneur brillant, homme volant avec ses célèbres Flyboard-Air, Michaël Aguilar et son fort pouvoir dynamisant, Max Piccinini et son ouvrage référence réussite maximum… Ugo a l'air content de notre réactivité mais il en veut plus.

— Trouvez-moi aussi une Beyoncé à la française ! Il nous faut des femmes ! Je veux la parité au catalogue, c'est bon pour l'image de marque…

Cette remarque clôt le débat. De toute façon, le temps imparti est écoulé.

Ugo lance un *Au travail !* ultrajovial. Ici, nous inventons tous les jours un stakhanovisme New Age, joyeux et (presque) bienveillant. L'assemblée se disperse.

Je rase les murs jusqu'à mon bureau. Je n'ai envie de voir personne. Malheureusement, mon stagiaire BGBC vient s'asseoir en face de moi. J'essaye de me concentrer sur la masse de mes dossiers en cours. En premier lieu, hiérarchiser mes priorités. J'ouvre un document pour créer un mapping. Tâches. Sous-tâches. Sous-sous-tâches. Au bout de quelques instants, il y a tellement d'arborescences que tout est encore plus confus. Mon cerveau se brouille. Ma vue aussi. Et mon joli boulet, lui, regarde tranquillement voler les mouches ! Il s'est enfoncé de tout son long dans le fauteuil, jambes allongées, comme parti pour faire la sieste. Je toussote et me rappelle à lui.

— Euh, excuse-moi, F. Tu attends quoi exactement ?

— Comment ça, j'attends quoi ?

— Ben oui, tu attends quoi à rien faire là, depuis vingt minutes ?

— Je sais pas, moi. Tu ne m'as rien donné à faire !

Son ton a la couleur du reproche.

J'en ai les yeux ronds.

— M'enfin, F., ça paraît évident, non ? Tu commences une recherche sur les profils de personnalités qui pourraient rentrer au catalogue dans la rubrique *shiftyourbrain* !

— Tu veux dire chifoubrène ?

Il éclate d'un rire tonitruant. Ce n'est quand même pas ce p'tit con qui va faire des miettes de mon ego comme un P'tit Lu écrasé ? Il doit sentir qu'il est allé un chouïa trop loin et se rattrape aux branches comme il peut.

— Moi aussi, j'ai toujours été nul en anglais… Pas facile, l'anglais… Tu veux que j'aille te chercher un café ?

— Oui, c'est ça ! Va me chercher un café !

Ma tachycardie me reprend. Je fonce aux toilettes et m'enferme, portable à la main. Pendant dix minutes, je fais défiler les applications. J'en trouve une inédite : Top-of-the-list. Un algorithme révolutionnaire multicritère, pour définir les missions à exécuter de manière prioritaire. Son originalité : tenir compte de facteurs inédits comme l'énergie et la motivation de l'exécutant en fonction de la tâche à accomplir. De retour à ma place, un peu moins mal, je consacre encore une autre heure à configurer l'application pour y rentrer toutes mes données. C'est déjà la pause déjeuner. Je n'ai avancé sur aucun dossier. Le stress m'étreint. Un café froid m'attend près de mon clavier. F. a dû le déposer là il y a un moment. Je ne sais pas où il a bien pu passer depuis. Il finit par glisser une tête un quart d'heure plus tard, tout sourires.

— Virginia m'emmène déjeuner. À plus tard !

Sur son visage, pas l'ombre d'un embarras ou d'un remords de me laisser en plan avec cette montagne de travail. Pourquoi s'en ferait-il après tout ? Pour lui, ce n'est qu'un stage. Et en plus, sans rien faire, il est déjà dans les bonnes grâces de Badass 1… L'avantage de la bogossitude.

Dans ma tête, il pleut des chats et des chiens. En anglais, c'est comme ça qu'on dit quand il pleut beaucoup : *it's raining cats and dogs.* J'ai appris ça hier au soir en m'endormant avec mon appli Sleep'n learn.

Enfin, c'est surtout mon humeur qui est de chien. Je me dis qu'il faut que j'avance. À tout prix. L'appli Top-of-the-list a l'air de dire que la tâche qui pourrait le moins m'ennuyer tout en tenant compte des critères d'urgence, d'énergie et de motivation serait l'organisation de l'événement des dix ans de l'agence. De toute façon, l'important, c'est au moins de commencer quelque chose. Je vais chercher le tote bag dans l'armoire, avec tous les prospectus récoltés au Salon Heavent et les éparpille sur le bureau. Pour bien faire, il faudrait que j'appelle plusieurs de ces numéros que je prenne des renseignements, que je demande des devis. J'entends des voix dans le couloir. Une effervescence. Je décide d'aller voir. VIP' et la Taser rient et minaudent mais je ne parviens pas à voir devant qui. En m'entendant arriver, elles s'écartent et j'aperçois Ugo avec une mannequin que je ne reconnais pas tout de suite. Apparemment, ils viennent de signer un contrat, et Ugo lui fait faire le tour du propriétaire. Tout ce petit monde a l'air *champagne.* Dans le jargon, ça veut dire léger et joyeux. Au summum du contentement. Moi, je ne vois qu'une chose. Le bras d'Ugo dans le dos de la sublime jeune femme. Bien sûr, il va l'emmener déjeuner. Les affaires, c'est les affaires. Elle me tend sa jolie main manucurée aux ongles interminables, et j'essuie la mienne d'un geste discret avant de la lui serrer. Pour comble, je me sens toute petite à côté d'elle. Je n'ai jamais compris pourquoi les mannequins de plus d'un mètre quatre-vingts se rajoutent encore des talons. Je lance un *Bon appétit tout le monde !* affublé d'un sourire-grimace assez désastreux et m'enfuis dans mon bureau, exaspérée de la platitude de ma réplique. On se retrouve en tête à tête, moi et mon colossal retard. Pour la peine, je ne prendrai pas le temps de déjeuner. Je sens les yeux qui me piquent. Je repense à Ugo. Notre brève étreinte clandestine hier au soir, le message promis qu'il n'a jamais pris le temps d'envoyer, la caresse dans le dos de la jeune mannequin… D'énervement, je froisse une feuille de papier et la lance en direction de la poubelle. La boulette tombe à côté. Je ne me lève pas pour la ramasser. Toutes ces plaquettes que j'ai sous les yeux me donnent la nausée. Soudain, j'ai un sursaut de protestation. Après tout, pourquoi devrais-je faire autant d'efforts ? Est-ce qu'Ugo en fait, des efforts, pour moi ? Est-ce que les autres personnes de l'équipe en font, des efforts, pour moi ? Alors ? Et si, pour une fois, j'en faisais un peu moins ?

Je me mouche bruyamment pour finir d'évacuer ma montée de colère et compose le numéro de téléphone d'EMOTEXT. *Magie des mots, magie des moments.* N'était-ce pas là une *merveilleuse* idée d'animation pour les dix ans de l'agence ? En tout cas, une idée qui ferait bien l'affaire…

8

Benjamin traverse la jolie cour pavée pleine de charme, typique du quartier, dans un passage donnant sur la rue du Faubourg-Saint-Antoine. Il avait tout de suite eu un coup de cœur pour cet atelier en rez-de-jardin, si calme et tranquille, en plein cœur de Paris, et y avait installé ses bureaux il y a quatre ans. Il aime cette cour dans ses moindres détails : son arbre incliné ramifié en deux troncs au feuillage touffu, ses plantes vertes en pots, en bosquets, ou grimpantes le long de la façade blanche sur laquelle se distingue une jolie applique en fonte d'aluminium. Il fait très froid ce matin de début décembre, et de la buée sort de la bouche de Benjamin. D'une main, il remonte le col de son manteau en feutre de laine mélangée. Il l'avait trouvé élégant. Aujourd'hui, il maudit son idée d'avoir préféré un choix esthétique à un choix thermiquement plus intelligent. De son autre main, il porte un gros sac rempli de nourriture asiatique. Ses doigts se sont crispés sur l'anse en plastique. Il a aussi oublié de mettre des gants. Arrivé devant la porte de l'atelier, il tape le digicode et entre en poussant un soupir de soulagement. Enfin au chaud ! Rayane l'accueille avec une acclamation chaleureuse. Il a très faim. Il débarrasse son ami-collègue du sac en plastique pour l'emporter à la cuisine et disposer le déjeuner.

— T'en as mis un temps ! T'as croisé des loups-garous sur la route ou juste de jolies demoiselles ?

— Ni l'un ni l'autre, mon pauvre ! Il y avait une queue de dingue chez Bamboo. À croire qu'ils s'étaient tous passé le mot pour manger exotique aujourd'hui !

— J'ai trop faim !

Rayane a toujours faim. Comme un éternel ado. Il peut ingurgiter des quantités astronomiques de nourriture sans prendre un gramme. Les injustices de la nature. Benjamin se perche sur un tabouret haut et le regarde installer leur repas. Regarder faire Rayane est un spectacle en soi. Rayane, c'est un phénomène. Une graine d'artiste. Son truc, c'est la musique. Il fait du son avec n'importe quoi. Un couvercle, une casserole, une tasse, du papier froissé, un balai… Rayane, c'est le Stomp à la française. Mais là où il fait encore plus fort que le célèbre groupe de percussionnistes britanniques, c'est qu'il ajoute à ses performances sonores des impros textuelles éblouissantes. Le bureau se transforme souvent en laboratoire expérimental, ce qui offre à Benjamin des pauses plus que réjouissantes. Rayane cherche encore son style. De jour en jour, il affine son approche. Mais plus important que tout : il se régale, et il régale toute la troupe.

Au-delà de ses talents artistiques, Rayane est un précieux compagnon de travail. Il fait partie du cercle restreint des « Max » : ces quelques personnes dans la vie de Benjamin qui lui sont spécialement chères et qui partagent sa philosophie, ou plutôt son hilarosophie, de *hilaros* : gai, joyeux, réjoui. Oui, dans le petit groupe de Max, ils sont prêts à tout pour se sentir libres, vivants et heureux, valeurs qui guident leurs choix. Il est libre, Max, comme dans la chanson :

Il a le sourire facile, même pour les imbéciles
Il s'amuse bien, il n'tombe jamais dans les pièges
Il s'laisse pas étourdir par les néons des manèges
Il vit sa vie sans s'occuper des grimaces
Que font autour de lui les poissons dans la nasse
Il est libre, Max, il est libre, Max
Y en a même qui disent qu'ils l'ont vu voler

Après l'impro de Rayane avec baguettes nippones digne d'un concert privé, ils sont enfin prêts à se mettre à table. Leurs assiettes sont fumantes. Benjamin porte la fourchette à sa bouche quand son téléphone se met à sonner. Un numéro inconnu. Il décide de ne pas décrocher. La pause déjeuner, c'est sacré ! Moins de cinq minutes après, le téléphone sonne de nouveau et le même numéro s'affiche. Il grommelle mais ne répond pas. Sur son site, il a bien spécifié les horaires de contact. Son standard rouvrira à 14 heures et pas avant. Bien décidé à ne pas se laisser gâcher ce moment régénérant, il met son téléphone en mode avion. Si c'est un prospect, il peut bien attendre une demi-heure. C'est tout le problème des entrepreneurs indépendants : s'ils n'y prennent pas garde, ils peuvent se laisser complètement envahir par les demandes et ne jamais appuyer sur pause. À une période de sa vie, Benjamin a connu cela : cette sensation d'être dépossédé d'une partie de son existence. De ne plus s'appartenir. Il avait failli se consumer dans les affaires, avant de se rendre compte de l'inutilité de ce sacrifice : il ne fallait pas faire moins pour ses clients, il fallait faire mieux. Dessiner un cadre, mettre des bords et poser des limites n'avait en rien fait baisser son efficacité, bien au contraire. En se respectant lui-même, en s'assurant de belles plages de respiration indispensables pour refaire ses énergies, Benjamin avait trouvé la solution pour offrir le meilleur de lui-même dans ses prestations sans rien sacrifier de sa qualité de vie.

Quand Benjamin rallume son portable une demi-heure plus tard, il note cinq appels en absence. Émanant tous du même numéro. Pas de message sur le répondeur. Benjamin décide de rappeler malgré tout, bien qu'il se méfie des appels sans message. Trop souvent des téléprospecteurs.

Ça décroche. Une voix sèche de femme.

— Bonjour. Benjamin Wilson, de l'agence EMOTEXT. Vous avez essayé de me joindre ?

La voix trahit un agacement non feint.

— En effet, depuis plus d'une heure !

Benjamin ne peut s'empêcher de rectifier.

— Une demi-heure, vous voulez dire.

— Vous ne répondez jamais à vos clients ? s'acharne la voix.

— Si, aux heures d'ouverture indiquées sur le site.

La voix soupire profondément et tente d'enchaîner plus calmement.

— Bien. Vous vous souvenez de moi ? L'autre jour ? Au Salon Heavent ? L'évanouissement ? Vous m'avez raccompagnée à mon bureau ?

Comment ça, s'il s'en souvenait ? Évidemment qu'il s'en souvenait !

— Joy !

Son prénom lui était sorti de la bouche dans une exclamation joyeuse vite calmée par le ton froido-professionnel de son interlocutrice.

— Écoutez, comme je vous l'avais sans doute déjà dit, j'ai cet événement à organiser pour les dix ans de mon agence, la Huitième Sphère. C'est globalement très urgent : mes patrons veulent que l'animation ait lieu juste après les fêtes, autour du 15 janvier.

— Ah, parfait ! Nous sommes *larges* alors !

Son interlocutrice a l'air imperméable à l'humour. La tension qui l'entoure est palpable par-delà le combiné. Benjamin en a presque de la peine pour elle. Il sent son besoin d'être rassurée par un ton sérieux, strict et professionnel, pour faire écho à ses humeurs. En bon caméléon de la communication, il s'exécute à la perfection. Les effets s'en ressentent immédiatement, et il entend un imperceptible relâchement dans la voix de son interlocutrice, tandis qu'il lui explique les modalités et le champ des possibles.

— L'autre jour, vous avez pu voir un aperçu de notre animation Brandscape, avec l'impression 3D de votre texte corporate. Mais il existe plusieurs autres possibilités qui pourraient tout à fait correspondre à l'esprit de votre événement-anniversaire.

— Ah, très bien. Eh bien, allez-y, expliquez-moi tout ça !

Elle a un petit ton délicieusement autoritaire. Joie-bonheur. Ce qui n'a pas prise sur Benjamin. Il s'est fait le serment de ne jamais s'énerver pour des histoires professionnelles. Il préfère essayer de tout voir à travers un prisme d'humour et de légèreté qui l'aide à prendre facilement de la hauteur. S'agacer complique et ne fait avancer en rien. C'est totalement contre-productif. Benjamin répond à Joy avec du sourire dans la voix.

— Par téléphone, ça va être difficile. Le mieux serait que vous passiez à l'atelier, que je vous fasse une démonstration. Comme ça, on pourra monter ensemble tout le déroulé de votre soirée, qu'en dites-vous ?

— … C'est que ça va me demander beaucoup de temps de venir vous voir !

— … Ou vous en faire gagner, ça dépend comment vous voyez les choses !

Il laisse ses mots travailler en sa faveur. Après un blanc, Joy accepte de venir. Le rendez-vous est pris pour le lendemain matin.

9

Benjamin ouvre la porte de l'atelier. Une jeune femme au chapeau rouge apparaît dans l'embrasure, dans la lumière de ce petit matin d'hiver ensoleillé. Les joues, les lèvres et le bout du nez aussi sont rouges, ce qui lui donne un air enfantin mignon comme tout. Ses yeux et tout son visage sont éclairés par un joli sourire. Benjamin reste une seconde pantois. Puis le charmant lutin cesse de sourire, et il reconnaît Joy…

Sans même attendre qu'il lui cède le passage, Joy s'introduit dans l'atelier d'un pas pressé et décidé. Tandis qu'elle retire ses gants de cuir qu'elle range consciencieusement dans la poche de son manteau pour ne pas les perdre, et qu'elle glisse son écharpe dans sa manche pour la même raison, ses yeux se baladent sans pudeur pour inspecter les lieux. Une fois la chose faite, elle se retourne brusquement vers Benjamin.

— On s'y met ?

Le ton ne souffre pas l'attente. Benjamin comprend qu'il doit s'atteler à la tâche *toutes affaires cessantes*. Sauf que lui, il aime bien commencer la journée en douceur. Échanger quelques mots autour d'un café, profiter d'un peu de convivialité. Allez savoir pourquoi, la chaleur humaine le rend plus productif. Il scanne le visage à nouveau fermé et crispé de son interlocutrice et se dit qu'il va être difficile de lui faire passer ce concept.

— Un petit café pour commencer ?

— Non merci, je préfère qu'on attaque directement.

Qu'on attaque. Il tressaille malgré lui. Se rend-elle compte de son vocabulaire guerrier ? Est-ce que pour elle la vie est une lutte ? Il la voit seulement pour la deuxième fois et c'est l'impression qu'elle donne : celle d'une femme sous tension permanente. C'est triste, songe-t-il. Est-ce qu'elle aperçoit le regard de commisération qu'il lui lance ? Il ne pense pas. Il la sent trop centrée sur son objectif prioritaire pour avoir conscience de quoi que ce soit d'autre.

Elle attend qu'il lui montre dare-dare ses possibilités d'animations. Il fait celui qui n'a pas compris et se dirige tranquillement vers le coin cuisine pour faire couler un café en sifflotant, le sourire aux lèvres. Du coin de l'œil, il voit bien qu'elle trépigne. Il continue de faire l'idiot.

— Asseyez-vous, Joy ! Je vais vous préparer un macchiato dont vous me direz des nouvelles !

Les traits pincés, sa bouche s'entrouvre et se referme, comme si les mots n'étaient pas parvenus à sortir. Le corps raide comme un piquet, elle se hisse à contrecœur sur l'un des tabourets hauts.

— Vite fait alors, lâche-t-elle, les dents serrées.

Ah ! Là elle lui fait plaisir ! Il ajoute à l'espresso un soupçon de lait chaud, puis monte sa mousse de lait. Elle ne perd pas une miette de chacun de ses gestes. Il se dit qu'elle doit vraiment se demander ce qu'il fabrique. Enfin, il dégaine sa pipette de sauce chocolat liquide et entame l'ultime étape : le clou du spectacle, la cerise sur le gâteau, le détail renversant ! Elle ne voit que son dos, tandis que sa main dessine le motif dans la plus pure tradition des baristas, technique qu'il avait apprise lors des quelques mois passés en Italie. Ses petits Max adorent ses talents pour le Latte Art, et, selon les jours et les humeurs, il varie les plaisirs, entre *topping*, dessins réalisés sur la mousse de lait avec un coulis au chocolat, *painting,* où il dessine avec un petit bâton directement dans la mousse, et *free pouring*, où il verse librement la mousse de lait pour dessiner un motif (le blanc de la mousse de lait apparaît en variant la hauteur du versement de la mousse dans le café).

— Tadaaa !

Benjamin dépose la boisson gourmande devant Joy. Elle a soudain l'expression heureuse et insouciante d'un gosse qu'on a réussi à surprendre.

— Allez-y ! Tapez dedans !

La cuillère en suspens, elle hésite à casser le joli dessin d'étoile. Quand elle s'y résout enfin, elle enchaîne les cuillérées de crème dans la bouche avec gourmandise sans relever sa tête penchée au-dessus de la tasse. *Je crois qu'elle ne s'attendait pas à se régaler autant*, songe-t-il. *Ça fait plaisir à voir. Tant qu'il y a de la gourmandise, il y a de l'espoir…*

— Merci, c'était délicieux.

Il entrevoit à nouveau le petit lutin joyeux. Mais c'est de courte durée. Elle bondit du tabouret pour marquer la fin de la pause.

— Alors ? Vous m'expliquez ?

Elle veut du professionnel ? Madame va être servie…

10

J'écoute l'argumentaire de Benjamin depuis une vingtaine de minutes. Il me fait l'article de ses différents concepts d'animations événementielles par les mots. Il a de bonnes idées. Mais je n'en laisse rien paraître. Dans les affaires, c'est la base. Si l'on se montre d'office trop séduit, on n'a plus aucune marge de négociation. J'entends si souvent Ugo dire ça. J'essaye de modéliser sur lui. Je joue la cliente difficile. Je crois que c'est comme ça qu'Ugo aurait aimé que je conduise l'entrevue. Faire ramer le prestataire pour en obtenir plus… Avec Ugo, je suis à bonne école. À chaque nouvelle idée proposée, je marmonne une onomatopée peu convaincue. Je vois Benjamin perdre peu à peu de sa contenance. Son ton enthousiaste du début de matinée vire peu à peu à l'intonation courtoise. Fugacement, je crois lire dans ses yeux qu'il n'a plus tellement envie que l'affaire se fasse. La Joy empathique tambourine à l'intérieur de mon poitrail. *Eh oh ! Arrête de lui en faire baver à ce gars-là, il est vraiment cool et patient, et puis repense un peu au super macchiato qu'il t'a offert tout à l'heure de si bon cœur, ce n'est pas pour tout le monde qu'il fait ça ! Il n'a pas mérité que tu lui empoisonnes sa journée, tu le sais très bien…*

Un jeune homme d'une trentaine d'années entre dans l'atelier et crie un bonjour à la cantonade. Il a remonté le col de son blouson aviateur et frotte vigoureusement ses mains pour se réchauffer. Il a l'air mutin, des fossettes rieuses, des cheveux bouclés indisciplinés, un teint métissé, et aux oreilles, des boucles en strass diamants. *Gros fashion faux pas,* aurait dit Virginia… Pourtant, le look est assumé et plutôt bien porté. Cette interruption semble plus que bienvenue pour Benjamin qui me demande de l'excuser un instant.

— Salut, Rayane ! Ça va ?

Ils se font une bise d'un seul côté.

— Qui c'est ?

Benjamin chuchote mais pas assez bas. J'entends quand même.

— Une cliente, je te raconterai…

— Mignonne, la cliente ! fait son acolyte en m'observant par-dessus l'épaule de Benjamin.

— J'crois pas, non…

La dernière réplique me pique un peu. Je me fige sur mon siège. L'ordinateur s'est mis en veille, et je vois mon reflet dans l'écran devenu noir. Est-ce que je me reconnais vraiment dans cette femme qui exporte son stress sans vergogne, pointilleuse, emmerdante, casse-bonbons ? Je sens un voile de tristesse s'abattre sur moi. Je n'aime pas cette Joy-là, mais je ne sais pas très bien comment faire revenir l'autre, celle qui a disparu il y a si longtemps maintenant…

Benjamin revient vers moi l'air détaché et me présente son associé Rayane.

Ce dernier m'offre une poignée de main vigoureuse ainsi qu'un large sourire. La bonne humeur doit faire partie de la signature maison. De quoi me déboussoler. L'atmosphère qui règne ici est si différente de celle de la Huitième Sphère ! Rayane s'éclipse tout de suite.

— Faites comme si j'étais pas là !

Il part s'installer à son poste, derrière un ordinateur dernier cri et lance le logiciel de création 3D que je reconnais pour l'avoir testé au Salon Heavent. Dans la petite salle à côté, plusieurs imprimantes 3D marchent à plein régime. De nombreux cartons sont alignés le long du mur et semblent attendre une marchandise. Benjamin surprend mon regard interrogatif et m'explique :

— Nous imprimons beaucoup de petits cadeaux souvenirs à remettre en fin d'événements aux invités. On ne peut pas le faire en direct le jour J. Ça prendrait trop de temps. Vous pourriez aussi choisir cette option pour laisser un souvenir lors de votre fête ?

Je secoue la tête, revêche.

— Non, ce n'est pas assez original.

Trop n'est jamais assez est l'autre dicton favori d'Ugo. En faire plus, toujours. Lui est capable de pousser l'exigence jusqu'à la tyrannie… Je sens à nouveau des tensions dans mon épaule gauche. Un point de douleur juste sous l'omoplate, et tente de me masser discrètement.

— Vous avez mal ? s'enquiert gentiment Benjamin.

— Pas du tout.

La sécheresse de mon ton le gifle. Ma parole, je suis imbuvable aujourd'hui ! Je sursaute avec la porte qui claque. Une autre personne entre dans l'atelier.

— Salut la compagnie !

C'est un défilé ou quoi ? Une espèce d'ovni s'avance, engoncée dans une combinaison noir et rouge fluo, surplombée par un casque intégral avec une visière fumée. Comme une vitre sans tain qui ne permet pas de voir le regard. Le curieux personnage s'arrête net quand il m'aperçoit.

— Oh, bonjour, mademoiselle ! Je ne savais pas que nous avions de la visite.

Il ôte son masque, et je découvre avec stupéfaction... une dame d'un certain âge – je ne saurais dire lequel –, une masse de cheveux blonds aux grosses boucles permanentées, un joli visage couvert de rides d'expression, un teint hâlé improbable au cœur de l'hiver faisant ressortir deux prunelles pétillantes bleu piscine.

La femme s'avance vers moi, sourire toutes dents dehors.

— Carmen, enchantée !

Deuxième poignée de main vigoureuse. Décidément !

Benjamin se lève et prend Carmen par le bras pour l'entraîner plus loin vers le coin cuisine. Elle pose les mêmes questions que Rayane en me jetant les mêmes regards interrogateurs. Puis elle se met à parler à Benjamin comme si je n'étais pas à portée d'oreille.

— ... *Et toi ça va, mon chéri ? T'es bien rentré hier ? Roh dis donc, faut que je te raconte mon rencard... Merci, hein, de m'avoir montré l'appli...*

Malgré mon humeur de chien, me voilà amusée un instant par la scène : Benjamin, jetant dans ma direction de petits regards inquiets, essayant d'esquiver les gestes familiers et affectueux de Carmen qui, tout en babillant ses potins du jour, tente de coiffer une de ses mèches rebelles.

— *Chut... Carmen... Arrête ! Tu me raconteras plus tard, d'accord ? Mais si, je suis super content pour toi... Tu me diras tout à l'heure, là, il faut que j'avance avec ma cliente, OK ? J'ai pas le temps de te préparer un latte, mais promis je te ferai mon thé signature dans l'après-midi, allez...*

Je camoufle un sourire dans mes mains et le maquille en bâillement. Il s'en aperçoit et doit avoir peur que je sois en train de décrocher.

— Excusez-moi ! Tout va bien ? N'hésitez pas si vous avez des questions à poser.

Il est gentil. Je n'ai pas trop l'habitude des gens gentils comme ça. Il continue à me présenter le champ des possibles, et je me dis que ce qui n'est vraiment plus possible, c'est de continuer à refuser toutes ses propositions. Alors, je décide de m'accrocher à ses dernières paroles pour changer de cap et enfin lui donner un encouragement.

— Ah oui, voilà, c'est une très bonne idée, ça !

Il me regarde, surpris.

— Qu'est-ce qui est une très bonne idée ?

— Ça, là, ce que vous venez de dire !...

— Quoi, les Magic punchlines ?

— Oui ! C'est ça ! Les Magic punchlines !

Allez, Joy, fends-toi d'un petit sourire maintenant. Mon interlocuteur, que j'ai dû assommer de ma mauvaise humeur depuis une heure, se demande encore s'il peut croire en la félicité d'un changement de ton. Je remets une couche de sourire. Je perçois chez lui le début d'une détente.

— Alors on est d'accord ? On part sur un cocktail dînatoire, avec, au moment de l'apéritif, juste après le discours de vos boss, l'animation Brandscape en impression 3D ? Et on réserve l'animation Magic punchlines pour le dessert, comme clou de la soirée ?

— Ça me paraît bien.

Ses yeux au ciel semblent crier un Alléluia dans une expression si désarmante que, sans le faire exprès, j'éclate de rire. Je ne sais pas lequel de nous deux est le plus étonné.

11

Carmen voit Benjamin raccompagner la jeune femme et, sitôt la porte refermée, pousser un soupir de soulagement goguenard qui pourrait vouloir dire quelque chose comme : « Enfin partie cette casse-pieds qui était sur le point de me rendre chèvre »… Benjamin lui sourit quand il passe près d'elle. Elle le couve du regard tandis qu'il s'éloigne en direction de Rayane pour échanger avec lui quelques mots sur les commandes en cours de production.

La matinée s'est écoulée si vite. Elle est en train de s'affairer dans la cuisine. Ils doivent avoir faim. Elle a apporté un bon petit pot-au-feu pour *ses garçons.* C'est vrai qu'elle pourrait être leur mère. Elle a plus du double de leur âge. La vie n'a pas voulu qu'elle ait d'enfants. Ça a failli, une fois. Et puis, non. Ils avaient rompu avant. Il n'arrivait pas à se projeter suffisamment avec elle, qu'il disait. Ce qu'elle croyait surtout, c'est qu'il en avait rencontré une autre plus… *plus* quoi, au fait ? Elle ne saurait dire… Plus jolie ? Plus avenante ? *Plus mieux*, voilà, en définitive. Mais elle n'a jamais été aigrie. Ça non, jamais. C'est contraire à son tempérament. La vie, elle la prend comme elle vient, avec le bon et le moins bon, et surtout, d'expérience, elle sait qu'on n'est jamais à l'abri d'une heureuse surprise… Alors, tous les matins, elle se lève optimiste. Il y a quatre ans, la vie lui a envoyé un sacré joli cadeau en mettant Benjamin sur son chemin. Benjamin, c'est sa preuve par neuf que l'existence fait parfois de petits miracles. Carmen galérait depuis trois ans pour retrouver du travail. Elle s'était fait gentiment licencier de son poste de gestion comptable sous couvert de réduction d'effectifs dû à la crise, mais elle savait bien que ce renvoi était dû à son âge. Cela coûtait maintenant moins cher d'employer un jeune diplômé, voire d'externaliser la fonction pour alléger les charges sociales. On avait essayé de la mettre en retraite anticipée, mais elle avait validé beaucoup trop peu de trimestres pour rendre cette solution viable. En outre, elle n'avait aucune envie de s'arrêter de travailler ! Elle aimait être une active comme les autres, au contact des nouvelles générations. *Là où ça se passe*. Elle se sentait si jeune dans sa tête, pourquoi faudrait-il déjà partir à la casse (rien que l'idée la faisait frissonner) ? Les gens de Pôle Emploi s'étaient montrés pessimistes. « *Vous savez, à votre âge…* » Combien de fois l'avait-elle entendue, cette phrase ? Pourtant, Carmen se savait spéciale. Elle n'était pas « n'importe quelle comptable ».

Carmen ne voit pas les chiffres comme tout le monde. Elle les voit en couleurs. On appelle ça la synesthésie. Une particularité de son cerveau. Un truc neurologique qui fait qu'elle associe deux sens pour percevoir les signes. On ne le sait pas, mais il y a plein de formes de synesthésie. La sienne se nomme « graphèmes-couleurs ». Cela lui a toujours bien plu.

Elle n'est pas un génie des nombres, mais elle a tout de même certaines dispositions assez impressionnantes. Là où n'importe qui s'ennuierait à mourir devant des colonnes de chiffres à n'en plus finir, Carmen, elle, se balade comme dans un paysage. Ça lui plaît. Elle s'y sent bien. Comme un refuge. Sur sa table de chevet, on retrouve le livre de Daniel Tammet : *Je suis né un jour bleu.* C'est dire sa fascination pour le sujet. Elle l'a lu sept fois, pour essayer de mieux comprendre ce qui peut bien se passer à l'intérieur du cerveau de cet extraordinaire savant autiste…

Et donc un jour, il y a quatre ans, Carmen, presque résignée à son sort de RMiste au placard, répond à une annonce singulière trouvée sur un nouveau site de recrutement, destinés aux TPE, PME et petits entrepreneurs.

« *Quand une situation bloque, il faut ouvrir d'autres tiroirs…* », n'avait-elle cessé de se répéter. L'annonce lui avait plu d'emblée. Parce que joliment rédigée, avec un zeste d'humour et un brin de fantaisie. À l'opposé de la plupart des annonces, froides et institutionnelles, qui donnaient l'impression de recruter des robots, des numéros, et qui, pour finir, n'avaient pas grand-chose d'humain.

Ressources inhumaines.

L'annonce de Benjamin n'avait rien à voir. Plus qu'un(e) comptable, il recherchait « *quelqu'un qui compte* », parce que, disait le texte, quand on est une si petite structure, chaque membre devient vite indispensable. Un(e) comptable qui *ne compte plus sur ses doigts depuis longtemps*, mais qui *comptera comme les doigts de la main pour son équipe*. Carmen lisait entre les lignes le bon esprit, les facettes solidaires et bienveillantes… Elle se souvient encore de sa fébrilité en répondant à l'annonce, de son trac aussi. Pourquoi prendraient-ils une vieille chouette comme elle ?

Quelques jours plus tard néanmoins, Benjamin l'avait appelée pour une entrevue. En arrivant, elle avait croisé une autre candidate, une jeune fille élancée et charmante, tout sourires. À l'évidence, l'affaire semblait entendue. Elle avait presque eu envie de tourner les talons. Mais quelque chose l'en avait empêchée. Peut-être le sourire engageant de Benjamin qui, très gentiment, l'invitait à entrer.

L'entretien s'était déroulé sans encombre, mais elle avait eu l'affreuse impression de n'avoir pas réussi à marquer de points décisifs. Benjamin avait planté son regard dans le sien, en quête d'une vraie authenticité :

— Qu'est-ce qui vous a vraiment poussée à postuler à cette annonce, Carmen ?

Elle avait senti l'instant crucial. Soit elle maquillait les motifs de sa candidature, soit elle jouait la totale honnêteté.

Alors, elle avait tout sorti : ses années de galère, sa mise au placard à cause de son âge, l'impossibilité de retrouver du travail, elle qui avait pourtant tant de métier et d'énergie à revendre !

— … Et aussi, je vois les chiffres en couleurs.

Benjamin prenait des notes tandis qu'elle parlait, mais il avait relevé les yeux avec une lueur conquise à la dernière réplique.

Trois jours après, Carmen commençait à l'atelier.

Autant dire que, pour Benjamin, elle se couperait un bras. Tiens, quand on parle du loup…

— Oh, mais dis donc ! Qu'est-ce que tu nous as encore préparé de bon ? T'as eu le temps de cuisiner un pot-au-feu ? Carmen ! T'es incroyable !

Il l'embrasse sur la joue et ça la fait rire. *Y a d'la joie, Bonjour bonjour les hirondelles.* Carmen chantonne toujours dans sa tête quand ça chantonne dans son cœur. Rayane arrive, lui aussi attiré par le doux fumet parfumé. Les deux garçons ne se font pas prier pour passer à table. Ils engloutissent. Elle se retient de leur dire de manger plus doucement, mais ils font tellement plaisir à voir.

— Qu'est-ce qu'on ferait sans toi ! marmonne Rayane, la bouche pleine de reconnaissance.

Ici, Carmen se sent utile, appréciée, au-delà de ses espérances les plus folles. Alors, pour ces deux-là, il n'est rien qu'elle ne serait prête à faire.

— Et cette jeune femme ? Tu t'en es sorti ? Ça avait l'air un peu compliqué…

Les sourcils de Benjamin se froncent au souvenir de la matinée en compagnie de Joy.

— En effet ! Quelle galère ! J'avais l'impression que rien ne trouvait grâce à ses yeux. Les indécis, ce sont les pires… Je crois qu'elle ne savait vraiment pas ce qu'elle voulait.

— Ouep, un brief flou, quoi ? compatit Rayane tout en se resservant une deuxième portion de l'excellent pot-au-feu de Carmen.

— Totalement. Et elle, l'archétype de la cliente fermée et autoritaire.

Carmen sourit à Benjamin comme s'il n'avait rien compris.

— Mais non, pas du tout. Moi, je l'ai surtout sentie très stressée, cette jeune femme… Son côté autoritaire, c'est du flan, je te dis. Ça se voit tout de suite que c'est une gentille.

— Ah oui ? Et à quoi tu vois ça ?

— Ben à la prunelle évidemment. Ça trompe pas, la prunelle. Crois-moi.

Benjamin lui répond par une grimace dubitative, mais, en même temps, son air rêveur indique qu'il considère la possibilité évoquée par Carmen. Peut-il se fier à ce que cette Joy a montré d'elle ce matin pour la cerner ? Est-il possible qu'elle se soit enferrée dans un rôle qu'on lui impose ou qu'elle s'est imposé elle-même ?

— Et alors, elle serait insupportable comme ça, pour le plaisir ?

Carmen éclate de rire. Elle aime bien quand son poulain prend ce ton taquin avec elle, pour démonter sa théorie de « la fille qui a bon fond mais qui est obligée de mettre une carapace ».

— Pas pour le plaisir, idiot ! Peut-être tout simplement parce qu'elle ne peut pas faire autrement, parce qu'on lui en a collé plein le dos par exemple !

Benjamin la regarde avec un air surpris et amusé.

— Ah, ben dis donc, tu l'aimes bien ma casse-pieds !

— Tout le monde mérite sa chance, non ?

Son grand sourire et son clin d'œil entendu ont l'air de faire mouche.

— D'accord, je vais creuser un peu, puisque tu as l'air d'y tenir !

12

Enfin.

Enfin Ugo va venir dîner à la maison.

Enfin il a trouvé une occasion.

Des semaines que j'attends ce moment.

Je suis nerveuse. Aujourd'hui, je n'ai été bonne à rien au bureau. J'ai été épouvantable avec Benjamin de l'agence EMOTEXT. Il essayait juste de faire avancer les choses pour notre événement, et je l'ai envoyé bouler. *Vous ne pouvez pas le trouver vous-même, le nuage de mots corporate ? C'est votre boulot, non ?* Je lui avais limite crié dessus. Il était resté très calme.

— Non.

— Quoi, non ?

Je ne comprenais pas.

— Non.

Il avait répété, toujours avec cette affirmation de soi implacable. Même pas avec agressivité. Tout gentiment mais avec une fermeté qui m'avait laissée sans voix.

— Non, ce n'est pas moi qui trouverai les mots valeurs de votre agence. On ne demande pas au voisin de palier de trouver le prénom de son enfant.

Par contre je vous aiderai pour les faire émerger. Nous pouvons faire une séance de travail quand vous voulez.

Je n'avais dit ni oui ni non et j'avais prétexté le début d'une réunion imminente pour raccrocher sans avoir à m'excuser de mon comportement mal luné.

Incapable de me concentrer sur mes dossiers, j'avais décidé de quitter l'agence tôt, ce qui n'avait pas échappé à l'œil de Moscou, VIP' (même si l'hypothèse d'une vipère moscovite ne paraît pas très plausible).

— Tu finis ta journée à 18 heures ? Tu es passée en temps partiel ou quoi ?

Son cynisme moqueur me fait grincer les dents. Malgré tout, j'avais intérêt à trouver très vite un alibi et, quand on ne sait pas très bien mentir, mieux vaut faire court.

— Rendez-vous client ! avais-je lâché en traçant pour ne pas lui donner l'occasion de creuser plus avant en posant des questions.

Bien sûr, pour honorer la venue d'Ugo, je m'étais mise en frais. Le tralala et les petits plats dans les grands.

Il faut que tout soit parfait !

J'ai pris soin de lui acheter ses mets préférés. D'enfiler sa robe préférée, celle qui met le mieux en valeur mon atout principal, mes seins. Je leur sais gré de n'être ni trop gros, ni trop petits, et d'avoir un joli galbe rond, en « pomme », comme dit ma mère.

À chaque venue d'Ugo, un paradoxe surgissait : comment pouvais-je être à la fois aussi heureuse et aussi tendue ? Au fil des heures, mon plexus était devenu aussi dur qu'une balle de ping-pong en bronze.

Il faut que tu sois à la hauteur.

Mon esprit ne cessait de me torturer avec des injonctions écrasantes qui commençaient toutes par *Il faut...*

Les mains tremblotantes, j'avais senti venir une nouvelle crise. Je m'étais assise sur le canapé et j'avais caressé mon portable du bout des doigts quelques instants, essayant de résister à la compulsion. Puis j'avais craqué. J'avais téléchargé deux nouvelles applications qui m'avaient semblé extraordinairement indispensables pour assurer de bout en bout toute cette soirée.

Il faut se donner les moyens.

Il est arrivé avec quarante-cinq minutes de retard. Cela peut sembler court quarante-cinq minutes, mais quand ça fait quatre semaines et quarante-cinq minutes que vous attendez, c'est très très long. Il ne s'est pas excusé : il était au téléphone quand j'ai ouvert la porte. Il est entré chez moi comme chez lui, tout en continuant la conversation animée qui le tenait pendu au bout du fil. Il s'est approché de la table que j'avais dressée pour picorer nonchalamment quelques cacahuètes. Ici et là, il m'a lancé quand même quelques regards désolés en montrant son téléphone pour le désigner responsable de cet agaçant coup de fil interminable. J'ai fini par comprendre que c'était VIP' au téléphone, et l'intrusion de cette pernicieuse collègue chez moi, en cet instant, me hérisse au plus haut point. Ugo intercepte ma grimace et, ô miracle, comprend qu'il est temps de mettre fin à cet appel.

— Excuse-moi, j'étais obligé de la prendre ! Une affaire urgente, tu connais…

Ah, ça, pour connaître la chanson, je connais la chanson. Mais enfin il m'embrasse et toutes mes tensions s'évanouissent. Il a grand faim. Nous passons à table. Moi, je n'en ai rien à faire du dîner. J'aurais même volontiers squeezé cette étape, d'autant que le trac mêlé à l'excitation m'a coupé tout appétit. Et puis surtout, quand j'ai Ugo en face de moi, j'ai l'impression de passer un grand oral. Il est tellement brillant. Tellement cultivé. Chaque fois qu'il lance un sujet de conversation, il termine ses phrases par *tu connais ?*. Le blanc qui s'ensuit est affreusement gênant. Car non, la plupart du temps, je ne connais pas. Il a l'art de citer des politiques, des écrivains, des événements dans des pays dont je ne soupçonnais pas l'existence sur le globe terrestre… Mais ce soir, j'ai anticipé. Je ne lui laisse pas le temps d'ouvrir la bouche. C'est moi qui pose les questions. *Et qu'est-ce que tu penses de l'affaire Unetelle ? Et que dis-tu de la prochaine ouverture du Parc bidule-chouette ? Tu n'as pas entendu parler du scandale de Shnock ?*

Je jubile. Tout se passe si bien ! Malgré tout, au bout d'un moment, Ugo se met à me regarder bizarrement. Il reste silencieux en fronçant les sourcils un instant.

— Qu'est-ce qu'il y a ?

Il pique le nez dans son assiette.

— Non, rien… C'est juste cette conversation…

— Quoi, cette conversation ?

— Rien… C'est ta façon de me poser toutes ces questions ce soir… c'est un peu… (Il cherche ses mots.)… crispant !

D'un geste discret, je ferme l'appli Clevertalk ouverte sur mes genoux. Je suis déçue de sa remarque. J'ai peut-être manqué de naturel en posant mes questions ? *C'est normal*, me dis-je : c'est la première fois que j'utilise l'appli. Il va me falloir de l'entraînement… Autrement, je la trouve sensationnelle, cette application ! N'est-ce pas grâce à elle que, depuis une heure, je suis capable d'alimenter une conversation substantielle ?

— Mais qu'est-ce que tu as sur les genoux… ?

Il se penche pour apercevoir ce que je trifouille sous la table.

— Rien… suis-je obligée de mentir.

Mon portable qui tombe au sol émet un son affreusement gênant mais qui me permet au moins de montrer que je n'ai rien sur les genoux.

— Qu'est-ce que c'était que ce bruit ?

J'ai chaud partout, je ne sais plus où me mettre. Il est temps d'agir. Je bondis hors de ma chaise pour lui sauter au cou et lui faire oublier ces broutilles. Nous sommes tous les deux gagnés par la même fièvre. Nous nous levons sans décoller nos lèvres et titubons vers la chambre. Enfin lui ! Enfin nous ! Ivre de joie, la même phrase me revient sans cesse en tête.

Il faut que je l'éblouisse, il faut que je l'éblouisse !

Nos corps roulent sur le lit, nous nous déshabillons en hâte. Les souffles sont courts, les caresses désordonnées, les corps emmêlés… Tout se passe divinement bien. Il est au summum de l'excitation !

Il faut que je l'éblouisse, il faut que je l'éblouisse !

Obnubilée par l'idée d'être originale et de réussir à le surprendre, j'ai cherché une petite surprise pour pimenter nos ébats. Je l'interromps dans son élan passionné.

— Attends ! Ne bouge pas ! Je t'ai préparé quelque chose !

Je glousse tandis que je me faufile hors du lit, nue, et sautille jusqu'au salon pour aller chercher mon portable. Quand je reviens, il s'est assis et a couvert son corps avec la couette. Je brandis mon portable sous son nez.

— Regarde ! C'est rigolo ! C'est l'appli Sexy421. Tu secoues le téléphone et bim ! Ça te lance simultanément trois dés : un qui dit une partie du corps, l'autre une action, et le dernier, combien de temps…

Je secoue mon portable, inconsciente du regard embarrassé qu'il me lance.

— Joy ? Joy ? Eh oh ?

Il est obligé de m'ôter le portable des mains pour que je l'écoute. Il tente vaguement de prendre des pincettes.

— Je suis désolé mais cette interruption et tout ce petit manège, ça m'a un peu coupé l'envie, *tu vois…*

— …

Il jette un coup d'œil à son énorme montre de marque.

— … Et puis, il se fait tard, Virginia va bientôt rentrer de son cocktail dînatoire et je ferais mieux d'être à la maison, *tu vois…*

Implacablement, il commence déjà à se relever, à chercher ses affaires dans le noir. Il enfile sans un mot le caleçon, le pantalon, la chemise. Quand il a fini, il se tourne enfin vers moi et colle un baiser rapide sur mes lèvres.

— Le dîner était très bon.

La porte claque. Je n'ai pas bougé. Mon corps est resté là, immobile, ma nudité exhibée à la nuit, et le cœur giflé par le silence de son départ précipité.

13

Les jours suivants, je traîne comme une ombre au sein de l'agence. Je fais tout pour éviter Ugo. Bien sûr, les nœuds dans ma tête ne sont que dans mon cerveau. Lui n'a pas l'air de s'en faire le moins du monde. Je viens d'avoir Benjamin au téléphone pour la préparation des dix ans de l'agence. Il a été aimable mais assez distant et directif. Rien à voir avec le côté si chaleureux et enthousiaste que j'avais perçu la première fois que nous sous sommes rencontrés au Salon Heavent. Je ne sais pas pourquoi, mais cela m'a un peu chagrinée. Il m'a confié différentes tâches pour contribuer à la conception des animations. Au regard de l'enveloppe budgétaire très limitée accordée par ma direction, je suis obligée de m'impliquer personnellement. Benjamin, de bonne grâce, avait accepté la mission à condition que je donne de mon temps pour compenser. Une fois de plus, c'était moi qui allais faire les frais du management stretch…

Une autre difficulté m'attendait : les Badass avaient expressément exigé que l'animation surprise de notre soirée reste secrète. Or, comment interroger les gens de l'équipe pour leur soutirer de la *matière à mots* sans qu'ils se doutent de rien ?

La matière à mots... C'était Benjamin qui avait utilisé cette expression. Je l'avais trouvée amusante. Quels mots pour incarner l'esprit de l'agence, son essence, ses ambitions, ses valeurs ? Quels mots pour représenter chaque personnalité membre de cet équipage ?

Pour l'instant, je ne voyais pas très bien ce qu'il allait en faire. Moi, j'étais juste chargée d'aller à la *pêche aux mots…*

Et la plus belle mare pour discuter incognito me semblait être la machine à café. Je connais l'heure à laquelle les troupes viennent s'abreuver. À 11 heures le matin, c'est l'affluence. Ce n'est plus un couloir, c'est un trottoir de New York. Et ça papote à s'en faire un claquage de langue ! Même Cataclope est là : c'est le rare moment de la journée où il troque son paquet de cigarettes contre son attirail de vapotage électronique, pour pouvoir passer ce moment avec les autres membres de l'équipe. Mon BGBC est là aussi. Décontracté, et c'est peu de le dire, comme toujours.

— Salut, Yoji ! se bidonne F., content de sa trouvaille.

— Yoji ?

— Ben oui, Joy en verlan, ça fait yoj. Et moi, ça me fait penser à Yoji ! Tu connais pas Yoji ?

Sous-entendu, je suis nulle de pas connaître Yoji.

— Quoi, tu connais pas Yoji ?

Évidemment, VIP' en profite pour en rajouter une couche. Je ne peux pas googliser ce Yoji sur mon smartphone devant eux. Je n'ai plus qu'à me laisser chambrer… Pour illustrer son propos, F. lance une musique trance sur son smartphone. Il se met à sauter sur place et à danser comme dans les concerts de hard trance. Les autres se régalent du spectacle. Celui du djeun en folie, mais surtout de ma déconfiture. Ils applaudissent. Les *Yo*, *Yo* fusent.

— Tu connais pas ça ? *Hardstyle Disco* ? C'est du lourd pourtant ! Hyper connu cet *anthem hard trance* !

— Attends, va doucement, F. Tu sais, Joy n'est plus toute jeune quand même !

Ils éclatent tous de rire. Je me répète en boucle la même pauvre phrase que me disait ma mère quand j'étais petite. *La bave du crapaud n'atteint pas la blanche colombe...*

Mais bon. À côté du hard trance, c'est vraiment trop désuet pour faire le poids. Je mets une pièce dans la machine et décide de laisser glisser en affichant un sourire sur mesure de « même pas mal ».

Cataclope me scanne le visage.

— Ça va, Joy, ce matin ?

Je joue ma carte du sûr-ça-va.

— Ça va super bien, merci !

— Tant mieux alors... Parce que tu as l'air un peu pâlotte...

— C'est l'éclairage néon, G.

Je coupe court avant qu'il me demande ma carte vitale pour compte rendu médical, ou qu'il me diagnostique une anémie quelconque.

Il va falloir que je passe à l'action. Vite, avant que les troupes se dispersent.

— Dites donc, tant que je vous ai sous la main. V & U m'ont chargée de rédiger un publirédactionnel pour l'agence. Si vous deviez donner un mot pour décrire notre esprit corporate, ce serait quoi ?

Est-ce qu'ils vont mordre à l'hameçon de ce petit sondage innocent ?

Ma requête est gonflante, trahissent leurs mines, mais ici, toute demande émanant de V & U est prise au sérieux. Cataclope répond en premier.

— Excellence, assurément. Stratégie, à la rigueur.

— Prestige ! poursuit la Taser.

— Image. Influence. Impact. Attractivité, rayonnement… Firmament !

Quand VIP' est lancée, on ne l'arrête plus.

— C'est dar ! s'exclame mon BGBC. (Il met les sous-titres pour les anciens.) Trop bien, quoi ! rajoute-il en haussant les épaules, comme si on était teubés de ne pas savoir.

Heureusement, vu la tête des autres, je ne suis pas la seule à ne pas connaître l'expression.

À ce moment-là, sans doute attirés par le raffut, V & U rappliquent dans le couloir.

— Qu'est-ce qui se passe ici ? C'est Rio ou quoi ?

Ugo a l'art de faire savoir avec sourire, humour et coolitude qu'il n'est pas ravi de nous trouver là à papoter au lieu de travailler.

Réaction spontanée de VIP'.

— C'est Joy. Elle nous demandait des mots pour décrire l'agence, pour le publirédactionnel que tu lui as donné à faire…

Aïe. Je sens la cata arriver.

— Quel publirédactionnel ?

Des regards interrogatifs se tournent vers Ugo. Un ange passe. J'aimerais être une autruche qui disparaît dans son trou. Mais il n'y a que le trou que j'ai dans l'estomac pour l'instant. Je toussote exagérément.

— Mais si, Ugo ! Le publirédactionnel !

Je lui fais des yeux de soucoupes avec une expression extraterrestre suffisamment bizarre pour le faire taire.

— Ah, oui… Ça !

Ouf. Il a compris. Il est vrai qu'avec tous les récents événements je n'ai même pas eu le temps de tenir les Badass au courant de mon choix d'animation pour notre soirée anniversaire. V & U me demandent avec un air entendu de venir les voir d'ici l'heure du déjeuner.

L'assemblée se dissout. Chacun retourne dans son antre, café-touillette à la main. La séquence m'a éprouvée, mais je repars avec un peu de matière première à mots. Au moins une tâche que je pourrai barrer dans la to-do list de mon appli Procrastop…

14

Noël approche à grands pas. J'ai prévenu mes parents que je ferais juste un aller-retour express pour le réveillon, et que j'avais trop de travail pour rester quelques jours. Mon père s'était plaint que j'appelais trop rarement.

— Alors, comment va mon p'tit pop-corn ?

Cher papa. Toujours si jovial. De cette gaieté franche, simple et communicative des gens qui ne se font pas de nœuds au cerveau. Comme je l'enviais, lui, le fabricant de souvenirs en bois pour les touristes de bord de mer… Quand j'étais montée à Paris, j'avais fui ce mode de vie qui me paraissait vaguement rustique et ennuyeux, surtout l'hiver. Je pensais trouver à la capitale les trépidations, le faste, les paillettes, le tourbillon des plaisirs, une vie à mille à l'heure où je me sentirais enfin pleinement vivante !

Comment expliquer à mon père que je m'étais laissé prendre au piège toute seule et que ma vie à cent à l'heure finissait par m'aspirer totalement ? Pouvais-je avouer à mes parents que j'alternais entre des moments d'hyperactivité, où je déployais une énergie phénoménale pour être à la hauteur de l'image que je voulais donner à l'agence, et d'autres moments où, planquée chez moi, seule, si seule, je tombais dans une léthargie profonde, incapable de bouger, comme clouée à mon propre lit, exsangue, épuisée, happée par un sentiment de vide sidéral. Moi, petit point minuscule, flottant dans un grand néant inquiétant, sans bords et sans contours… Mais le sûr-ça-va a la peau dure et, pour ne pas inquiéter mon père, je donne le change. Explique que ma vie à Paris est formidable. Que je suis très respectée dans mon travail. Que, même, mes boss m'ont prouvé leur considération en me confiant la délicate mission d'organiser la fête anniversaire des dix ans de l'agence. Que tout allait pour le mieux. Pourquoi les inquiéter inutilement ?

— Tant mieux, mon p'tit pop-corn ! On a tellement hâte que tu viennes nous voir !

Moi aussi, j'avais hâte de les voir. Et en même temps, cet aller-retour allait me prendre de l'énergie et me retarder dans les préparatifs de l'événement. Les délais étaient si courts ! Justement, j'avais rendez-vous ce matin avec Benjamin. Dieu merci, il avait proposé de m'aider aussi dans la recherche de lieux. C'est une prestation qu'il offrait de temps en temps, à la demande, même si ce n'était pas son cœur d'expertise. Mais, depuis le temps qu'il travaillait dans l'événementiel, il avait développé quelques partenariats utiles. Il s'était proposé de m'emmener visiter les trois lieux présélectionnés. Ce que je m'étais empressée d'accepter avec reconnaissance. Cela m'éviterait d'aller aux quatre coins de Paris en transport en commun !

Benjamin m'attend devant l'immeuble pour partir directement. Il me dit bonjour cordialement et, moi, plus chaleureusement. Je m'en veux d'avoir été si peu aimable les dernières fois. Il n'a pas à supporter ce comportement alors qu'il a été si gentil et professionnel depuis le départ. Aujourd'hui, je veux lui montrer un autre visage de moi. Je lui adresse mon plus beau sourire et lui réponds avec entrain.

— Je vous suis !

Il lève un sourcil surpris, mais son visage s'éclaire. Il a l'air content de me sentir dans de bonnes dispositions. Nous dépassons la camionnette blanche.

— On ne vient pas de dépasser votre véhicule ?

— Ah non, non. Je ne m'en sers que quand il faut transporter du matériel encombrant pour les événements… Le reste du temps, je loue un p'tit pou.

— Un pou ? Qu'est-ce que…

Je comprends de quoi il veut parler lorsque nous arrivons devant une borne Belib' où une microscopique voiture bleu électrique est en train de se recharger. En comparaison, une Fiat 500 a l'air d'une Espace huit places. Il loue la voiture en trois clics et je grimpe à ses côtés en gardant mon sac sur mes genoux, faute de place. C'est parti pour un tour de Paris en pot de yaourt ! Bizarrement, l'histoire me met le sourire aux lèvres. La bonne humeur doit être contagieuse, car voilà que Benjamin décide de jouer les guides touristiques en empruntant un irrésistible accent gouailleur. Il fait ça vraiment bien. Je rigole. Timidement d'abord. Et puis franchement. Paris défile sous nos yeux, on roule sur les quais de Seine. La lumière est si belle, projetée ainsi sur les flots, les statues et les monuments majestueux. Cinq minutes, j'ai l'impression d'être en vacances. À un feu rouge, Benjamin tourne la tête vers moi. Il n'a plus son air de clown, mais un sourire franc.

— Ça fait plaisir.
— Qu'est-ce qui fait plaisir ?
— De vous voir comme ça.
— Comment ?
— Souriante. Détendue.

Il redémarre. Je reste un instant dans mes pensées. Je cherche mes mots. Pour lui dire que je regrette d'avoir été si casse-pieds. Je me lance :

— Je suis désolée.
— De quoi ?
— Je n'ai vraiment pas été très agréable les autres fois.

Il veut démentir, par politesse.

— Ne cherchez pas à dire le contraire. Je sais que j'ai été pénible et je m'en excuse.

Il semble apprécier que je lui dise ça. Son expression est redevenue plus chaleureuse. C'est idiot mais je suis soulagée. Je n'aime pas être en froid avec quelqu'un.

Il se hasarde :

— C'est votre agence qui vous en fait voir ?

Il guette ma réponse du coin de l'œil. Je songe à tout ce qui me pèse ces derniers temps et qui reste tapi au fond de moi, la charge de travail, les dossiers qui s'enchaînent, les gens de l'équipe qui jouent avec mes nerfs, la frustration de ma liaison clandestine… Il doit voir mon visage se crisper de nouveau. Il soupire.

— On dirait bien qu'ils vous font avaler des couleuvres !

Je lui donne en guise de réponse un silence embarrassé et un sourire un peu triste. Le charme est rompu. Mais pourquoi irais-je lui raconter mes bleus au cœur et mes vagues à l'âme ? On ne se connaît même pas.

Nous arrivons devant le premier lieu. Je m'admoneste intérieurement et me prie de ranger mes états d'âme dans un tiroir et de me faire le plaisir d'avaler la clé. Je me recompose un visage de circonstance : neutre, distant et professionnel…

15

Elle regarde le lieu, prend quelques notes, pose des questions techniques pour l'organisation de l'événement. Mais Benjamin voit bien qu'elle s'est de nouveau refermée depuis tout à l'heure. Parce qu'il a dit qu'on lui faisait avaler des couleuvres ? Il l'observe du coin de l'œil, comme s'il espérait le retour de l'autre Joy. Celle qu'il a aperçue quelquefois, et qui donne à voir un tout autre visage. Un visage joyeux, rayonnant, lumineux, qui transforme ses traits d'une manière spectaculaire. Comment deux femmes si différentes peuvent-elles cohabiter dans un seul et même corps ? La première, repliée sur elle-même, tendue, presque terne, éteinte en quelque sorte ! et l'autre, spontanée, vive, éclatante, d'une beauté singulière.

Ses éclats de rire l'avaient non seulement surpris, mais aussi saisi sur le vif. Il ne s'attendait pas à un tel effet. Peut-être était-ce le contraste entre les deux Joy qui avait produit ce choc de sensations ? Cette femme l'intriguait. Il repensait fugacement à la fois où il l'avait raccompagnée en voiture et où elle avait oublié son portable. Il avait aperçu cette notification de l'appli Busybrain avec l'énorme ballon de baudruche rouge, caractéristique d'une charge mentale au bord de l'implosion. Il connaissait l'appli car ils en avaient discuté ensemble une fois avec ses p'tits Max : ils étaient tombés sur un article on line qui parlait de ces nouveaux actifs au bord de la crise de nerfs, bouffés par leur job, sans arrêt sous pression, et incapables de mettre le holà. Des accros au boulot devenus invalides de la joie. Et si c'était ça qui arrivait à Joy ?

— Ce lieu me paraît mieux que le premier. Plus adapté. Plus original aussi. On va voir le troisième ?

— Euh, oui… Vous n'oubliez pas un petit quelque chose avant ?

— Je ne vois pas…

— La pause déjeuner ? se hasarde Benjamin.

— Je ne pense pas que nous ayons le temps pour ça.

Il plante un regard gentiment intraitable dans le sien.

— Je crois au contraire que nous allons prendre tout le temps pour ça.

— Mais…

— En route !

— Rapidement alors…

Il fait celui qui n'a pas entendu.

— Comment ?

— Rapidement ! disais-je. Vite, quoi !

— Vite ? Je connais pas ce mot…

Elle ne sait plus quoi dire. C'est très bien : quand elle est désemparée, elle oublie d'être en surcontrôle.

— On ne reprend pas la voiture ?

— Pas la peine, c'est tout près d'ici.

La nouvelle semble la soulager. Sans doute pense-t-elle au temps gagné ? Toujours cette course contre la montre. Il connaît une bonne adresse, rapide et conviviale. Devant la devanture, il lui tient galamment la porte, ce qui la fait sourire. C'est agréable de lui arracher un sourire. Benjamin sent que ça pourrait devenir un nouveau jeu pour lui. Chaque sourire gagné, c'est autant de points pour le mettre de bonne humeur. Lui, sa bonne humeur, il en prend soin comme d'une amie, tous les jours.

Le spot est charmant.

— *Les Bariolés de Maud* ? Je ne connaissais pas…

Elle s'installe sur la banquette bleue et, comme un réflexe conditionné, elle sort son portable pour le garder près d'elle sur la table. Inconsciente du regard désapprobateur que lui lance Benjamin, elle plonge le nez dans la carte, une lueur de gourmandise inattendue dans les yeux. Il lui explique le principe des bariolés.

— Vous verrez, ce sont de petits triangles gourmants et colorés, accompagnés de crudités ou d'un gaspacho. Mon préféré est le Kabocha : potimarron confit, chèvre, miel et thym. Mais si vous aimez voyager, je vous conseille le Berbère : tajine de poulet aux fruits secs et épices du Maroc

— Ça a l'air appétissant.

La commande est passée rapidement. Ses yeux font connaissance avec le lieu. Benjamin commence à mieux lire en elle. Il dirait que l'endroit lui plaît bien. Le mobilier en bois, simple mais chaleureux, les coussins moelleux à motifs colorés, les plantes vertes suspendues, les bouteilles de vin logées sur des étagères, dans une niche de pierre… Le portable de Joy tantôt vibre, tantôt bipe. Elle ne peut s'empêcher de regarder, fronce les sourcils tandis que, d'un doigt agile, elle traite les informations réceptionnées.

— Vous n'avez jamais pensé l'éteindre le temps d'un déjeuner ?

Elle le regarde comme s'il venait de dire une ineptie.

— C'est mon outil de travail, répond-elle du tac au tac, un peu piquée.

— Votre outil de travail ou votre outil de torture ?

Est-ce qu'il plaisante ? semble-t-elle se demander.

— De torture, évidemment. J'adore souffrir.

Il éclate de rire. Et de soulagement aussi. Elle a le sens de l'humour. Rien n'est perdu.

Leurs bariolés salés arrivent.

— Comme c'est joli !

Il reste surpris par son exclamation joyeuse et presque enfantine.

— Comment font-ils pour colorer tout ça ?

— Elle ! Elle s'appelle Maud, celle qui a imaginé ces petites coques magiques triangulaires ! Produits naturels et colorants naturels. Assez bluffants ! Encre de seiche, curcuma, spiruline, algue verte, betterave rouge…

Pressée de découvrir, elle croque dans le triangle coloré à la pâte croustillante. Benjamin guette son verdict.

— Fantastique !

Elle se régale, mais surtout, elle dévore.

— Je ne m'étais pas aperçue que j'avais si faim !

Son appétit fait plaisir à voir. On dirait que les couleurs des bariolés lui sont montées aux joues. Son portable recommence à envoyer de petits sons stridents désagréables.

— Je suis désolée. Ce sont mes notifications… J'ai beaucoup d'applications…

— Combien ?

La question l'embarrasse.

— Beaucoup…

Benjamin n'insiste pas. Terrain sensible. Aussi, quand Joy décide de ranger son portable dans son sac, il en est d'autant plus touché.

La suite du déjeuner se déroule sans qu'ils voient passer le temps. Joy montre une vraie curiosité pour son parcours, et ils discutent à bâtons rompus. La conversation est fluide et agréable, surtout depuis que Joy a oublié d'être cramponnée à son écran. La décontraction la métamorphose ! C'est assez fascinant à observer. On leur apporte la carte des bariolés sucrés. La signature attire l'attention de Benjamin qui lit à haute voix.

— *La couleur de vos envies*… Et vous, Joy, est-ce que vous la connaissez, la couleur de vos envies ?

Elle reste un moment interloquée, les yeux dans le vague.

— La couleur de mes envies… répète-t-elle comme si elle se parlait à elle-même. À vrai dire, cela fait longtemps que je ne me suis pas posé la question…

— Vous n'avez qu'à faire un *pantonier chinois* !

— Qu'est-ce que c'est que ce truc ?

— C'est comme un portrait chinois, mais avec les couleurs du nuancier universel. Vous associez une couleur à chacune de vos envies profondes. Par exemple, bleu, une envie d'évasion, de grand large, de calme, de farniente…

— Votre bleu évasion me parle bien ! Mais je crois que nous n'aurons pas le temps de faire mon *pantonier chinois* !

Joy a les yeux sur sa montre-rabat-joie. Vaguement déçu, Benjamin appelle pour avoir l'addition.

— Ce n'est pas grave. Maintenant que vous avez le principe, vous pourrez y penser toute seule de votre côté !

Direction le dix-huitième arrondissement pour visiter le troisième lieu. Dans la voiture, Benjamin a l'impression d'être le chauffeur, car Joy, à ses côtés, enchaîne les coups de fil professionnels. Décidément, il y aurait fort à faire pour rebrancher cette fille-là aux vraies choses de la vie. À force de l'écouter parler, il cerne mieux ce qui cloche : elle est tellement suradaptée ! Tellement bonne élève ! Sa manière de répondre à ses différents interlocuteurs trahit une volonté de bien faire poussée jusqu'au toxique ! *Elle devrait se lâcher la grappe*, songe-t-il, étrangement irrité. *Qu'est-ce que ça peut te faire ?* Benjamin se surprend à ruminer au volant. *Ça me fait que c'est contrariant de voir une personne se gâcher de la sorte. J'ai comme l'intuition que ce n'est pas sa vraie nature... Et puis merde ! J'en sais rien ! Je sais juste qu'elle est vachement plus jolie quand elle sourit...*

L'espace d'un instant, un autre visage s'interpose dans son esprit. Myriam. Pourquoi pense-t-il à elle ici et maintenant, alors même que Joy ne lui ressemble en rien ? À part le fait qu'elle non plus ne souriait pas très souvent. Malgré tout, il avait été séduit par cette sorte de réserve naturelle qui lui donnait, selon lui, une aura de mystère et l'attrait de l'inaccessible. Myriam avait été son plus grand amour et sa plus grande déception. Ils s'étaient rencontrés à Paris à son retour en France. Une danseuse au corps sublime qui faisait partie d'une troupe de ballet contemporain.

Partout où elle allait, les hommes se retournaient sur son passage. Son élégance, la beauté de ses traits, la blondeur de ses cheveux fins comme des fils de soie… Lui était tombé éperdument amoureux sans se rendre compte que Myriam ne vivait pas l'aventure avec la même intensité de sentiments. Ambitieuse, voire carriériste, elle rêvait de gloire à l'international et n'avait pas hésité un seul instant à accepter une belle opportunité outre-Atlantique. Il aurait tout quitté pour elle, alors même qu'il venait enfin de se poser et de créer sa société. Mais tout s'était écroulé quand il avait découvert qu'elle suivait là-bas le directeur artistique qui l'avait embauchée. Ils sortaient déjà ensemble depuis quelque temps sans qu'il en sache rien. Benjamin ne se remettait pas de cette trahison. Depuis, il n'avait jamais rouvert son cœur à une femme et ne s'en portait pas plus mal. Il prenait garde à se borner à des liaisons superficielles et sans lendemains, qui ne l'exposaient pas au risque de souffrances insupportables telles qu'il en avait connu avec Myriam.

La visite du troisième lieu tourne court. Ce n'est pas du tout ce que cherche Joy. Elle valide le deuxième lieu pour la soirée anniversaire. Elle n'en revient pas : du coup, elle est en avance sur son planning.

— Je vais pouvoir rentrer au bureau avancer sur des dossiers !

— Ou pas.

Benjamin se fait tentateur. Sans savoir pourquoi, il a envie de la pousser un peu dans ses retranchements.

Elle le regarde sans comprendre.

— Ou alors, vous en profitez pour faire quelque chose qui n'était pas prévu…

— … Pas prévu ? répète-t-elle comme si c'était les mots les plus incongrus qu'elle ait entendus depuis longtemps.

— Oui ! Un petit coup de tête spontané ! Comme ça !

Il claque des doigts en l'air pour matérialiser l'idée. Il voit bien que sa machine à méninges a recommencé à tourner. Il faut l'empêcher de penser, un point c'est tout. Il la prend par le bras pour l'embarquer malgré elle.

— Mais enfin ! On va où ?

Benjamin joue la carte de l'énigmatique.

— On retourne en enfance…

16

Nous parvenons tous deux aux portes d'un hangar situé dans une improbable arrière-cour du dix--huitième arrondissement. Le lieu fait penser à d'anciennes écuries réaménagées. Une épaisse buée sort de nos bouches tant la journée est froide. Je me demande encore pourquoi j'ai suivi cet énergumène dans son impulsion d'école buissonnière. Je songe à la montagne de dossiers qui m'attend à l'agence et je sens une anxiété familière poindre du côté du plexus. Arriverai-je à m'en sortir ? Serai-je à la hauteur de la tâche ?

— Eh oh ? Il y a toujours quelqu'un ?

Benjamin possède un don particulier : il a la bonne humeur contagieuse. Il réussit à chasser mes quelques nuages gris et à me ramener dans l'instant.

— Je suis content de vous voir de retour parmi nous ! s'amuse-t-il. J'ai cru que je vous avais perdue.

— Désolée, c'est vrai que je pensais à tout ce que j'avais à faire et…

— Tuut tuut tuut. Là tout de suite, vous êtes avec moi, dans ce chouette endroit et vous n'avez qu'une chose à faire…

— Laquelle ?

— Profiter.

Nous pénétrons dans le hangar. La variation thermique est saisissante. La salle est très bien chauffée. Je me demande ce que nous allons voir. J'aperçois une pancarte qui m'en dit un petit peu plus sur ce qui m'attend.

EXPO BRAILLE
L'émotion au bout des doigts.

Je ne cache pas ma surprise. Je me dirige vers le petit comptoir où une jeune fille vend des tickets pour la visite, mais Benjamin me devance. Il lui souffle quelques mots. La jeune fille affiche un grand sourire ravi et s'éclipse derrière la tenture. Elle en revient un instant plus tard avec un grand homme flottant dans une chemise blanche à jabot qui lui confère une indéniable prestance. Il s'avance vers nous, s'approche tout près de Benjamin dont il scanne les épaules avec ses mains. Puis il ouvre grand ses bras.

— Benjamin, mon ami ! Tu as réussi à venir malgré tout ce que tu as à faire ?

— Bien sûr que j'ai réussi à venir ! Je n'aurais loupé ton expo pour rien au monde !

Les deux hommes se tournent vers moi et Benjamin fait les présentations. Je suis étonnée qu'il me présente comme « *une amie* », mais en même temps je le voyais mal dire : *Joy, une cliente un peu casse-pieds, mais sympathique tout de même, qui, là, devrait être en train de bosser comme une dingue au bureau, mais j'ai senti qu'elle avait besoin d'une pause, alors je l'ai amenée avec moi...*

L'homme s'appelle Yvon.

— Enchanté, mademoiselle.

Il anticipe ma question avec malice.

— Je suis malvoyant à 90 % mais je peux vous assurer qu'avec les 10 % qui me restent je ne perds pas une miette du monde !

Je tressaille quand il plante son regard bleu piscine dans le mien. Un regard magnifique qui concentre toute son intensité dans son unique œil voyant. Yvon prend ma main dans les siennes. De grandes paumes chaudes qui dégagent un-je-ne-sais-quoi de doux et d'apaisant.

— Les amis de Benjamin sont mes amis.

M'accueillir avec tant de gentillesse alors qu'il ne me connaît même pas, j'en suis touchée.

— Tu nous fais la visite ?

Yvon se dirige sans difficulté dans le lieu. J'admire sa façon de se tenir droit, d'avancer sans peur, avec cette confiance si entière dont je ne possède pas le dixième. Depuis combien de temps ai-je l'impression d'avancer dans ma vie à tâtons, dans le brouillard opaque de mes désirs flous. Benjamin, sans le vouloir, m'avait cueillie au déjeuner, avec sa question sur la couleur de mes désirs. Comment pourrais-je leur donner une couleur alors que je n'arrive même pas à les identifier ? J'ai cru trouver tout ce que j'avais toujours voulu en rentrant dans une prestigieuse agence qui me permettait de côtoyer des personnalités connues et de baigner dans un milieu huppé très envié. Mais envié par qui, pour quoi ? Je ne sais plus trop...

Benjamin me tire par la manche pour me diriger vers une première boîte noire accrochée au mur, d'environ un mètre de hauteur par quatre-vingts centimètres de large et trente centimètres de profondeur. Sur le devant de la boîte, deux trous suffisamment grands pour passer la main. À côté de la boîte, une petite table où sont disposées quelques feuilles de papier à dessin et pastels de couleurs.

Je m'attendais à voir des tableaux et je reste interloquée devant cette série de boîtes noires.

— Je ne comprends pas.

Yvon me sourit avec une adorable indulgence.

— C'est normal. C'est parce qu'il n'y a rien à comprendre. Il y a à *sentir.*

— Sentir ?

— Allez-y, plongez vos mains là-dedans. Qu'est-ce que vous sentez ?

Je ferme les yeux pour être attentive à mes sensations. Mais tout ce que je sens pour l'instant, c'est l'attention appuyée des deux hommes sur moi, guettant mes réactions. Benjamin doit percevoir mon embarras. Il pose sa main sur mon épaule et me glisse gentiment à l'oreille de ne pas faire attention à eux. C'est raté. Par contre, côté sensation, c'est très réussi : j'ai éminemment conscience du contact de la paume chaude de Benjamin sur mon épaule. Yvon serait content : mon esprit est passé en mode kinesthésique.

— Alors ?

La voix de notre guide me ramène à mon exploration. Je sens des reliefs apparaître sous mes doigts. Rapidement, ils deviennent mes yeux, et me dessinent une image mentale.

— C'est un visage ?

— Oui ! Bien ! Continuez…

Plus surprenant encore, je sens clairement des différences de températures d'une zone à l'autre de cette sculpture en bas-relief que je découvre à l'aveugle. Yvon m'explique qu'il a cherché un moyen de représenter autrement qu'en peinture la notion de tons chauds et de tons froids.

— C'est comme ça que j'ai eu l'idée de créer cette série de portraits thermiques. Grâce aux subtiles variations thermiques, vous pouvez vous faire une idée *au toucher* de la disposition des couleurs sur l'œuvre. Le ton le plus chaud est le rouge, le plus glacé est le bleu…

Je suis fascinée. Et en effet, le portrait que j'ai sous les doigts apparaît de plus en plus clairement dans mon esprit, avec d'étonnants cheveux en tons froids (sûrement des bleus-violets), une grande partie du visage que je devine en dominante de rouge tant il brûle sous mes doigts, et d'autres agréables tons tièdes, sûrement en jaune-orangé.

Je retire mes mains et croise le regard de Benjamin qui attend mes réactions.

— C'est fantastique !

Il a l'air heureux que l'expérience me plaise. À son tour, il plonge ses mains dans la boîte noire. Je profite de ses yeux fermés pour observer les émotions passer sur son visage. Une expo dans l'expo. Benjamin est très expressif. C'est amusant de le regarder ressentir.

Quand il en a fini, Yvon nous propose de « dessiner » aux pastels ce que nous pensons avoir vu. J'émets une petite réticence. Toujours ma crainte d'être nulle.

— Faites comme si vous étiez une enfant de huit ans !

C'est vrai qu'on n'a jamais vu les enfants se prendre la tête avant de s'emparer de crayons. C'est peut-être pour ça qu'ils dessinent autant. Plus tard, le regard des autres devient bloquant. Peur du jugement sûrement. Yvon doit sentir mon appréhension, car il ajoute une boutade rassurante :

— Faites-vous plaisir, de toute façon, je ne verrai votre dessin qu'à moitié, alors !

Au bout de quelques instants, nous posons les crayons. On s'esclaffe et on rit devant nos dessins respectifs.

— On va les accrocher avec les autres.

Un mur entier est couvert des « portraits ressentis » des autres visiteurs. Les dessins, certes malhabiles et souvent gribouillés, dégagent néanmoins une vive émotion, et donnent une impression des plus touchantes.

Yvon finit par nous montrer sur le côté de chaque boîte un interrupteur qui permet d'en éclairer l'intérieur, ainsi qu'un œilleton pour admirer l'œuvre réelle.

— C'est magnifique ! Mais je crois que je me suis habituée à les aimer encore plus au toucher !

Nous laissons un mot dithyrambique dans le livre d'or, puis Yvon nous raccompagne vers la sortie. Il nous tient chacun par une épaule, comme s'il me connaissait, moi aussi, depuis toujours.

Son œil, bien qu'il n'ait de nous qu'une vision très imprécise, nous enveloppe d'une chaleureuse bienveillance. Ma parole, on dirait presque qu'il nous donne une… bénédiction ! Je comprends soudain. Il nous a pris pour… ce qu'on n'était pas ! Je reprends sèchement de la distance et fais comprendre à ces messieurs qu'il est temps que je retourne travailler. Benjamin acquiesce, mais son visage se ferme. Tandis que nous nous éloignons, Yvon ne peut s'empêcher de nous envoyer d'une voix rieuse la célèbre phrase de Saint-Exupéry :

— Et n'oubliez pas, les amis : *on ne voit bien qu'avec le cœur. L'essentiel est invisible pour les yeux...*

Dans la voiture, après quelques instants silencieuse, je me détends de nouveau. Benjamin a allumé la radio et il fredonne joyeusement. Cet homme-là doit dégager des ondes zygomatiques : il me donne envie de sourire malgré moi. Cette récréation m'a fait un bien fou. Échapper à l'atmosphère pesante de l'agence aussi.

— Merci pour ce moment. C'était vraiment très agréa…

À l'intérieur de mon sac, mon téléphone se met à vibrer, biper et sonner. Comme s'il se vengeait de ma petite prise de liberté. Pour la première fois depuis longtemps, je refuse d'être au garde-à-vous en assistante dévouée qu'on peut déranger à merci.

— Vous ne répondez pas ?

— Ça peut sans doute attendre. Et j'ai envie de prolonger encore un peu cet instant de détente…

Cette nouvelle a l'air de le réjouir.

— Vous avez un nombre d'appels impressionnant.

— C'est vrai que les gens du bureau m'appellent pour un oui et pour un non…

— Comme ça, toute la journée ?

— Oh oui ! Et ça peut même être jusqu'à tard dans la soirée !

— Et vous n'avez jamais essayé de « border » ?

— Qu'est-ce que vous entendez par « border » ?

— Mettre des bords, des limites, savoir dire non, quoi !

Je hausse les épaules en signe d'impuissance.

— Non, lui réponds-je avec une sincérité désarmante.

— Ah ! Vous voyez que vous savez dire non !

Je ris. Cela fait tellement de bien.

Je m'aperçois qu'au lieu de me raccompagner au bureau il se gare non loin de la grande place du quartier où est installé un village de Noël.

— Qu'est-ce que vous faites ?

— Eh bien, c'est évident, non ? Je vous emmène prendre un goûter ! Ils font de délicieux churros avec un verre de cidre chaud…

— Je proteste !

Benjamin se bouche les oreilles, vient m'ouvrir la portière et me tire hors de la voiture.

— Vous savez le problème avec vous, Joy ?

— Quoi ?

— C'est que vous avez vraiment le syndrome de la bonne élève…

Tandis qu'il me conduit malgré moi à travers le village de Noël éphémère, il m'explique :

— J'ai l'impression qu'à force de vouloir trop bien faire, vous vous gâchez…

— C'est vrai que je veux bien faire mais… Est-ce un mal ?

— Quand ça devient trop, oui ! Vouloir tout contrôler, tout maîtriser, c'est impossible, et ça met une pression infernale au quotidien. Vous voyez ce que je veux dire ?

Je rougis légèrement et plonge le nez dans mon écharpe pour qu'il ne voie pas mon embarras. Il poursuit son raisonnement implacable

— Tenez, vous, par exemple, je suis certain que vous avez une charge mentale colossale, pas vrai ?

— Comment le savez-vous ?

— Eh bien… J'ai aperçu votre alerte Busybrain sur votre smartphone le premier jour de notre rencontre.

— Vous avez regardé dans mon téléphone ?

Il tend un billet à la tenancière du stand de churros et de cidre, et nous nous installons debout sur une table haute mise à la disposition des consommateurs.

— … Je n'ai pas regardé, le ballon de baudruche rouge s'affichait en gros sur l'écran ! Ainsi qu'un nombre impressionnant d'autres notifications d'ailleurs. Joy, combien avez-vous d'applications au juste ?

Je croque dans un churro bouillant quitte à me brûler la langue plutôt que de répondre. Il doit sentir qu'il a touché un point sensible, et il ne lâche pas l'affaire.

— Joy ?

Je bois une grosse rasade de cidre chaud et ne réponds toujours pas.

— Joy ?

— … Beaucoup, lâché-je à contrecœur.

— Quel genre d'applis ?

Je me racle le fond de la gorge.

— Principalement des applis comme Busybrain. Des applis pour mieux « gérer », qui me rassurent…

Benjamin prend le temps de digérer mes propos et me fixe avec intensité. J'aimerais détacher mon regard du sien, mais impossible. Et moi, je ne veux pas qu'il lise ma vulnérabilité. Je sens une émotion monter au coin de mes yeux. J'essaye de la refouler.

Ma gorge se serre. Une grosse larme coule le long de ma joue que je n'arrive pas à retenir. Je la chasse d'un revers de main agacé. Une autre arrive et il l'essuie de son pouce avec beaucoup de douceur. Il laisse sa paume chaude sur mon visage et se penche gentiment vers moi. Je peux voir les nuances ambrées de ses yeux clairs, à moins que ce ne soit les guirlandes décoratives qui s'y reflètent.

— Eh oh, Joy ? Regardez-moi. C'est pas si grave tout ça, d'accord ?

Il me murmure ces paroles réconfortantes comme on parlerait à une enfant. J'opine de la tête en me forçant à sourire à travers les quelques larmes qui coulent en traîtresses. Il continue de les essuyer du revers de son pouce. Comment, en l'espace de quelques instants, avons-nous pu passer à ce climat intime, à cette proximité ? C'est assez surréaliste, mais si apaisant.

— Joy, vous êtes jeune, vous êtes jolie (ce coup-ci je fais non de la tête), si si, vous êtes jolie, l'avenir vous appartient…

— Vous… Vous dites ça pour me remonter le moral… Mais je ne dois pas être très douée pour le bonheur ! C'est comme ça… Je ne sais pas bien comment m'y prendre.

Mon ton résigné lui fait froncer les sourcils.

— Donc vous vous êtes réveillée un matin et vous avez décidé de cocher l'option « être malheureuse » ?

J'éclate d'un rire bizarre.

— Mais non, mais…

— Alors si c'est non, c'est qu'il n'y a pas de fatalité.

Il semble réfléchir à une idée. Il croque dans un churro et me parle, la bouche pleine. Je ne peux pas m'empêcher de lui faire remarquer que ça ne se fait pas. Il se marre.

— Vous voyez, Joy, c'est précisément de ça que je veux parler. Vous êtes trop « élève modèle ». Trop appliquée. Il n'y a qu'à voir le syndrome d'applimania dans lequel vous vous êtes enfermée : un système bien cadenassé et surtout hyper pressurisant !

Je le regarde d'un air de dire qu'il est bien gentil, mais que tout ça ne me dit pas ce que je dois faire. Je ne me prive pas de lui demander :

— Et dites-moi, bon génie, comment je fais alors ?

Il sourit à pleines dents, fier de sa trouvaille :

— Vous devriez vous « désappliquer » !

17

La nuit qui suit est assez tourmentée. Je ne cesse de me tourner et de me retourner dans mon lit. Impossible de mettre mes pensées sur off. Et pour cause. La journée passée avec Benjamin m'a à la fois fait un bien fou et chamboulée. Pendant ces quelques heures où je l'ai suivi, j'ai été étonnée par sa capacité à vivre les événements avec cette forme de détachement tranquille, comme si tout glissait sur lui. Lui aussi devait avoir beaucoup de travail avec son entreprise à gérer, pourtant il avait quand même trouvé le temps de s'octroyer un bon déjeuner, d'aller voir une expo, et de faire une pause gourmande dans un marché de Noël… Le fait de suivre son exemple a indéniablement rerempli ma jauge à énergie. En rentrant à la maison, je m'étais sentie l'esprit plus clair, comme si cette récréation avait donné un grand bol d'air à mes humeurs. Malheureusement, les effets n'avaient pas duré et, au cours de la soirée, j'avais ressenti un regain de stress bizarre et une sorte de culpabilité à l'idée de tous ces dossiers que je n'avais pas fait avancer à cause de ces quelques heures de liberté.

À présent, je regarde mon réveil qui indique 4 h 30 du matin. Les yeux grands ouverts collés au plafond, j'en viens à nourrir une espèce de colère contre Benjamin. Comme si je lui en voulais d'avoir ces facilités pour prendre la vie du bon côté. Benjamin est doué pour être heureux comme d'autres sont doués pour jouer d'un instrument ou apprendre une langue. Il dit que je suis « trop bonne élève ». Je m'agace : il est tout de même gonflé de me dire ça, après tout qu'est-ce qu'il connaît de ma vie, de ma charge de travail, de la Huitième Sphère ? Et puis il se trompe, j'ai plutôt l'impression d'être une cancre en matière de bonheur… Rageuse, j'écrase ma tête sur l'oreiller. Lui est son propre patron. C'est beaucoup plus facile d'être « cool » dans ces conditions. Moi, je dois obéir, me suradapter aux desiderata des uns et des autres pour tenir mon poste… Qu'est-ce que j'ai comme latitude pour bouger les choses, hein ? Je me tortille au milieu des draps froissés par l'insomnie. Excédée, sur le coup de 5 heures, j'envoie valser la couette et me lève en direction de la cuisine. J'ouvre le frigo à la recherche d'un quelconque aliment apaisant. J'opte pour un yaourt nature. On ne sait jamais. Le bifidus marche peut-être pour calmer les nerfs à fleur de peau ? Je rajoute du sucre à ras bord. Le sucre, lui, est une valeur sûre pour le réconfort. Je me mets en boule sur le canapé et boulotte mon laitage en grelottant. Où est-ce que j'ai mis ce fichu plaid ? Ah. Oui. À laver, bien sûr. J'essaye de m'ensevelir sous les quatre coussins du canapé pour me tenir chaud mais la méthode s'avère peu efficace. Je continue de ruminer. *Me désappliquer, me désappliquer…* Il en a de bonnes ! Et je ne vois pas du tout ce qu'il veut dire par là. S'est-il rendu compte de l'impact que pourrait avoir sur moi son mot d'esprit ? En toute honnêteté, je me suis sentie blessée qu'il me renvoie cette image de « bonne élève » un peu coincée. Je retourne me mettre dans mon lit, incapable pour le coup de me désénerver ! *Il n'y a que la vérité qui blesse*, me dit une petite voix intérieure que j'ai envie de faire taire à coups de gourdin. J'attrape mon portable d'une main fébrile. Il doit bien y avoir une appli qui aide à trouver le sommeil, non ? J'en fais défiler quelques dizaines. Ça me donne le tournis, presque la nausée d'un coup. Je me sens seule et triste. J'aimerais que quelqu'un soit là. Mais je sais bien qu'aucune application ne me prendra dans ses bras… Je décide d'engager quelques profondes inspirations. Au bout d'un moment, le vacarme dans mon esprit se calme un peu. Une autre petite voix prend le relais. *Et si, au lieu de t'énerver, tu lui demandais gentiment ce qu'il a voulu dire par là ?* Oui, l'idée me plaît plutôt bien. Je dois de toute façon aller le voir à l'atelier pour poursuivre la préparation de nos créations textuelles. Ce sera l'occasion, l'air de rien, de provoquer une petite conversation.

18

Quand Benjamin ouvre la porte à Joy, il sent comme un souffle de mauvaise humeur pénétrer dans son antre. Charmant. Quel contraste avec la fois précédente ! Changement de visage. La face joyeuse n'a pas tenu. Néanmoins, il fait celui qui ne remarque rien et s'approche pour l'aider à se débarrasser de son manteau. Mais elle l'esquive et préfère l'enlever elle-même, avant de le jeter sans délicatesse sur le canapé de l'entrée. Elle anticipe sa proposition de macchiato pour la refuser.

— Je suis pressée aujourd'hui et *il faut* vraiment qu'on avance.

Benjamin songe qu'on devrait proscrire de son vocabulaire tous les *Il faut* et *Je dois* qui ont l'art de mettre la pression.

Ils s'installent tous les deux devant l'ordinateur. Ils *doivent* en effet faire un point sur le Branscape, le paysage de mots 3D sur les valeurs de l'entreprise. Benjamin a créé une composition graphique originale en jouant sur l'échelle de grandeur des différents mots. Joy jette un regard critique sur l'ensemble et commence à dicter ses modifications. Que c'est désagréable, ce côté petit professeur !

— Comprenez, tous les mots n'ont pas la même puissance, la même importance ! Par exemple, le *glamour*, là, est beaucoup trop gros par rapport à l'*excellence* !

— Pas de problème, réplique Benjamin qui tente de maquiller son agacement.

Entre deux clics, il l'observe à la dérobée. Elle se tortille sur sa chaise. Il note les cernes bleutés sous les yeux. L'éclat de tristesse et de morosité dans ses yeux. Il sent bien que quelque chose ne va pas. Son petit manège ne prend pas. Soudain, il en a assez qu'elle joue un rôle qui ne lui ressemble pas. Il la préfère quand elle baisse la garde et qu'il aperçoit enfin la Joy authentique. Il repousse sa souris et se lève brusquement de sa chaise. Elle sursaute.

— Allez, hop ! On arrête tout !

— Quoi ?

— On arrête, Joy. Vous n'êtes pas dedans.

— Mais non, je ne comprends pas votre réaction ! Il faut qu'on…

— Stop ! Vous avez épuisé votre stock de *Il faut* ! Vous n'avez plus droit à un seul *Il faut* !

Il la prend par le bras et l'entraîne vers la cuisine. Il l'assoit sur un tabouret malgré ses protestations et garde ses mains plaquées sur ses épaules pour qu'elle l'écoute.

— Je ne vais pas vous dire des *Il faut*, je vais vous dire, Joy, que vous avez BESOIN de prendre le temps nécessaire pour me dire ce qui ne va pas !

Elle le regarde, bouche bée. Benjamin, comme il s'y attendait, voit alors le masque tomber. Sa pseudo-agressivité est bien un camouflage. Un camouflage qui cache une détresse, une tristesse, il en est sûr.

L'émotion la gagne malgré les derniers soubresauts pour garder la maîtrise d'elle-même. Elle finit par parler.

— Ce que vous m'avez dit l'autre jour… que je devais me désappliquer… Comment dire… Ça m'a renvoyé une image de moi vraiment pas positive !

— C'est dommage, Joy, car ce n'était pas l'effet escompté, bien au contraire.

— Vous me trouvez si rasoir ? Si « bonne élève coincée » ?

Benjamin éclate de rire mais, devant le sérieux de Joy, il comprend qu'il est urgent de la rassurer.

— Mais pas du tout ! Vous croyez vraiment qu'on aurait eu une si belle journée ensemble si c'était le cas ? Je vais vous dire ce qui se passe, Joy…

— Quoi ?

— Il se passe que, je ne sais pas pourquoi, mais quelque chose en vous me touche depuis le départ… C'est irrationnel, mais je sens que ce que vous montrez de vous, cette espèce de rôle que vous vous êtes créé depuis que vous bossez dans cette agence, eh bien, ce n'est pas vraiment vous…

— Comment ça, *pas vraiment moi* ?

— Non, c'est comme un rôle de composition mais qui ne vous ressemble pas. Comme si la vraie vous, vous l'aviez perdue en cours de route, un peu reniée… Et que c'est pour ça que vous avez souvent l'air triste.

— Ah bon, j'ai l'air triste ?

— Pas tout le temps, non. Et ça, j'adore. Quand par moments vous oubliez d'être sous contrôle, que vous vous laissez surprendre, alors la joie revient sur votre visage. Et ce grand sourire que vous laissez jaillir vous illumine. Un peu comme la lumière du soleil quand il perce à travers les nuages d'un ciel très chargé, vous voyez ?

Benjamin s'arrête, suspendu à ses propres mots et à ses mains en train de mimer dans les airs ce paysage imaginaire. Vient-il de dire à voix haute le fond de sa pensée à cette femme ? N'est-ce pas totalement déplacé de dire des choses pareilles à une cliente ? Maudite soit sa spontanéité ! Il se mord les lèvres et regarde Joy dans le fond des yeux pour essayer de percer l'impact de ses propos sur elle. Un silence embarrassant plane sur eux, lorsque soudain la porte de l'atelier claque.

19

Carmen tient son casque de moto sous le bras. Rayane marche sur ses talons. Ils sont arrivés en même temps et ont décidé de rapporter des croissants. Carmen avise le tableau d'emblée. Ça sent la scène de confidence, se dit-elle : les deux protagonistes penchés comme ça, l'un vers l'autre, pour créer un climat d'intimité plus propice, les yeux de la jeune femme, cernés et humides d'émotions mal contenues. Elle commence à le connaître, son Benjamin, depuis le temps. Et elle n'a pas besoin d'un décodeur pour voir l'attention dont il entoure cette jeune femme. Et c'est vrai qu'elle dégage quelque chose de particulier. Elle ne saurait pas dire quoi. Tantôt agaçante, tantôt touchante… C'est sûrement ça qui doit interpeller son Benjamin. Elle les regarde tous les deux et se surprend à croiser les doigts. C'est qu'elle ne lui veut que du bien, à son Benjamin. Elle n'arrive pas à comprendre pourquoi quelqu'un comme lui est encore seul. Un beau garçon comme ça, avec le cœur sur la main, gentil, malin, solaire… Un jour, elle avait essayé d'en savoir plus. Il était resté assez évasif. Mais elle avait cru comprendre qu'il avait eu une expérience malheureuse avec une très belle femme qui le savait un peu trop, et qui l'avait quitté en lui laissant le cœur brisé. Depuis, son Benjamin, il n'a pas envie de s'embêter. Il prend la vie comme elle vient et il préfère ne pas s'attacher. Mais le p'tit, il ne sait pas encore que le cœur des hommes a besoin d'un port, parce qu'un cœur toujours en goguette ce n'est pas bon, il finit par se dessécher à la longue. Elle en sait quelque chose. Longtemps, par peur de souffrir, elle s'est empêchée d'aimer. Jusqu'à louper celui qui aurait pu être l'homme de sa vie. Souvent, elle a réécouté la chanson de Gabin. *Maintenant je sais*. Et ça lui tire les larmes. Surtout ce passage :

Ce que j'ai appris, ça tient en trois, quatre mots
Le jour où quelqu'un vous aime, il fait très beau
Je peux pas mieux dire, il fait très beau.

Maintenant, quand elle se retourne en arrière, elle aussi, elle sait. Et elle ne laissera pas son Benjamin faire la même bêtise qu'elle…

Rayane s'approche de la table de cuisine et se hisse sur un tabouret haut.

— Alors, qu'est-ce qui se passe par ici ?

Il lance des regards interrogateurs à son pote. Carmen, Benji et lui, ils sont devenus comme une famille. Ils partagent tout depuis quelques années. Il est fier de faire partie des p'tits Max. Ils n'ont pas le même sang, mais la même philosophie : ensemble, ils ont fait en sorte de vivre plus libres, plus solidaires et plus heureux. Ils se sont rencontrés bien des années auparavant dans un match de joute oratoire. Un ring de mots. Le jury n'avait jamais réussi à les départager. Ils avaient fini ex aequo puis avaient célébré leur covictoire autour d'un verre. Une discussion enflammée autour de l'amour des mots et de la poésie les avait tenus en haleine jusqu'au petit matin et avait scellé le début d'une grande amitié. Par la suite, l'idée de monter une affaire ensemble avait coulé de source. Quel pur bonheur de travailler avec des personnes choisies et sur la même longueur d'onde ! Entre eux, aucune notion de rivalité. Ils préféraient la carte de la complémentarité. Rayane avait un humour assez corrosif, mais Benji avait fini par s'y habituer et se laisser chambrer non sans faire preuve d'un remarquable sens de la repartie. Chez les p'tits Max, ils avaient la légèreté profonde. Prendre les choses à cœur, mais pas trop au sérieux. Peut-être était-ce ce qui manquait à cette Joy ? Il ne l'avait croisée que trois fois à l'atelier, et c'est ce qu'il avait perçu d'elle. Comme une crispation. Un truc qui bloque. Dommage, car par ailleurs, par moments, quand il l'avait entendue partager des fous rires avec Benji, il l'avait sentie vraiment différente… Cette meuf, il faudrait la sortir de son contexte ! songea-t-il malgré lui. La décoiffer un peu, voir ce que ça donne… Mais pour l'heure, il a déjà envie de mieux comprendre ce qui se passe, d'autant plus que son pote a l'air assez concerné par l'affaire. Et ce qui touche son pote le touche lui.

Rayane m'interpelle :

— Alors, Joy ? Comment ça va, ce matin ? On interrompt quelque chose ?

Il a une tête sympathique, ce Rayane. Rectification : ils ont tous les trois une tête sympathique. La tête de gens à qui on pourrait se confier sans hésitation. Ils me regardent avec ce petit air bienveillant, ces manières un rien familières qui vous donnent l'impression d'être déjà des leurs… C'est étrange de se sentir « cernée », et de trouver cela agréable… Ils ont tous les trois les yeux braqués sur moi et attendent que je me livre. Mais enfin ! Je ne vais quand même pas leur raconter mon *spleen de pop-corn* ! Je les connais à peine… Je me mets debout pour tenter une esquive et sors ma technique du sûr-ça-va en botte de Nevers.

— Tout va bien, tout va bien, merci, il n'y a rien à raconter d'intéressant, et puis on a beaucoup de travail, alors je propose qu'on s'y remette sans tarder, en tout cas, vous êtes tous très gentils, merci…

C'est un flop total. Ils n'y croient pas une seconde. Benjamin, toujours avec cette irrésistible douceur, m'attrape le poignet et m'empêche de m'en aller.

— Ah, mais moi, je ne suis pas du tout d'accord. Je crois que vous avez des choses passionnantes à nous raconter sur votre agence et on sera tous ravis de vous écouter !

Ils sont tellement synchrones quand ils acquiescent en chœur qu'on dirait qu'ils ont fait une répétition avant de me jouer la scène.

Benjamin continue :

— Et je suis sûr qu'ensemble on aura peut-être de très bonnes idées à vous souffler pour vous *désappliquer…*

Il met ses camarades au parfum en quelques mots sur cette histoire de « désapplication ». Carmen et Rayane m'enveloppent à présent de regards compatissants, de ceux qu'on porte sur quelqu'un qu'on a envie d'aider. Je tripote mon smartphone et je suis à deux doigts d'enclencher discrètement mon appli False Call qui permet de générer un faux appel et offre un alibi pour se sortir d'une situation embarrassante, comme une réunion interminable, ou d'un tête-à-tête rasoir… Ou d'un interrogatoire à l'amicale comme aujourd'hui ! Mais c'est sans compter sur l'effet tout particulier de l'atelier sur moi : cette atmosphère protectrice, douillette, chaleureuse, ces personnalités si ouvertes, empathiques et spontanées. Après tout, cela pourrait être si bon d'être *écoutée* pour une fois, surtout pour moi qui passe mon temps à écouter les autres se confier. Je me rassois et, lentement, commence à leur esquisser ce qu'est ma vie à la Huitième Sphère…

Ils n'ont pas bronché tout le temps du récit. Ils ont été attentifs à chaque portrait des personnages de mon histoire et à leurs anecdotes. VIP' qui n'a jamais de cesse de me faire sentir « insuffisante », la Taser qui exporte son stress sur moi et s'épanche quotidiennement avec ses menus tracas en pompant royalement mon énergie, Cataclope, qui laisse dans son sillage autant de sinistrose que de nuages de fumée, BGBC, mon stagiaire bras cassé qui profite de ma gentillesse pour en faire le moins possible, puis vient le tour des Badass, V & U…

— Pour eux, trop n'est jamais assez, vous voyez…

Je leur parle de leur management stretch, qui tire sans complexe sur la corde. J'évoque la personnalité snobinarde de V. qui semble prendre un malin plaisir à ne pas me calculer et qui a dû m'envoyer trois signes de reconnaissance en sept ans.

— Quant à Ugo…

Je m'arrête, incapable d'aller plus loin, les joues cuisantes, embarrassée d'évoquer ma liaison. Je m'embrouille dans des propos brouillons qui paraissent limpides à Carmen :

— Vous avez une aventure avec lui, quoi !

Carmen dit cela avec un franc-parler désarmant.

— Ce n'est pas la peine d'être embarrassée, vous savez ! Je ne suis pas née de la dernière pluie, et vous n'êtes pas la première à avoir une histoire avec son patron !

Je jette un regard gêné en direction de Benjamin mais lui n'a pas l'air déstabilisé le moins du monde.

— Ça ne m'étonne pas, du coup, que vous vous fassiez autant de nœuds au cerveau !

— C'est vrai qu'il y a de quoi, renchérit Rayane en se frottant les yeux avec ses paumes comme pour chasser la vision de toutes ces personnes pesantes.

— Oui, mais ce n'est pas une raison pour tomber dans le piège du « il y a de quoi » !

Je me tourne vers Carmen sans comprendre.

— C'est quoi, le piège du « il y a de quoi » ?

— C'est en profiter pour tout prendre au tragique ! Moi aussi, quand j'avais votre âge, je prenais tout tellement au sérieux. Et puis, un jour, je suis allée voir mon grand-père pour lui raconter mon petit drame du moment : un garçon qui me plaisait avait finalement choisi de sortir avec une autre fille que moi. Il m'a dit de sa chère voix pleine d'humour et de sagesse : *ma petite-fille, qu'est-ce qu'il en sera dans six mois ?... Qu'est-ce qu'il en sera dans un an ?... Qu'est-ce qu'il en sera dans dix ans ?* Et je me suis dit, de ce moment-là, que j'essayerai, dans ma vie, de prendre plus de hauteur par rapport aux événements, parce que finalement il y a souvent beaucoup moins de choses graves qu'on ne le pense.

Un ange passe, mais Rayane rompt le silence en faisant quelques percussions avec ses doigts sur la table et en s'exclamant joyeusement :

— Voilà un joli récit, ma Carmen !

— En tout cas, moi, ça m'a donné une idée pour une première parade…

Je tourne la tête vers Benjamin, intriguée.

— Vous devriez essayer la technique du *mimeto-pipeau.*

Les trois p'tits Max éclatent d'un rire entendu. A priori, ils connaissent tous le principe.

— Et c'est quoi, un mimeto-pipeau ?

Les trois conspirateurs se penchent vers moi et s'exclament en chœur :

— On va vous expliquer…

20

Amusez-vous ! m'avait glissé Benjamin la veille au moment de mon départ. C'est bien la première fois que j'arrive au travail avec cet état d'esprit. Pourtant, je sens qu'il y a là un concept qui vaut la peine d'être creusé. Le principe est simple : me jouer de la situation plutôt qu'elle ne se joue de moi ! En d'autres termes, redevenir maîtresse du jeu, mener la danse, être la reine du bal ! Cesser de subir les comportements des uns et des autres, un graal !

Je sais ce que j'ai à faire, mais voilà qu'au seuil de passer à l'action je ressens soudain une sorte de trac, comme une comédienne avant de monter en scène. Un mélange de peur et d'excitation. Un quitte ou double aussi parce qu'il faut que mon jeu soit assez fin pour que personne ne s'en aperçoive. Ici, le point d'abreuvage est stratégique. Là se retrouvent les forts et les faibles en présence. Ceux qui croquent et ceux qui se font croquer. Or, l'envie me taraude de plus en plus de changer de catégorie et de montrer que, dans *cette jungle de Terriens aux dents qui rayent le plancher*, les plus forts sont avant tout les plus malins…

Je mets une pièce dans la machine et attends. Je souris intérieurement quand je vois rappliquer la Taser. Ce n'est pas possible, on dirait qu'elle a des antennes ou qu'elle arrive à sentir ma présence à des kilomètres ! Elle s'avance vers moi, commande à son tour un café et, comme tous les jours, reproduit son rituel préféré : m'alpaguer pour me parler en boucle de ce qui l'agite, jusqu'à avoir vidé tout son sac à tracassins sur moi. À croire que j'ai dû être Grande Oreille dans une vie antérieure – c'est ainsi que j'imagine le personnage d'une tribu ancestrale missionnée pour écouter les petits malheurs de ses comparses indigènes… D'ordinaire, j'essaye de l'interrompre dans son récit chronophage qui flingue mes heures de travail, je bouillonne, fulmine en moi-même, mais me résigne toujours, incapable d'oser l'interrompre. Il faut dire qu'au fil du temps j'avais tenté de justifier mon manque d'assertivité par de mauvaises bonnes raisons : après tout, n'était-ce pas un signe de confiance que la Taser se confie à moi ? N'était-ce pas sa manière à elle – certes pénible mais manière tout de même – de me montrer sinon son estime, du moins le début d'une connivence ? Aujourd'hui, je suis prête à regarder la vérité en face : la Taser me pompe l'air depuis trop longtemps et aspire mon énergie en véritable tamanoir de bureau. L'heure du mimeto-pipeau a sonné. Je répète le mot comme une formule magique dans ma tête, un sort rigolo. L'idée me fait rire et me donne le courage de tenter l'expérience. Depuis quelques instants, j'écoute la Taser comme jamais je ne l'ai écoutée. Tout mon être est tourné vers elle, attentif à ses moindres propos. Contrairement à d'habitude, je n'ai même pas essayé de me défiler de ce confessionnal-guet-apens. C'est alors qu'à mon tour j'attrape son avant-bras et me rapproche encore plus près de son visage, jusqu'à entrer dans son espace intime.

— Moi aussi, tu sais, il faut que je te parle… C'est tellement important de se parler entre collègues, n'est-ce pas ?

Elle cligne des paupières sous l'effet de la surprise.

— Euh, oui… Sans doute…

— Tu ne croiras jamais ce qui s'est passé sur le tournage pub de Vanessa l'autre jour…

Je vois une lueur d'intérêt dans les yeux de la Taser. Je mettrais ma main au feu qu'elle s'attend à quelques ragots croustillants sur le plateau autour de miss Paradis. *Mimeto-pipeau, mimeto-pipeau*, me répété-je encore pour me donner de la force. Et je me lance dans une tirade, très inspirée ma foi, sur les déboires du *catering* – la cantine des équipes –, à l'inintérêt bien corsé, l'assaisonnant de détails plus creux les uns que les autres. Sitôt que je vois apparaître l'esquisse d'un bâillement chez elle, je resserre la pression sur son avant-bras pour l'empêcher de se soustraire à mon monologue expurgatoire sur mes frustrations de gadouilleuse de terrain obligée de gérer les problèmes de plateaux-repas livrés froids ou de fourchettes en plastique manquantes. En attendant, c'est moi qui me régale de ses mimiques qui tentent, tant bien que mal, de masquer son embarras, le désintérêt abyssal pour mes propos, ainsi qu'un soupçon de mépris emprunté à du Godard pur.

— J'ai du travail, Joy ! hurle-t-elle presque enfin avant de s'enfuir, rageuse, vers son bureau.

Dès qu'elle a tourné le dos, je souris. Je sème les graines du mimeto-pipeau et je verrai bien quels fruits cela portera.

Je retrouve mon stagiaire en train de se tourner les pouces. Je m'installe ou, plutôt, je me vautre dans mon fauteuil. Je sors une lime à ongles et l'on n'entend plus bientôt que le petit bruit de polissage.

— Tu fais quoi, là ? s'enquiert le jeune au bout d'un moment.

— Ben rien et toi ?

— Pareil.

Je lui adresse un sourire totalement décontracté. On dirait que ça fait germer en lui le début d'un malaise. Il farfouille dans les dossiers qui s'entassent depuis des jours et commence à mettre le nez dedans. Il tente une question.

— Tu sais s'ils ont donné une réponse, les gens de Tedybex pour la Masterclass Marx ?

Je gonfle mes joues avec des yeux écarquillés pour lui signifier que je n'en ai pas la moindre idée.

— Faudrait pas les rappeler quand même ?

Je poursuis mon jeu d'ado flamboyant dans sa force d'inertie.

— Ah ouais, peut-être bien…

Et je continue à me faire les ongles. Je me mords la joue pour ne pas pouffer de rire et ne montrer aucune réaction, encore moins quand mon BGBC finit par décrocher lui-même le téléphone.

Dans les jours qui suivent, je poursuis mes expériences avec les autres membres de l'équipe. Après un déjeuner, je croise VIP' qui bloque son regard mauvais sur mon ventre.

— Dis donc, tu nous fais un p'tit trois mois ou quoi ?

Quoi de plus vexant pour une femme lorsqu'on la croit enceinte alors qu'elle ne l'est pas ? D'ordinaire, je fais tout pour que VIP' ne s'aperçoive pas à quel point ses remarques systématiques peuvent me blesser. Mais ce jour-là… Je m'amuse à la folie lorsque j'éclate bruyamment en sanglots devant les autres membres de l'équipe, témoins consternés de la scène. Je jubile aussi lorsque je surprends leurs regards désapprobateurs en direction de VIP'. Et ma joie est à son comble lorsque j'entends Ugo lui dire qu'elle pourrait avoir un peu plus de tact.

C'est ça, la magie du mimeto-pipeau : en adoptant une attitude inhabituelle, inattendue, cela transforme aussi le comportement chez les autres. Tantôt s'amuser à surjouer la victime au lieu d'en être une. Tantôt s'amuser à dire non pour s'affirmer dans ses goûts et opinions. C'est ainsi que à un dîner d'affaires avec des clients importants, j'ai été la seule à refuser de boire du vin et à me commander un Coca par esprit de contradiction. Le jeu n'était pas de le dire en douce, mais au contraire de le clamer haut et fort. Les trois p'tits Max m'avaient bien dit que l'essentiel était d'observer ensuite l'évolution des réactions à mon égard.

Je m'amusais aussi à ne plus calculer du tout Virginia. Cesser de lui lécher les bottes ou de guetter son approbation à chaque détour de phrase. Je modélise sa façon de s'habiller, plus voyante, plus affirmée, je la regarde avec indifférence. Je veux lui faire comprendre que je n'ai rien à lui envier. Je la remets à sa place sans un mot, juste grâce à cette rupture nette dans mon attitude mentale et corporelle. Les effets ne tardent pas à apparaître, et je vois son comportement se modifier par rapport à moi. Comme si elle commençait à me respecter mieux au fur et à mesure que je modélisais sa personnalité de dominante. Tout cela semblait très positif. À un détail près : j'avais échoué mon mimeto-pipeau le plus important. Celui que je réservais à Ugo. J'avais imaginé pouvoir jouer le rôle de la femme qui prend de la distance, qui ne répond pas aux appels, ou pire, capable de poser un lapin ! Sauf que. J'en avais été incapable…

21

Carmen a donné rendez-vous à Rayane en fin de journée dans un bistro voisin de l'atelier pour lui parler de son plan loin des oreilles de Benjamin. La complicité qu'elle a perçue entre lui et Joy la fois dernière la conforte dans l'idée que les étincelles entre ces deux-là ne demandent qu'à jaillir, pour peu qu'on leur donne un petit coup de pouce. C'est plus fort qu'elle : Carmen ne peut jamais s'empêcher de mettre son grain de sel dans les histoires des autres, si bien que, dans son cercle amical, on l'appelle avec affection *l'entremetteuse*. Elle ne veut rien forcer bien sûr, mais juste créer des occasions supplémentaires de mettre Benjamin et Joy en présence. Ce serait si merveilleux s'il se passait quelque chose entre eux ! Carmen adore les histoires à l'eau de rose. Elle en lisait beaucoup quand elle était jeune fille. Certains trouvent surprenant chez elle ce côté fleur bleue pour une motarde plutôt rock'n'roll. Mais ce qui taraude Carmen, c'est autre chose : à vrai dire, elle n'a pas envie que Benjamin reste le seul des trois p'tits Max à ne pas avoir quelqu'un dans sa vie ! Car elle-même vient de retrouver un fiancé. Inespéré. Au moment où elle avait renoncé. Jamais elle n'aurait pu croire que les amours d'automne puissent être aussi beaux, aussi flamboyants ! Amoureuse, à son âge… Est-ce bien raisonnable ? Follement raisonnable ! s'amuse-t-elle à dire. Pourtant, elle ne trouve pas de plaisir à nager dans le bonheur en laissant d'autres à quai. Le bonheur doit se diffuser ! Et c'est bien ce qu'elle souhaite pour Benjamin.

Rayane l'écoute exposer son plan. Au début, il la raille un peu. Qu'est-ce qu'elle était allée se mettre en tête ? Ce n'était pas leurs oignons, ce qui pouvait bien se passer entre Benji et Joy. Ça ne marchait jamais quand on s'en mêlait de toute façon. Mais quand Carmen avait une idée dans la tête…

— Toi, tu es avec Manon depuis plus d'un an ! Tu n'en as pas marre de voir ton pote tenir la chandelle à chaque fête qu'on organise ? Il faut qu'on l'aide à remettre le pied à l'étrier, notre grand !

— Carmen ! s'offusque-t-il.

— Ben quoi ? Tu es d'accord, non ?

Bien obligé d'acquiescer, Rayane boit une gorgée avant d'en venir aux faits.

— Bon alors, qu'est-ce que tu attends de moi au juste ?

— Je voudrais que tu organises dans les prochains jours un *apéro-Slive*…

— Du Slive… Non, mais Carmen… Tu l'as bien regardée, cette fille ? Tu crois vraiment que Joy va se lâcher à faire du Slive ? De ce que j'ai vu d'elle, je la sens bien trop dans le contrôle pour oser participer à un truc pareil…

— Au contraire ! Et puis je suis sûre que ça ne peut lui faire que du bien ! En plus, tu sauras l'accompagner : faire sauter les p'tits verrous chez les gens, ça te connaît ! Et pense qu'un moment aussi fort peut renforcer leur lien, pour sûr…

Rayane a l'air dubitatif.

— Oui, enfin tu oublies que si jamais elle se braque, ça peut aussi tourner au vinaigre. Et qu'après, c'est à nous que Benjamin en voudra. Imagine s'il se met sa cliente à dos…

Carmen avale le fond de sa mousse d'une traite.

— Roh ! Moi, je dis que tu as trop d'imagination et que tu t'en fais trop. Fais-moi confiance !

Rayane pince affectueusement la joue de Carmen comme si c'était une enfant de douze ans.

— Ah, tu t'amuses là, hein ?

— J'avoue…

La sexagénaire le regarde avec des yeux brillants de malice.

— Allez… Tope là. Je vais te l'organiser ton atelier Slive ! S'il n'y a que ça pour te faire plaisir.

— Ce qui me ferait plaisir, c'est de voir sortir notre Benjamin de sa grotte.

— Je reconnais bien là ton p'tit côté mousquetaire.

Rayane se moque gentiment mais Carmen sait bien que entre eux, ils ont depuis longtemps adopté la philosophie du un pour tous, tous pour un.

22

Je me réveille en musique. Tandis que je me prépare pour aller à l'agence, la radio crie. J'aime monter le volume sonore le matin, comme si la force des ondes pouvait caféiner mes oreilles et, par ricochet, mon cerveau. Ils passent une chanson d'Emmanuel Moire.

Être à la hauteur
De ce qu'on vous demande
Ce que les autres attendent
Et surmonter sa peur
D'être à la hauteur
Du commun des mortels
Pour chaque jour répondre à l'appel
Et avoir à cœur
D'être à la hauteur

Je m'approche à nouveau de mon poste radio et coupe le son. Non que je n'aime pas le titre. Mais simplement parce que, aujourd'hui, j'ai décidé non pas de vouloir être à tout prix à la hauteur, mais juste d'être moi-même. *Faire du mieux qu'on peut, c'est déjà pas mal, non ?* m'avait soufflé en riant Benjamin la veille quand j'étais passée à l'atelier. Sa philosophie était-elle en train de déteindre sur moi ? Je ne sais pas. Ou peut-être suis-je fatiguée de ce rôle ingrat de bonne élève que je me suis mis sur le dos depuis si longtemps ?

Quand j'arrive à l'agence, je me dirige vers la machine à café. La Taser s'y trouve déjà. Lorsqu'elle m'aperçoit, elle change de visage et son corps se crispe. Après un bref bonjour, elle fuit dans son bureau pour échapper à ma présence. Je ris sous cape des effets secondaires du mimeto-pipeau. Je crois que les p'tits Max ont inventé le « mimétisme paradoxal » : en reproduisant l'attitude de B., je lui en ai révélé l'aspect insupportable. Mon petit jeu de mime lui a innocemment tendu un miroir grossissant sur sa fâcheuse tendance à se servir de moi comme déversoir négatif. Ce qui me mettait, pour l'heure, à peu près à l'abri de sa toxicité. VIP' aussi longe maintenant les couloirs quand elle me voit. Ma surémotivité et mon torrent de larmes ont douché sa méchanceté la dernière fois. J'ai un boulevard ce matin pour avancer plus sereinement sur mes dossiers. Pari fou : j'ai même décidé d'y prendre plaisir, chose qui ne m'est pas arrivée depuis des lustres. Je fais les choses bien : je range mon bureau pour le rendre agréable, nettoie mon écran avec un produit à l'eucalyptus, un parfum qui fleure bon le propre, plonge les trois fleurs que j'ai achetées avant de venir dans un vase de fortune… Je m'étire et respire profondément avant de m'y mettre. J'ai aussi décidé de bouder l'infâme machine à café pour apporter mon propre thé vert aromatisé, au nom aussi délicat que la saveur : *À l'ombre des cerisiers en fleur.* Je dépose sous l'écran le galet peint que je me suis offert, trouvé dans la boutique d'un artisan créateur. Le mot Douceur y est calligraphié avec élégance, entouré de quelques motifs. Il installe mon esprit dans un agréable état de décontraction.

Quand je lève les yeux à 12 h 30, je suis satisfaite. Cela fait un bail que je n'ai pas été aussi efficace. Je vais pouvoir m'octroyer une vraie pause déjeuner. J'ouvre mon sac pour vérifier que j'ai bien mon chéquier de tickets-restaurants, et ma main tombe sur l'invitation donnée par Benjamin trois jours avant.

— Rayane organise un *apéro-Slive* jeudi en fin de journée ! Vous devriez venir : l'atelier qu'il propose vaut le détour. Le concept ? Je préférerais que vous le découvriez en live ! Sans compter que ce serait une excellente préparation à notre animation Magic punchlines… Voyez donc ça comme une invitation mi-travail, mi-détente !

— Oh oui, il faut venir ! s'étaient exclamés Carmen et Rayane, complices.

À présent, je tourne et retourne le flyer dans mes mains. Je suis tentée d'y aller, mais… 18 heures ! C'est très tôt ! Cela suppose de partir dernier carat à 17 h 30. Les p'tits Max avaient parlé d'un atelier « libérateur ». Tentant ! Encore faut-il que j'assume d'envoyer balader cinq minutes la bonne élève pour m'autoriser cette récréation. En réalité, j'ai peur de récolter des remarques des gens du bureau, et d'être mal notée par les Badass… Pourquoi est-ce que je crains autant le jugement de ces autres et pourquoi leur laisser autant de place dans ma vie ?

L'après-midi file sans que j'aie pu prendre ma décision, lorsque, à 17 h 10, Cataclope entre en trombe dans mon bureau avec sa tête des mauvais jours, et un dossier fumant sous le bras. *Aïe*, songé-je. *Voilà une arrivée qui clôt le débat...* Il m'alpague sans se soucier de demander si je suis occupée.

— Il faut que je te parle. Tout de suite. Cacharel veut qu'on revoie notre copie ! Tu te rends compte ? C'est la catastrophe ! Tu comprends, toutes nos propositions d'ambassadeurs de marque sont hors budget ! Ils veulent du standing… mais moins cher !

— Ce n'est pas B. qui s'occupe de ce dossier ?

Il toussote et esquive.

— Il faut que tu me débrouilles le coup, Joy !

Je sens un mélange d'émotions m'assaillir. À la fois la moutarde qui me monte au nez et à la fois l'angoisse de me retrouver piégée, une fois de plus.

— C'est pour quand ? lâché-je, les dents serrées.

— Pour demain.

Il me regarde avec ses petits yeux de furet. Je laisse planer un blanc.

— Non.

— Quoi, non ?

— Non, je ne peux pas te le faire.

— Comment ça, tu ne peux pas me le faire ?

— Non, je ne peux pas te le faire. J'allais partir, là.

— Tu allais partir ?

L'incrédulité et la contrariété le gagnent et forment des plaques rouges depuis le cou jusqu'à la racine des cheveux. Mon cœur bat à mille à l'heure mais je tente de n'en rien laisser paraître. Comme un disque rayé, je répète en boucle ma réponse négative, en prenant exprès une voix posée et calme, sans une once d'agressivité.

— Mais comment je vais faire ? explose-t-il, à bout de nerfs.

Conciliante, je suggère une piste de solution.

— Tu peux peut-être redemander à B. s'il n'y a pas moyen qu'elle bouge son agenda pour gérer cette priorité ? Ou bien obtenir un petit délai supplémentaire auprès du client, auquel cas, je pourrais m'en occuper ?

— Bon. Je vais voir.

Cataclope tourne les talons, drapé dans une indignation muette. Néanmoins, j'ai obtenu gain de cause. Il a capitulé. Sans plus réfléchir, j'attrape sac et manteau pour m'échapper avant qu'il revienne. Sait-on jamais ! J'avais réussi à lui dire non pour cette fois, mais les digues de mon affirmation de soi étaient encore fragiles. Je croise Virginia dans le couloir.

— Tu t'en vas ?

— J'ai un rendez-vous médical ! soufflé-je sans la regarder pour qu'elle ne lise pas dans mes yeux mon mensonge criant.

Je me retrouve dans la rue, essoufflée d'avoir dévalé les escaliers, comme un bagnard en fuite qui hume à pleines narines le sentiment d'une liberté à peine retrouvée. Il me faut encore parcourir quelques mètres pour gommer toute trace de culpabilité. Et quand j'arrive à l'adresse indiquée pour le mystérieux atelier Slive, je ressens la sensation grisante de l'école buissonnière et une émotion que j'avais presque oubliée : la joie.

23

Benjamin est accoudé au bar sur un tabouret haut et sirote un virgin cocktail tout en regardant les participants de l'atelier Slive prendre place. Rayane a l'habitude de proposer ce type d'animation et a réussi à obtenir un partenariat avec ce bar local qui possède une salle en souplex privatisable. Les personnes s'installent au fur et à mesure autour des petites tables rondes, par groupes d'amis. Sur l'estrade, Rayane a mis en place un micro et, sur le bas-côté, une chaise qui lui est destinée. Benjamin connaît l'atelier et savoure à l'avance les moments qui vont suivre. Il sent l'atmosphère électrique, et les commandes de boissons vont bon train. Des particules de trac flottent dans l'air, ce qui est bien normal avant une expérience comme celle-ci. Rayane s'affaire sur scène et Benjamin reconnaît un bâton de pluie, une kalimba, sorte de petit piano à pouce africain, un djembé toca et des maracas. Ces instruments à eux seuls donnent une note poétique au décor et annoncent un voyage sonore des plus exotiques.

Benjamin n'a pas vu arriver Carmen. Il sursaute quand elle lui plante une bise sonore sur la joue.

Carmen n'a jamais mis de limite entre le professionnel et le personnel et comment le lui reprocher ? Il était bien pareil... Il sait qu'il est devenu pour elle bien plus qu'un employeur. Sans doute un peu le fils qu'elle n'a jamais eu... Son rire étonnant qui tintinnabule gaiement ne passe pas inaperçu, et deux ou trois personnes se retournent sans qu'elle le remarque. Elle est venue avec son nouvel amoureux. Un Jean-Pierre vite devenu JP. Ils se sont rencontrés sur un site pour seniors « Plusbeaudemain.com ». Elle avait failli le « swiper » à droite, comme ils disent. C'est-à-dire l'éliminer directement en balayant sa photo vers la droite avec son pouce. Le début de son texte de présentation avait fort heureusement retenu son attention : « Jeune sexagénaire, qui ne compte pas les années mais plutôt les jours qui le séparent encore de sa dulcinée, rêve les yeux ouverts pour la trouver, et admirer ensemble le ciel et la terre bleue comme une orange, effacer toutes les images, éblouir l'amour et ses ombres rétives, aimer, aimer à s'oublier. » Un homme capable de s'inspirer de Paul Eluard pour écrire un tel message sur ce genre de site n'était pas chose courante. La suite des échanges s'était montrée aussi prometteuse et avait rapidement abouti à un premier rendez-vous. D'emblée, ils s'étaient reconnus dans leurs atypismes : deux rêveurs rockeurs au cœur tendre. Lui aussi, tatoué et biker, malgré sa très sérieuse profession de commissaire-priseur. Comme elle, un personnage tout en contrastes, tous les deux aimantés par la même soif de partage et de tendresse. Ils se retrouvaient souvent depuis dans le quartier de Drouot, pour déambuler à travers les rues, main dans la main, et grignoter quelque chose en se mangeant des yeux. Parfois, il la faisait entrer dans les coulisses de Drouot pour lui montrer les lots exposés pour une prochaine enchère. Ils s'émerveillaient ensemble, ravis de leur passion commune pour l'art et le beau. Et l'un comme l'autre incrédules de la félicité de s'être rencontrés.

Un sourire accroché aux oreilles, JP serre la main de Benjamin. Il respire l'heureuse nature. Grand et fin, les cheveux poivre et sel ébouriffés, clairsemés sans que cela ôte rien à son charme, des yeux clairs pétillants. Ces deux-là se sont trouvés ! se dit Benjamin, content pour eux, tandis qu'il les observe à la dérobée flirter comme des ados.

— Alors, *elle* va venir ? lui souffle Carmen à l'oreille.

Elle. C'est ce à quoi il pense en cet instant. Oui, il aurait aimé la voir là. Osera-t-elle s'aventurer ? Rayane s'avance vers le micro. Les lumières se baissent et un projecteur éclaire la scène pleins phares. La température monte d'un cran dans la salle en même temps que les applaudissements fusent. Benjamin s'agite sur son tabouret haut et jette des regards furtifs en direction de l'escalier. Rayane lance l'atelier. Il s'amuse à faire des effets de voix dignes des grands présentateurs de spectacles vivants. Son peps communicatif met le feu au sein des convives.

— Bienvenue, mesdames et messieurs, dans ce formidable atelier Slive. Alors est-ce que quelqu'un parmi vous sait ce que c'est que le Slive ?

Les personnes présentes s'agitent, et répondent non à qui mieux mieux.

Rayane les taquine pour faire le show.

— Vous ne savez pas du tout ce que je vais vous demander de faire et vous venez quand même ? Bravo ! Vous êtes vraiment très courageux alors !

Les rires enflent dans le public.

— Apéro-Slive… Qu'est-ce que ça peut bien être ? Vous allez essayer de deviner quand même ! Alors à votre avis ?

Les mains se lèvent pour participer mais Rayane décide d'interroger la personne en retard en train de descendre les escaliers.

— Vous, mademoiselle ! Pouvez-vous nous dire ce qu'est le Slive ?

La demoiselle reste interdite dans les escaliers. Rayane tourne le projecteur dans sa direction.

— Allez, on l'encourage !

La salle applaudit tandis que Joy, essoufflée et rougissante, tente d'échapper au jet de lumière qui inonde son visage en se protégeant d'un revers de main.

Benjamin bondit de son tabouret pour aller l'accueillir. En gentleman, il lui tend la main pour l'aider à finir de descendre les escaliers.

— Nous allons peut-être lui laisser le temps d'arriver ? lance-t-il à son comparse d'une voix espiègle.

La main de Joy est douce dans la sienne, mais le plus doux, c'est ce joli sourire qu'elle affiche qui, décidément, transforme toute sa physionomie. Accessoirement, il la trouve aussi ravissante dans sa robe rouge carmin taillée pour mettre en valeur sa silhouette aux courbes graciles.

Contre toute attente, elle prend la parole.

— Je veux bien essayer de répondre !

Benjamin la regarde avec une certaine incrédulité. Il ne l'aurait pas imaginée se prêter au jeu si facilement.

— Slive… J'entends *live*, le mot anglais pour dire « en direct », non ? Est-ce que le Slive a quelque chose à voir avec de l'improvisation ?

Sur scène, Rayane semble ravi de son intervention qui lui permet de rebondir sur la suite de sa présentation.

— Bravo, mademoiselle ! Bonne perspicacité ! Quel est votre prénom ? demande-t-il en lui adressant un clin d'œil complice.

Rayane doit trouver plus amusant de faire comme s'ils ne se connaissaient pas.

— Joy.

— Merci, Joy, on l'applaudit bien fort ! Maintenant que la charmante Joy nous a mis la puce à l'oreille, je peux enfin vous révéler ce qu'est le Slive. Et vous allez savoir à quelle sauce vous allez être mangés ce soir !

Le public rit avec une excitation teintée d'une légère appréhension.

— Le Slive, c'est une improvisation poétique instantanée, sans aucune préparation. Vous devez « faire avec ce qui est présent pour vous » dans l'instant et laisser venir ce qui vient, sans aucune censure ! À la différence du slam où le texte doit être écrit avant d'être déclamé en performance orale…

Dans le public, des exclamations fusent. Des oh. Des ah. Des contents. Des stressés. Des pressés d'y être.

— Et les instruments ? interroge un curieux.

— Ils vont accompagner votre élan poétique ! Dans Slive, il y a le s de son, de sensations et de sens. En premier, soyez connectés à vos sensations et émotions du moment. Branchez-vous sur ce qui se passe à l'intérieur… Ce qui empêche souvent l'élan créateur, c'est de penser trop !

Rayane s'assoit sur un petit tabouret et se met à jouer doucement des percussions qui créent dans la pièce une atmosphère envoûtante. Il prend un timbre de voix délibérément grave et profond pour souffler son message aux auditeurs.

— Ressentir… Pas trop réfléchir…

Il se met à répéter la phrase comme un mantra musical, une phrase sonore, et se met à jouer avec en créant différentes variations d'intonations et de rythmes. Quand il s'arrête, la salle applaudit.

Benjamin se penche vers Joy qui sirote un cocktail en mâchonnant la paille, l'air nerveux.

— Alors vous en dites quoi ?

— J'en dis que je n'aurais jamais dû venir !

— Mais si, vous allez voir. Au début, on est mort de trouille et, après, on ne veut plus lâcher la scène !

— Ça m'étonnerait que je passe de toute façon !

Comme Joy dit cela, Rayane rajoute une règle du jeu.

— Ah, et je tenais à rajouter que « tout le monde » passera sans exception ! Alors inutile de vous planquer derrière un fauteuil ! Et si ce que vous faites, c'est pas bon, attention, on vous jette des tomates. Pour info, les cageots de tomates sont à disposition dans les allées.

Rayane marque un blanc suffisant pour tester son effet « c'est du lard ou du cochon ». Tout le monde éclate de rire.

— Vous avez eu peur, hein ? Bon, évidemment, je rappelle l'ABC du Slive : Accueil, Bienveillance, et Censure au vestiaire ! Ici, on ne juge pas la performance linguistique, ni la prouesse poétique !

Ce moment est pour VOUS, rien que pour vous. C'est votre moment ! Alors faites-vous plaisir ! Et si ça peut vous rassurer, la première fois que je me suis prêté à l'exercice, je n'ai presque rien sorti. Mais dites-vous bien que ce presque rien est déjà merveilleux, c'est le début d'un fil d'inspiration qui par la suite ne demandera qu'à se dérouler davantage !

Joy entame son deuxième cocktail alcoolisé, et ses yeux sont plus brillants que jamais dans la pénombre. Benjamin se demande encore si elle osera. Il donnerait cher pour voir ça, mais il se dit qu'avec l'agent de contrôle qu'elle a mis aux commandes dans son ciboulot il y a peu de chances…

Rayane demande un volontaire pour se lancer. Comme d'habitude, personne ne veut y aller. Rayane et son ami ont leur petit pacte : c'est toujours Benjamin qui se dévoue pour montrer l'exemple et briser la glace. Celui-ci se lève et se dirige vers l'estrade en sentant tous les regards peser sur lui. Et plus encore celui de Joy. Il tente de ne pas y penser, sous peine de voir son courage s'envoler.

— Quel est ton prénom ? Benjamin ! Formidable. Par quel instrument veux-tu être accompagné ? Le bâton de pluie ? Très bon choix. C'est moi qui vais te donner les premiers mots de ton impro, ensuite tu feras un pas en avant en direction du micro, tu comptes jusqu'à trois dans ta tête et tu te lances sans réfléchir. Mesdames, messieurs, n'oubliez pas que la poésie commence quand on arrête de vouloir en faire. La poésie aime les accidents heureux, les rapprochements de mots improbables, les expressions involontaires… Ne cherchez surtout pas à *bien faire*.

Le perfectionnisme empêche l'imaginaire de percer. Laissez sortir même, et surtout, le farfelu ! Benjamin, tu es prêt ?

— Prêt.

Rayane prend dans ses mains l'immense bâton de pluie à la verticale, le retourne tel un sablier et les grains qui s'écoulent en cascade émettent un doux bruit. Le silence s'installe dans la salle. Tout le monde est suspendu aux lèvres de Benjamin.

— Dans mon dos…

Rayane vient de jeter les premiers mots à Benjamin. Ce dernier fait trois pas en avant, prend une profonde inspiration et se lance d'une traite.

Dans mon dos…
Je sens comme une ombre
Je me retourne,
Personne.
J'entends juste un rire
Qui résonne
C'est encore toi,
Mon ombre ?
Tu me joues des tours ? Viens donc dans la lumière,
Faire un tour.

Benjamin marque un blanc comme s'il était soudain à court d'idées, mais il connaît l'exercice et il se raccroche aux branches en répétant le mot tour, tour, tour, suivi d'une série d'onomatopées pour gagner du temps. Puis, il enchaîne, de plus en plus habité par son improvisation. Il personnalise l'ombre jusqu'à ce qu'elle devienne une compagne imaginaire. Entre eux deux se tisse un jeu de séduction semblable à une danse.

Tu me frôles
Mon ombre,
Tu m'affoles
Mais pas folle, ma guêpe
Jamais tu me piqueras
Puisque…
Puisque…

Benjamin ménage sa chute.

Toi, mon ombre, toi, c'est moi !

La salle applaudit à tout rompre. Benjamin salut, un sourire éclatant aux lèvres, et regagne sa place.

— Vous êtes écœurant ! lâche Joy, admirative.

— Vous êtes bon public, ironise-t-il, content malgré lui qu'elle ait aimé sa prestation.

— Pas de fausse modestie, Benjamin !

À présent, tout le monde a envie d'essayer. Les improvisations s'enchaînent, chacune touchante à sa façon.

— Ça va être à vous, Joy !

Rayane interpelle la jeune femme depuis la scène et dirige de nouveau le projecteur dans sa direction. Joy se défend, refuse d'y aller. Mais tout le public commence à scander son prénom et, à sa droite, Benjamin avec encore plus de ferveur que les autres. Il voudrait tant qu'elle relève ce défi de lâcher-prise ! Mais acceptera-t-elle de ne pas contrôler la situation et de laisser libre cours à son émotion et à son inspiration ?

Joy lui jette un regard implorant auquel il ne répond pas. À la place, il se lève pour lui prendre la main, la serre fort, puis l'emmène comme une princesse jusqu'à l'estrade.

24

C'est à moi. J'ai un instant d'incrédulité : qu'est-ce que je fais là, debout, toute seule, face à un public qui me scrute, qui attend de moi une performance que je me sens incapable de faire ? Puis, je me souviens des mots glissés à mon oreille par Benjamin, juste avant que je monte sur scène. *Souvenez-vous, il n'y a rien à « réussir », juste à être vous-même et à vous amuser...*

Mes mains sont moites. Est-ce qu'ils le verront, si je les essuie sur ma robe ? Le micro est trop haut pour moi. J'ai un moment de panique ! Je ne peux pas faire une impro avec un micro trop haut ! Comment régler ce pied de micro télescopique ? Je commence à toucher aux vis de serrage et, catastrophe, le micro s'affaisse ! Rayane vole à mon secours et, en trois mouvements habiles, règle le tout à bonne hauteur.

— C'est le métier qui rentre, ma bonne dame ! plaisante-t-il pour me réconforter.

Sa gentillesse et son humour m'aident à reprendre une contenance. Malgré moi, mes yeux se dirigent vers Benjamin. J'essaye de puiser ma force dans son regard qui me scrute avec une intensité bienveillante.

Le silence s'installe, étourdissant. Je demande à Rayane d'être accompagnée aux maracas et de me donner les trois premiers mots de mon impro.

— Sous le soleil…

Les trois mots se bousculent dans ma tête. Je voudrais avoir le temps de réfléchir ! De m'organiser ! Mais je n'ai pas le droit. Je dois compter jusqu'à trois, faire un pas en avant et me jeter à l'eau, en ouvrant le robinet à mots sans même savoir ce qu'il va pouvoir en sortir. J'ai le cœur qui bat à tout rompre dans ma poitrine.

Un, deux, trois, inspire et… parle. Le micro vient se planter dans mon menton et mes mots résonnent dans toute la pièce, au rythme des maracas, qui bercent mon inspiration. Je laisse venir et ne contrôle plus rien.

Sous le soleil
Exactement
C'est là que j'étais,
Avant,
Avant les nuages,
Et les grands tourments.
Ma joie s'est perdue
Dans un mauvais orage
Mon rire s'est tu
Dans un soupir de rage,
Et seules les ombres dansent
Désormais sur mon visage…
Ai-je donc pris un si mauvais virage
Que je ne sache même plus comment
Écrire une nouvelle page ?
Si la joie est un soleil
Et le bonheur un doux rivage,
Je veux devenir peintre
D'un tel paysage…

Rayane avait conseillé en début d'atelier de finir son impro sur une chute nette, avec un joli point final bien affirmé par la baisse de l'intonation de voix, puis de reculer d'un pas sans un mot.

Je m'exécute et m'inquiète du silence qui règne. Je me suis plantée. J'ai été nulle. J'ai des sueurs froides, je m'imagine les cageots de tomates imaginaires s'abattre sur moi. J'ai peur de lever les yeux pour croiser le regard moqueur des gens ou, pire, leur regard désolé. Alors je garde la tête baissée et les yeux fermés. Quelques applaudissements retentissent. Il y a toujours de bonnes âmes dans un public. Je me raccroche à l'idée que je vais très vite pouvoir regagner ma place et me planquer dans un petit trou. Mais les applaudissements s'intensifient. Ça siffle, ça tape des pieds, ça crie des bravos ! Je ne comprends pas bien ce qui m'arrive. Je rêve ou ils me plébiscitent ? Rayane vient à mes côtés, lève mon bras en signe de victoire comme si je venais de gagner un match de boxe, et s'époumone en félicitations. Je suis affreusement embarrassée et, malgré tout, un sentiment bizarre commence à fourmiller au fond de moi. Comme un picotement agréable, une chaleur qui monte le long du corps jusque dans mon cou, jusque sur mes joues qui s'empourprent. Tandis que je me fraye un chemin pour regagner ma place, la sensation en moi s'éclaircit jusqu'à devenir lisible : je ressens de la joie, une vraie joie, teintée de fierté ! Quand je rejoins Benjamin, je lui adresse un sourire qu'il n'a encore jamais vu : celui, irradiant, du p'tit pop-corn heureux. Tous les p'tits Max m'entourent à présent. Avec la décompression, une légère euphorie me gagne. Je ris pour un rien. Cela faisait longtemps que je ne m'étais pas amusée à ce point. Je suis si bien avec eux, je ne m'explique pas pourquoi. C'est peut-être ça quand on est bien : on n'a pas besoin de comprendre ni de mettre des mots. Ça se passe ailleurs… Carmen me fait tellement rire en pipelette excentrique. Où puise-t-elle une telle énergie à son âge ? Je regarde le couple qu'elle forme avec JP. Ils se sont rencontrés sur un site et Carmen assume pleinement. *Il faut vivre avec son temps, non ?* Ils rayonnent tous les deux et j'avoue, tout à coup, je les envie. Pour eux, tout a l'air d'avoir été simple, fluide. Je songe à mon histoire avec Ugo, et mon visage se rembrunit aussitôt. Comme il est détestable de vivre une situation aussi bloquée ! J'ai l'impression d'un nœud géant qui jamais n'arrivera à se défaire. Mes épaules se voûtent sous l'effet du découragement. Benjamin doit s'en apercevoir.

— Quelque chose ne va pas, Joy ?

Les p'tits Max ont de la chance de l'avoir. Cela doit être drôlement agréable de sentir quelqu'un aussi attentif près de soi.

Machinalement, j'ai ressorti mon téléphone portable, ce qui le fait froncer les sourcils. Je jette un œil et m'aperçois que j'ai reçu quatre appels d'Ugo en absence. Mon cœur fait un bond dans ma poitrine.

— Non, non, tout va bien, merci ! Mais je vais devoir y aller…

— Vous ne restez pas dîner avec nous ?

— Euh, non, je ne vais pas pouvoir, je… j'ai… rendez-vous.

— Ah… Avec lui ?

J'acquiesce en silence sans le quitter des yeux. Il ne se départit pas de son sourire, mais son regard se voile imperceptiblement. Mal à l'aise, je m'en vais comme une voleuse, pressée aussi d'écouter les messages d'Ugo. Comment ai-je pu rester autant d'heures déconnectée ? Une fois dans la rue, je marche en direction du métro, le portable collé à l'oreille. Les messages d'Ugo sont lapidaires. Message 1 : *Joy, t'es où ? Rappelle-moi !* Message 2 : *Joy, c'est urgent, rappelle, merci.* Message 3 : *Qu'est-ce que tu fous, Joy ? C'est bizarre que tu ne rappelles pas...* Message 4 : *Joy, jamais tu décroches ton téléphone ou quoi ? Rappelle-moi ASAP !*

Moi qui, un instant plus tôt, étais si contente qu'il se manifeste, je suis douchée ! Je me décide quand même à le rappeler.

T'étais où ? Avec qui ? Tu faisais quoi ? Je veux que tu sois joignable quand j'ai besoin de te parler, Joy !

Quelque chose me picote les narines, mais il me faut quelques instants de plus pour me rendre compte que cela doit être la moutarde qui commence à me monter au nez ! J'attends que les vociférations se calment. Il ne manque vraiment pas d'air ! Il doit même s'envoler tout seul tellement il est gonflé ! Mais le clou n'était pas encore arrivé.

— Bon, Virginia est à une soirée. Je rapplique chez toi. Je serai là dans une demi-heure.

Le mot jaillit tout seul des profondeurs de mon indignation.

— Non.

— Quoi, non ?

— Non, tu ne viendras pas ce soir.

— Qu'est-ce que tu racontes ?

— J'ai d'autres projets. Je ne suis pas disponible.

Je l'entends sidéré au bout du fil et je suis soudainement saisie par un sentiment assez jouissif. Comme quand, perdu au fond d'une grotte, on découvre enfin une issue vers la sortie. Je me galvanise intérieurement pour conforter ma décision et me donner le courage de rester campée. *Tu n'es pas sa chose. Il n'a pas à claquer des doigts pour que tu apparaisses selon son bon vouloir. Il faut que tu arrêtes de subir. Il y a d'autres options que de souffrir !*

Je reste ferme et tente de ne pas prêter attention à l'orage dans sa voix. Il est contrarié ? Tant mieux ! Ça changera. Lorsque je raccroche, je me rends compte que mes mains tremblent. Ce n'est tellement pas naturel chez moi de m'imposer. Cela me met dans tous mes états. Je suis seule sur le trottoir. Je viens d'envoyer balader mon boss et mon amant. Mais qu'est-ce qui me prend ? Je me demande quoi faire. Rentrer chez moi ? Je crains de passer la soirée à ruminer sur l'énorme pavé dans la mare que je viens d'envoyer. Rebrousser chemin ? Peut-être que je peux encore rejoindre les p'tits Max ? Je tombe nez à nez avec eux à la sortie du café. À deux minutes près, je les ratais.

— Votre rendez-vous est tombé à l'eau ?

J'opine.

— Dommage, me répond Benjamin, pas désolé du tout. On vous embarque au resto alors ?

J'opine de nouveau, avec un grand sourire cette fois. Rayane et Carmen me prennent bras dessus, bras dessous, comme si j'étais spontanément adoptée par le clan. Je ne peux dire à quel point cela me touche.

Ils continuent tous à me vouvoyer, cliente oblige. Le vous comme dernier rempart avant la familiarité. De mon côté, c'est déjà trop tard : je les aime tous beaucoup trop pour les cantonner dans un rôle de simples prestataires. Ça déborde, ça déborde ! Tout ça n'est pas très professionnel, sûrement. Mais pour une fois… Merde !

Si, en plus, je commence à dire des gros mots… Peut-être bien que le vernis du bon petit soldat est en train de s'écailler. Ce soir, je décide de voir ce que cela fait de ne pas vouloir paraître ce que je ne suis pas. Pire ! De prendre le risque de me laisser porter ! Au restaurant, j'ai Benjamin à ma droite et Carmen à ma gauche. La joyeuse troupe émet un nombre de décibels digne d'un concert à l'Olympia, et les conversations fusent de tous les côtés. Discrètement, je sors mon portable sur mes genoux. Benjamin s'en contrarie et pose sa main sur mon avant-bras, comme pour m'arrêter.

— Joy, qu'est-ce que vous faites ? me souffle-t-il à voix basse.

Je lui montre sur l'écran l'appli Clevertalk que j'utilise si souvent avec Ugo pour ne pas me sentir sèche sur les sujets de conversation.

— Rien, rien. Je désinstalle juste une application dont je n'ai plus envie de me servir.

On se sourit et je nous sens liés par une étrange connivence. Je crois qu'il me comprend.

— Hey ! Pas de messes basses par ici ! fait semblant de s'indigner Carmen à qui notre aparté n'a pas échappé. Partagez avec nous !

Benjamin vient à ma rescousse.

— J'ai le plaisir de vous annoncer que notre amie Joy est en très bonne voie de désapplication !

Des exclamations joyeuses s'élèvent, tandis que Carmen met son amoureux au courant du concept. Elle lève son verre.

— Portons un toast alors ! Vive la désapplication !

Et le groupe répète en chœur :

— Vive la désapplication !

Carmen se penche vers moi tout en serrant affectueusement mon avant-bras.

— D'ailleurs, en parlant de désapplication, j'aimerais partager avec vous une autre idée… Un de mes petits secrets pour cultiver joie et plaisir !

Elle a des yeux si pétillants, Carmen ! Cette femme, c'est un bonbon. Tout comme Benjamin, elle a la joie contagieuse.

— Et pourquoi pas ? Racontez-moi, Carmen…

— Mmm… Qu'est-ce que vous faites ce samedi ?

— Rien de spécial à vrai dire.

— Vous me suivez alors ?

La Joy tout sous contrôle aurait voulu prendre le temps de réfléchir. Mais celle de ce soir veut se laisser surprendre.

— Oui, Carmen. Je vous suis !

Benjamin n'a pas perdu une miette de notre échange. J'essaye en vain de décrypter son petit air mystérieux et malicieux. Quelque chose me dit qu'il sait très bien ce qui m'attend samedi. Mais bien sûr, il se garde bien de me mettre au parfum…

25

Carmen m'a donné rendez-vous dans le sixième arrondissement de Paris. 14, rue de la Grande-Chaumière, *à 9 h 50 pétantes !* disait le texto. *Vous ferez votre grasse matinée une autre fois !* avait-elle ajouté avec un émoji hilare. Il est vrai que, le samedi matin, j'ai plutôt pour habitude de traîner au lit, voire de passer la moitié de la journée en pyjama pour décompresser de mes semaines chargées, mais une fois n'est pas coutume. Je dois dire que je suis aussi intriguée de découvrir ce que Carmen m'a préparé comme surprise… Je descends à la station Vavin, l'air est plutôt doux pour un mois de décembre, et l'atmosphère du Quartier latin me réjouit dès que j'y pose un pied. J'atteins rapidement le 14 de la rue de la Grande-Chaumière grâce à ma légendaire foulée musclée – merci à mon appli Happyfit ! Carmen me voit arriver de loin. Je crois qu'elle me guettait et m'adresse de grands signes de la main. Elle porte un manteau jaune qui ne passe pas inaperçu. Carmen ne fait pas partie des personnalités discrètes, mais je me suis mise à aimer son excentricité toute pleine de bienveillance. Elle m'accueille avec enthousiasme et s'enquiert de mille détails – si j'ai bien dormi, si j'ai pris un petit déjeuner, si j'ai trouvé facilement… Je lui souris mais pose directement la question qui me taraude.

— Carmen, allez-vous enfin me dire ce qui m'attend ?

— Ma chère Joy, je vous ai fait venir aujourd'hui pour que vous puissiez partager avec moi « ma journée des premières fois ».

Je la regarde avec des yeux en soucoupes pleins d'étonnement.

Elle se marre. Une sexagénaire plus malicieuse qu'une enfant de dix ans. Elle sonne au 14 et m'entraîne dans l'immeuble en me prenant le bras, tandis qu'elle m'explique.

— Voyez, environ une fois par mois, je me lance le défi d'une journée des premières fois ! En amont, je fais mes petites recherches sur Internet pour trouver de nouvelles idées de toutes les choses que je n'ai jamais essayées et qui pourraient m'amuser, me nourrir ou me surprendre…

— Incroyable !

— Oui, et c'est surtout très réjouissant !

Nous nous mêlons à un groupe de gens de tous âges qui semblent attendre l'ouverture d'une salle, et je ne sais toujours pas ce que nous faisons là. Carmen baisse la voix pour me parler sur le ton de la confidence.

— Vous savez, avant, je m'ennuyais parfois beaucoup. J'étais très passive. J'attendais que d'autres gens m'entraînent pour sortir et me bouger. Il m'arrivait de passer des week-ends entiers à traîner mon spleen…

Elle me récite Baudelaire avec une dramaturgie très professionnelle qui me fait sourire.

Quand le ciel bas et lourd pèse comme un couvercle
Sur l'esprit gémissant en proie aux longs ennuis...

— Et cetera, et cetera ! balaye-t-elle d'un geste nonchalant, soulignant que j'avais déjà compris l'idée générale. Et puis un jour, j'en ai eu marre de me morfondre, de faire dépendre ma joie d'amis qui n'étaient pas toujours disponibles, ou d'un homme que je n'avais pas réussi à trouver.

Tandis que j'écoute son récit avec attention, je tente de me réchauffer en soufflant dans mes mains.

— Et qu'est-ce que vous avez fait alors ?

— ... J'ai « créé du mouvement ».

— Créé du mouvement ?

— Oui, arrêter l'attentisme. Ne plus dépendre de quelqu'un d'autre pour être heureuse ou pas. Ne pas lui laisser ce pouvoir. Alors, je me suis mise en mouvement pour repartir à la conquête de ma vie et de ma liberté. Au début, c'était très difficile. Finalement, c'est plus confortable de chouchouter sa morosité que d'oser sortir de sa zone de confort. Le premier pas coûte vraiment. Un peu comme quand on s'est fait opérer du pied et qu'il faut recommencer à marcher. Heureusement, très vite, on se rend compte que plus on en fait, plus on a envie d'en faire, et la dynamique s'enclenche d'elle-même...

Elle m'impressionne. Je regarde avec encore plus de curiosité ses yeux clairs brillants de malice et j'ai envie de la questionner pour en savoir plus, mais un grand monsieur tout fin et moustachu vient d'ouvrir la salle pour qu'on puisse entrer. Personne ne se fait prier et je me sens entraînée par le mouvement. Carmen paye l'entrée. Je proteste. Tentative inutile. Je promets alors de l'inviter à déjeuner tout à l'heure. Je découvre une pièce avec une estrade, sur laquelle est posé un radiateur électrique. Étrange. Un radiateur sur une scène ? Je suis peut-être dans une exposition conceptuelle ? J'observe l'agencement des tabourets disposés en arc de cercle sur trois rangées. Et d'une manière tout à fait saugrenue, un tréteau est placé devant chacun d'eux. Je reste pour l'instant debout près de la porte de sortie, perplexe et mal à l'aise. Que suis-je censée faire ? Les autres personnes semblent être des habitués du lieu. Je les vois se diriger sans l'ombre d'une hésitation vers le fond. Chacun se saisit d'une planche de bois et vient s'asseoir en la calant contre le tréteau. Je me tourne vers Carmen qui me lance un grand sourire sans l'ombre d'une explication.

— Bonne séance ! À tout à l'heure !

Et elle disparaît derrière le paravent placé à côté de l'estrade. Alors, je décide de jouer le jeu, même si je ne comprends rien et, tel un automate, réplique les mêmes gestes que les autres. Un instant plus tard, le monsieur moustachu passe parmi nous et je commence à comprendre. Il distribue de grands formats de papier, ainsi que des pinces pour les fixer sur les planches. J'entends alors un concert de fermetures Éclair : les sacs à dos s'ouvrent, les trousses sortent. Pinceaux, encres, fusains, pastels, crayons aquarellables ! C'est à qui aura la plus belle panoplie expérimentale ! Évidemment, je suis venue sans rien. Mon voisin compréhensif me prête un fusain.

— Vous préférez tendre ou sec ? me demande-t-il.

Comme si j'en avais la moindre idée ! Il m'en tend un dans chaque main.

Je prends celui de gauche, au hasard.

— Vous voulez un bout de gomme mie de pain aussi ?

Je le regarde comme un alien, mais pressens que l'objet peut s'avérer utile. Alors, j'attrape le morceau de pâte semblable à un chewing-gum en moins collant, censé servir à estomper mes erreurs de dessin. Il y a erreur de casting, justement : je n'ai jamais touché un crayon de ma vie ! Je maudis Carmen intérieurement, avant de me souvenir in extremis de sa thématique du jour : les premières fois. Je souffle un grand coup pour chasser le trac.

— Nerveuse ? interroge mon grand brun de voisin, amusé par mes airs de novice. Ça fait toujours ça la première fois…

J'hésite entre lui battre froid ou lui confier mon angoisse.

— Je n'ai jamais dessiné !

Il me chuchote en expert bienveillant :

— Ça n'a pas d'importance. Personne n'a dit que vous deviez faire un dessin académique ! Ne mettez pas de limites à votre esprit. Laissez votre main courir toute seule et vous verrez bien ce qu'il en sort…

Ses paroles m'apaisent un peu. Mais bon sang ! Où est passée Carmen ? Pourquoi n'est-elle pas avec nous ? Je reçois ma réponse comme un coup de poing : de derrière le paravent sort une Carmen entièrement nue. Nue, vraiment nue, comme un ver ! À la seconde où elle a mis un pied sur l'estrade, elle a fait glisser son peignoir de soir le long de son corps. Je n'en crois pas mes yeux ! Choquée, je sens mon rythme cardiaque s'accélérer tandis que Carmen s'assoit au milieu de la scène et prend la pose. Le monsieur à la moustache s'approche d'elle pour lui donner quelques indications et ajuster le radiateur d'appoint pour qu'elle n'ait pas froid. Il annonce :

— Nous ferons une demi-heure de séries courtes, puis une pause longue de quarante minutes.

Je comprends que nous allons devoir commencer par un enchaînement d'esquisses sur une première planche. Carmen change de pose toutes les cinq minutes. Tout le monde griffonne sans le moindre embarras. Il m'apparaît alors évident que nous n'avons pas tous le même rapport au corps… J'observe Carmen, immobile, incroyablement belle dans sa nudité assumée. Le galbe d'un sein qui n'a plus vingt ans, le ventre légèrement rebondi par la gourmandise des dimanches, la peau qui me rappelle un paysage de sable sur lequel le vent, en soufflant, a laissé quelques sillons… Dire que je complexe à tout bout de champ pour un bourrelet, pour une ridule ! La vérité du corps m'apparaît tout autre en cet instant. Grand, gros, maigre, jeune ou vieux… Il y a de la magie dans chacun de ces reliefs et du sublime dans ces imperfections ! Dire que je calquais mon modèle du beau sur celui donné par les magazines de mode… La superficialité d'une plastique lisse me semble soudain bien fade. Carmen vient me voir à la pause, emmaillotée dans son peignoir, et s'extasie devant mes gribouillages.

— Je leur trouve beaucoup de sensibilité, à vos dessins ! Bon, j'y retourne.

Quand la séance se termine, le groupe applaudit Carmen. C'est rigolo : elle rosit plus des applaudissements que d'avoir eu à poser nue !

Nous nous retrouvons dans la rue, heureuses, hagardes et affamées.

— Prête pour la deuxième première fois de la journée ? me demande-t-elle d'un ton enjoué.

Ma parole, elle est sidérante ! Mais puisqu'elle me montre la voie, je ne compte pas m'arrêter en si bon chemin…

26

Heureusement que le lendemain est un dimanche. J'ai dormi comme je n'avais pas dormi depuis fort longtemps et, quand j'ouvre les yeux, il est déjà midi. Après la folle journée d'hier, je suis presque « courbatue de nouveautés ». C'est un sentiment étrange mais pas déplaisant du tout. Je me prélasse au lit avec un bon café. Paradoxe : je me sens à la fois fatiguée et régénérée ! Cette « tournée » des premières fois m'a fait un bien fou. Carmen, indéniablement, appartient à la classe rare des personnes précieuses qui font du bien. *Feel good people.* Je crois qu'elle incarne à elle toute seule le concept de *jeunesse de l'esprit* et, plus je la connais, plus elle force mon respect. C'est peut-être ça, l'un des secrets de la joie : rester jeune en vivant d'éternelles premières fois… Je profite de ces quelques heures de calme avant une semaine chargée et compliquée : Noël qui tombe mercredi soir va évidemment chahuter tout mon programme. N'importe qui dirait que le temps n'est pas compressible, sauf à la Huitième Sphère. Il va donc falloir abattre le travail de cinq jours en trois. Je compte juste réaliser un aller-retour express pour réveillonner avec mes parents et donc descendre moins de quarante-huit heures en Nouvelle-Aquitaine. Je vais manger plus de train que de dinde, mais Noël sans voir ma famille, ce n'est pas Noël.

— Tu ne restes pas un peu plus, c'est sûr ? s'était plaint mon père quand il m'avait eue au téléphone.

Moi aussi j'étais déçue, mais, à moins de deux semaines des dix ans de l'agence, je ne pouvais pas me permettre de poser de congés.

Le lendemain matin, j'ai rendez-vous avec Benjamin à l'atelier. Nous devons avancer sur l'autre animation de notre soirée événementielle : les Magic punchlines. Je ne l'ai pas revu depuis le resto de l'après-Slive, et je me surprends à avoir hâte.

J'arrive de bonne heure. Nous avons tellement de choses à voir ! Il m'ouvre la porte avec un geste théâtral de la main pour m'inviter à entrer.

— Mâdame.

— Môsieur.

Il m'aide à me dévêtir, puis tient absolument à m'offrir son authentique chocolat de Noël surprise.

— Qu'est-ce que c'est qui flotte sur le dessus ?

— Des chamallows miniatures.

— Ohh !

Il tente de dissimuler son sourire réjoui devant mon expression enfantine et fait diversion.

— Alors, cette journée des premières fois avec Carmen ?

— Fa-bu-leuse !

Je lui raconte l'incroyable atelier de nu à l'Académie de la Grande-Chaumière.

— Et laissez-moi deviner… Le modèle, c'était… Carmen ?

Nous éclatons de rire.

— Évidemment.

Il la connaît si bien qu'il ne semble même pas surpris.

— À midi, elle tenait à ce qu'on goûte quelque chose qu'on n'avait jamais mangé. Et je me suis retrouvée dans un restaurant de mets étonnants : ni cuits ni crus !

— Ben alors, ils étaient quoi ? me questionne Benjamin, curieux et amusé.

— Fermentés !

Je lui mime ma tête dégoûtée quand j'ai découvert la carte.

— J'étais sûre de détester ! Pouacre ! Beurk !

— Et finalement ?

— C'était très bon ! L'après-midi, nous avons assisté à un *concours d'éloquence*. Je pensais qu'on s'arrêterait là, mais elle m'a ensuite entraînée à un Open Brain Bar pour un apéro agitateur de neurones !

— Un Open Brain Bar, voyez-vous ça !

Je vois bien que Benjamin est mort de rire, et quelque chose me dit que Carmen lui a déjà fait vivre ce type de journée. Serait-ce une sorte de rite initiatique pour faire partie du clan ?

— Je ne connaissais pas du tout ces meetup organisés par l'Institut du cerveau et de la moelle épinière. Le concept est génial : un soir, un bar, un verre et des orateurs passionnants… Des chercheurs qui viennent animer un atelier.

Benjamin se reverse une grosse cuillérée de bébés chamallows dans son chocolat chaud et, fasciné, me questionne sur le thème de l'Open Brain Bar. Je lui réponds d'une voix théâtrale.

— « Comprendre les grands mécanismes du cerveau »…

— Rien que ça !

Je lui explique le type de questions abordées : qu'est-ce qui se passe quand je pense, rêve ou crée ? Comment agit mon cerveau sur mes émotions ? Comment les connexions neuronales se créent, se font et évoluent ?

À ce moment-là, Carmen et Rayane font irruption et, comme toujours, amènent avec eux un joyeux brouhaha.

On claque des bises. On donne des nouvelles. On se tape dans le dos.

— Carmen ! J'étais justement en train de raconter nos exploits de samedi !

— Ça va ? Je ne vous ai pas trop fatiguée avec mon programme bien copieux en premières fois ?

— Vous savez, ce n'est vraiment pas ça qui me fatigue, Carmen…

Je songe d'ailleurs à la montagne de travail qui nous attend et j'envoie à Benjamin des signaux de rappel à l'ordre. Rayane s'enquiert de l'avancée du projet anniversaire.

— Il faut qu'on s'attaque aux Magic punchlines…

— Ah parfait. Si vous avez besoin d'une personne-ressource pour composer, vous me faites signe !

Il s'éloigne avec sa nonchalance naturelle et se met tranquillement à travailler à son poste.

Quant à nous, nous nous installons dans le petit coin réunion. Je dégaine mon carnet de notes, pressée d'en savoir plus sur l'animation qui devrait être le clou de notre soirée.

— Je suis tout ouïe.

27

Sait-elle qu'elle est jolie ainsi dressée, tête droite, attentive, comme aux aguets, sérieuse, bonne élève, prête à boire mes paroles, inconsciente du charme de ses prunelles claires qui, de jour en jour, brillent d'un éclat nouveau ? Ses traits plus détendus, ses cheveux lâchés, ses intonations plus agréables. Oui, quelque chose est en train de se desserrer en elle. La crispation commence à lâcher et laisse apparaître une toute nouvelle personne. Une métamorphose qui éveille en lui un intérêt nouveau pour elle. *Simple curiosité*, se dit Benjamin en son for intérieur. Ou du moins essaye-t-il de s'en convaincre. Primo, c'est une cliente. Secundo, il s'est dessiné un solide périmètre de sécurité pour éviter toute histoire qui pourrait venir entraver sa quiétude et sa liberté. Joy s'empare du chouchou qu'elle avait glissé à son poignet et, dans un geste gracile, remonte ses cheveux en chignon haut. Benjamin détourne son regard de la jolie ligne de nuque, soulignée par le contraste d'une mèche de cheveux foncée échappée de la coiffure. Il tente de se concentrer sur la présentation de son concept de *Magic punchlines*.

Il explique comment, avec l'aide de Rayane, ils ont mis au point des cartouches d'encre à base de quinine.

— … Ce qui permet d'imprimer des textes invisibles.

— Des textes invisibles ?

— Oui ! Évidemment, c'est pour ménager un effet révélation spectaculaire ! La clé d'un événement, c'est de réussir à surprendre et de marquer les esprits. Qu'est-ce que vous en pensez ?

— Je trouve ça génial !

Elle a l'air emballée par le concept. De nouveau, il songe à quel point un grand sourire peut transformer un visage. *La joie lui va à ravir !*

— Les punchlines, ça vient pas du rap ?

— Si, tout à fait ! Vous connaissez les punching-balls sur lesquels les boxeurs cognent. Nous, avec les Magic punchlines, on frappe fort avec les mots !

— Bien trouvé comme concept !

— Je suis content que ça vous plaise. Et dans la culture hip-hop, il y a même des tournois de battles, des sortes de joutes oratoires où l'on provoque son adversaire en envoyant le meilleur « clash » possible. Clash qui peut alors prendre la forme de plusieurs couplets de punchlines… C'est très jubilatoire à entendre !

— J'imagine… Mais là, pour l'agence, je ne vois pas ce que cela peut donner.

— Vous allez voir, ça va aller tout seul !

Benjamin se lève pour appeler Rayane.

— Tu viens expliquer à Joy les trois grands principes pour composer des punchlines ? À ta sauce habituelle ? demande Benjamin avec un clin d'œil entendu.

Sous les yeux ébahis de Joy, Rayane se met à gesticuler comme un rappeur aguerri. Il a également mis sa casquette de *human beat box*. Benjamin aimerait filmer les expressions de Joy, sidérée d'entendre une telle panoplie de sons d'instruments sortir de la bouche de Rayane. Au milieu de tout ça, il arrive à intercaler ses explications.

— Pour écrire ta punchline (son, son, figure hip-hop), tu fais le vide dans ta tête, tu écris tous les mots qui te viennent sur la personne que tu as dans le collimateur, et surtout, t'oublies pas de pas te censurer (son, son, figure hip-hop). L'important, c'est surtout les associations d'idées. N'aie pas peur de déraper, c'est ça qui les fera tous marrer !

Benjamin et Joy se bidonnent et en redemandent. Quant à Rayane, on ne l'arrête plus. Attirée par le bruit, Carmen vient elle aussi assister à la scène et commence à taper dans les mains pour donner le tempo. Rayane réalise des prouesses visuelles et vocales pour le plus grand bonheur de son public de fortune.

— Et si tu cales, tu sèches, commence par une purge, bébé ! Déchaîne tes pensées, balance toutes tes idées, même les plus tordues, même les plus éclatées, ouais, même tes rimes de fond de placard, celles réservées aux gros tocards, lâche les chiens, et sois pas couard, tout ce qui compte, c'est que t'accouche avant ce soir !

Rayane exécute une impressionnante pirouette de slam et s'immobilise pour marquer la fin de sa démo. La réaction est immédiate : on lui fait un triomphe. Joy le félicite chaleureusement, mais, rapidement, gémit à la cantonade.

— Mais je ne saurai jamais faire ça, moi !

Benjamin sent qu'il faut la rassurer fissa.

— Faites-moi confiance, je vais vous guider. Allez, venez…

— Vous allez où ? demandent les p'tits Max, curieux.

— Ailleurs ! Vous êtes bien trop dissipés pour qu'on puisse bosser.

— Ouais, c'est ça… lâche Rayane avec un sourire entendu.

Benjamin emmène Joy dans un lounge bar cosy et très calme. Ils s'installent dans le fond pour être tranquilles, et Benjamin sort de sa sacoche son petit matériel de recherche créative. Papiers, crayon, et cerveau branché !

— Joy, vous allez penser à chaque personne de la Huitième Sphère et noter un maximum de mots sur une page blanche.

— Tout ?

— Tout ! Ce sera notre matière première créative pour composer nos Magic punchlines ! Ne soyez pas trop rationnelle, laissez-vous aussi porter par les associations d'idées et les sonorités… Et n'oubliez pas : le travail, c'est de vous amuser !

Cette antinomie a l'air de la surprendre. Elle semble encore dubitative.

— Mais s'il me vient des choses négatives ? On est d'accord que le but de ces punchlines est de valoriser chaque membre de la Huitième Sphère ? Comment réaliser ce petit miracle alors que je n'ai qu'une seule envie, c'est de casser du sucre sur le dos de chacun d'eux ?

Benjamin se sent attendri par le conflit intérieur qui agite Joy. Bien qu'ils lui en fassent voir à son agence, on dirait qu'elle continue à avoir des scrupules à exprimer sa colère, comme une espèce de loyauté de bonne élève exemplaire et irréprochable. Benjamin prend une autre feuille blanche et écrit en gros le mot PURGE.

— Ça sert à ça justement, Joy : la purge permet d'évacuer tout ce que vous avez à dire, même de très négatif, ensuite on fera le tri et on écrira une version finale de punchlines « politiquement correctes », ne vous inquiétez pas.

— Alors, j'écris vraiment tout ce que je veux comme ça me vient ?

— Oui ! Lâchez tout ! Faites-vous plaisir ! C'est le moment ou jamais ! Quelle importance puisque ça restera entre nous ?

Au début, Joy écrit péniblement. Les mots ont du mal à sortir. Elle réfléchit trop entre deux. Benjamin remarque qu'elle écrit les mots en petit et scolairement, en commençant en haut de la page à gauche.

— N'hésitez pas à écrire les mots en gros, dans tous les sens, dans le désordre. Et même à gribouiller, raturer autant que vous voulez !

Alors, petit à petit, sa main se libère. Joy ose. Et ses mots aussi. Benjamin lit sa prose par-dessus son épaule et il manque tomber à la renverse. Il ne s'attendait pas à un impact aussi corrosif !

— Alors ? demande-t-elle innocemment.

— Euh… C'est excellent, vraiment. Acide, mais juste et percutant ! Excellente purge !

— Merci.

— Ça vous a fait du bien ?

— Vous n'imaginez pas !

Enchantée, elle boit une grande gorgée de jus d'orange pressée pour revitaminer ses neurones après l'effort. Il remarque sur ses lèvres ce sourire content semblable à celui des enfants qui viennent de réussir quelque farce. Il adore ce petit air frondeur.

— Maintenant que vous avez compris le principe, il n'y a plus qu'à passer à la version corporate de vos punchlines. Vous m'avez dit que vous iriez voir vos parents pour Noël. Vous partez quand ?

— Demain matin. Mais je reviens dans quarante-huit heures.

— En train ?

— Oui.

— Idéal, le train, pour brainstormer ! Si cela vous convient, je vous laisse me préparer votre matière à mots positifs pour chaque personne de votre agence et je vous propose de nous voir cette fin de semaine pour écrire ensemble les textes définitifs ?

— Ça me semble parfait.

— Ah, et aussi, j'ai quelque chose pour vous…

Benjamin farfouille dans sa sacoche et se demande si c'est une bonne idée de lui faire cette surprise. Le paquet n'est pas plus gros que sa main.

— Avec les p'tits Max, on a l'habitude de s'offrir une bricole à trois francs six sous pour Noël. C'est juste symbolique. Alors joyeux Noël, Joy !

Il n'arrive pas à déchiffrer son expression. Est-elle confuse d'embarras ou de contentement ? Elle ouvre le paquet et sort un mini-kit mains vertes avec un micro-sachet de terreau et de graines, ainsi qu'un pot miniature.

— Oh ce sont des graines de quoi ?

— … De ce que vous voulez.

— Comment ça ?

Benjamin lui montre la minuscule pancarte vierge à piquer dans la terre.

— Vous y inscrivez ce que vous avez envie de faire pousser : joie, amour, bonheur… Ce que vous voulez !

Il adore quand le rose lui monte aux joues. Et aussi quand elle ne sait plus quoi dire.

— C'est trop mignon, merci beaucoup ! finit-elle par lâcher.

Ils cafouillent pour se faire la bise. Un peu plus et ça dérapait pour de bon. Maintenant, ils sont deux à ne plus savoir quoi dire.

— On y va ?

Ils se disent au revoir sur le trottoir, recafouillent pour la bise, ah oui, à droite, ah non, à gauche ! s'esclaffent, se re-re-souhaitent un joyeux Noël et se quittent en se retournant deux fois pour se lancer un signe de la main. Quand Benjamin revient à l'atelier, les deux p'tits Max lui sautent dessus.

— Alors ?

Agacé, il hausse les épaules.

— Ben quoi, alors ? Alors : rien.

Il dissipe les troupes déçues. Il a envie d'être seul, tranquille, pour décanter ses impressions. Et regarder de plus près ce rien qui ressemble pourtant bien à un début de quelque chose.

28

— Mon p'tit pop-corn ! s'exclame mon père, bras ouverts, en me voyant sortir du train.

Le vrai retour au pays, c'est au coin de son épaule. Nous nous embrassons avec effusion, et je me rends compte à quel point il m'avait manqué. Il me prend la valise des mains et nous marchons vers la sortie avec l'allant des gens heureux.

— Et maman ?

— Elle est à la maison, elle t'a préparé un de ces repas de fêtes ! Elle se fait une telle joie de ta venue… Il faut revenir nous voir plus souvent, tu as une mine affreuse !

— J'ai eu beaucoup de travail…

Mon père me lorgne du coin de l'œil. Je vois bien qu'il s'inquiète pour moi. J'aimerais le rassurer mais les mots ne viennent pas. Dans le train, tandis que par moments je sombrais dans une douce somnolence qui en disait long sur la fatigue accumulée ces derniers mois, les récents événements de ma vie défilaient dans ma tête. Je tentais de faire le point sans y parvenir.

La Huitième Sphère… La scène du petit théâtre de ma vie depuis tant d'années maintenant. Sept ans.

Un cycle. Je me sentais à un carrefour et ce n'était pas du plus confortable. Fallait-il poursuivre le chemin et continuer à asseoir ma place dans cette agence ou bien était-il temps d'ouvrir un nouveau chapitre ? Je m'étais tellement battue pour faire mon trou et devenir l'élément indispensable que j'étais aujourd'hui. Le mimeto-pipeau avait porté ses fruits. Ma nouvelle posture influençait aussi ma relation aux autres. Il m'incombait certainement d'apprendre à mieux poser mes limites, afin de ne pas me laisser polluer ni déborder… Je débutais en la matière mais le sujet m'apparaissait, dorénavant, clé. Le déclic n'était pas venu tout seul. Benjamin. Dans le train, j'avais aussi beaucoup pensé à lui. Pourquoi est-ce qu'à son contact les choses de la vie devenaient plus fluides, plus joyeuses ? Alors que j'avais l'impression que ma propre devise était « pourquoi faire simple quand on peut faire compliqué » ? Par moments, j'observais la femme que j'étais devenue et je ne me reconnaissais pas : je voyais une personne pressée et stressée, qui prenait tout très au sérieux, jusqu'à en perdre le sens de l'humour, incapable d'avoir du recul ni de savoir où est son essentiel.

— Ça va, ma chérie ? Tu as l'air perdue dans tes pensées. Raconte-moi alors !

Je regarde le cher visage de mon père bruni même l'hiver par la vie au grand air, ses cheveux légèrement bouclés devenus blancs, ses fossettes souriantes sur ses joues rasées de près. Comment lui exprimer toutes les interrogations brassées dans mon esprit agité ? Comment lui dire que cela fait deux ans que je me suis enlisée dans une situation sentimentale souffrante avec un homme déjà marié dont j'ai commis la bêtise de tomber amoureuse et dont l'affection distillée au compte-gouttes me maintient dans un sentiment d'éternelle insatisfaction ? Je m'acharnais, je m'obstinais, persuadée que la situation finirait par se dénouer en ma faveur. Au bout du compte, j'accumulais plutôt au compteur les heures de désolation.

Ça bloque, ça bloque, ça veut pas ! me répété-je souvent en pensant à Ugo. Aurais-je donc un goût malsain pour les situations impossibles, ou était-ce mon ego qui refusait de lâcher prise ? Néanmoins, je sentais confusément que ma rencontre avec Benjamin et avec les p'tits Max était en train de bouger les lignes. Avec eux, j'expérimentais une forme de simplicité, de spontanéité et de fluidité délectables. Leur lien me rendait envieuse. Pas de fausses palabres, pas de prises de chou. J'adorais chez eux cette forme de légèreté profonde…

Mais il n'y a pas que ça, Pinochiette ! Avoue que tu as un faible pour Benjamin… Ce serait en effet mentir pire que le célèbre pantin de bois que de prétendre le contraire. Tout ce que je savais pour l'heure, c'est que ça me faisait du bien de le voir… Il offrait une parenthèse de répit à mon cerveau obnubilé par Ugo. Benjamin n'était pas trop mon genre a priori. J'aimais les bruns au tempérament méditerranéen, comme Ugo. Benjamin, lui, avait les cheveux châtains et les yeux clairs, le caractère conciliant… Je ne pouvais quand même pas être avec quelqu'un de *gentil* ?

Tu es un affreux pop-corn rabougri ! s'insurgeait une part de moi. *Il est loin de n'être « que gentil » et tu mérites de rôtir dans les enfers des femmes qui boudent le bonheur pour avoir des pensées aussi nulles.*

Et si c'était une protection ? Je m'étais tellement habituée à la complexité que peut-être cela me faisait-il peur, une histoire « simplement heureuse » ?

— On est arrivés !

Mon père se gare dans l'allée. Ma mère a dû nous entendre, car elle est sortie de la maison pour venir à notre rencontre. Dès que je passe le pas de la porte, des effluves délicieux me chatouillent les narines en provenance de la cuisine. Je suis certaine que ma mère a encore mis les petits plats dans les grands, c'est si bon de se faire chouchouter ! Dans le salon, un feu de cheminée crépite. Le grand sapin frôle le plafond avec ses branches qui ploient sous les décorations et, comme chaque année, j'aperçois avec émotion mon bas de laine, brodé à mon prénom, accroché près de l'âtre. Quelle joie d'être ici ! Mes parents forment l'image du couple uni comme on n'en fait plus. Quand je les regarde babiller gaiement, se houspiller tendrement, s'enlacer discrètement… je me demande quel est leur secret. D'autant que, pas plus tard que la veille au soir, un événement inattendu a encore davantage déstabilisé ma perception du couple.

Dans ma hâte de rentrer chez moi pour préparer ma valise, et déjà l'esprit ailleurs tourné vers le réveillon de Noël qui m'attendait chez mes parents le lendemain, j'avais quitté un peu trop précipitamment le bureau. Et ce n'était que sur le palier de mon appartement que je m'étais rendu compte que j'avais oublié mes clés à l'agence. J'avais dû les sortir de mon sac en même temps que mon agenda, et elles devaient encore sagement m'attendre sur mon bureau… Coûteuse étourderie ! J'étais bonne pour un aller-retour très irritant qui allait me faire perdre un temps précieux.

Il était presque 20 h 30 quand je passai la porte. L'appartement de la Huitième Sphère était plongé dans le noir. Inutile d'allumer, je n'allais rester qu'une minute. Je me dirigeais vers mon bureau, comme un chat en vision nocturne, lorsque mon attention fut soudain attirée par un bruit inhabituel en provenance du cagibi. Cela ressemblait à des ahanements. Je m'approchai à pas de velours et, à travers la porte légèrement entrouverte, me figeai de stupeur dans l'obscurité. Là, sous mes yeux, Virginia et mon BGBC, encastrés l'un dans l'autre sur la photocopieuse. De stupéfaction, mon sac m'en était tombé des mains. J'avais revécu alors la scène hitchcockienne de *Pas de printemps pour Marnie*, quand la chaussure avait fini par tomber de sa poche alors qu'elle tentait de s'enfuir sans un bruit pour ne pas se faire prendre en plein larcin. Virginia m'avait aperçue. Ce regard ! Je ne saurais dire laquelle de nous deux avait été la plus gênée. Mon sang s'était figé tandis que mon cerveau surchauffé s'était imaginé en quelques secondes les suites désastreuses d'une telle affaire : embarras, consternation, pression, chantage, représailles… Une coucherie de cagibi sonnait peut-être le glas de ma carrière à la Huitième Sphère ! Le stagiaire s'était retourné vers moi mais avait à peine tressailli, un sourire presque goguenard sur les lèvres. Pour lui, la vie entière était comme une bonne blague. Je m'étais enfuie dans le couloir, m'imaginant peut-être encore que je pourrais prétendre n'avoir rien vu, mais je fus vite rattrapée par Virginia. Une Virginia méconnaissable : échevelée, essoufflée… Je cherchais le mot… Oui, voilà : vulnérable. Elle essayait de retrouver une dignité dans la droiture de son corps à peine rhabillé.

— Joy, écoute, ce n'est pas ce que tu crois...

Est-ce que c'est une phrase qu'on apprend par cœur dans une formation en scénarios adultérins ? J'étais moi-même affolée, je ne voulais rien savoir, ne surtout pas discuter, pouvoir tranquillement garder mes œillères, continuer le jeu de dupes... Comment pourrais-je d'ailleurs émettre le moindre jugement alors que j'étais moi-même la maîtresse de son mari ? La situation devenait inextricable !

— Je t'en prie, Virginia, cela ne me regarde pas, faisons comme si je n'avais rien vu, d'accord ?

Le visage de Virginia se ferma et un tic nerveux crispa ses traits.

— Nous savons toi et moi que c'est impossible. Alors dis-moi...

— Quoi ?

— Quel est ton prix ?

— Comment ça, mon prix ?

Je l'énervais, c'était évident.

— Ton prix pour acheter ton silence.

— Mais enfin, Virginia, je n'ai pas de prix. Je ne dirai rien, je t'assure... Qu'est-ce que tu vas imaginer ?

Je m'étais sentie de plus en plus mal à l'aise. Je n'avais jamais vu Virginia comme ça. En un instant, j'étais devenue une menace. Et comme toute créature en danger, elle avait montré les crocs.

— Si jamais cela s'ébruite, tu seras la première à en subir les conséquences, Joy, tu peux me faire confiance : je te virerai sans l'ombre d'un remords.

— C'est bien compris, avais-je lâché, les dents serrées.

L'absurdité de la situation me semblait criante. J'avais déguerpi au plus vite, pressée de m'éloigner, inquiète de la suite des événements… L'atmosphère de l'agence allait-elle devenir encore plus irrespirable dorénavant ? Je ne portais déjà pas Virginia dans mon cœur mais, avec cette découverte embarrassante, j'avais l'impression d'avoir une bombe à retardement entre les mains.

29

À peine ai-je pu me détendre et profiter des miens qu'il est déjà temps de regagner Paris. Dans le train, je somnole comme à l'aller et tente d'échapper aux pensées qui, d'ores et déjà, recommencent à m'assaillir. J'appréhende le retour au bureau après ce qui s'est passé avec Virginia. Et la montagne de travail qui m'attend ne m'aide guère à faire remonter ma jauge à enthousiasme. Je n'ai qu'une envie : fuir dans le sommeil ! Faire la marmotte et revenir à la surface au printemps. Les deux jours qui suivent ne démentent pas mes pronostics : ils sont harassants. Je longe les murs à l'agence et j'abats du travail. Tout le monde est sur les dents et l'atmosphère est électrique. Je suis contente de m'échapper quelques heures pour voir Benjamin à l'atelier. Je crois qu'il sent instantanément mon stress quand il me voit arriver.

— Vous avez bien fait de venir ! rit-il en me préparant une boisson réconfortante dont il a le secret.

Il me demande comment s'est déroulé Noël dans ma famille. Je lui dresse un portrait rapide de mes proches, combien ils me manquent ici, combien cela me ressource d'être à leur contact. Benjamin m'écoute avec une attention bienveillante et, l'espace d'un instant, je songe aussi combien son contact est agréable. *Voilà une personnalité qui fait du bien !* me dis-je, contente de partager ce moment. Nous travaillons sur les punchlines pour la fête de l'agence, concentrés, consciencieux, néanmoins notre séance créative est ponctuée d'éclats de rire : c'est très amusant d'écrire ces bons mots sur chaque personne de l'agence. Cela doit probablement agir comme un exutoire, car, après deux heures passées, je me sens vraiment mieux. Benjamin s'en aperçoit.

— Ouf !

— Comment ?

— Ouf ! Vous commencez à vous détendre de nouveau !

— Ah ? Vous trouvez que j'étais tendue ?

— Oui.

Il doit avoir du baume dans son sourire. J'aimerais prendre un abonnement annuel pour le voir tous les jours.

— Est-ce qu'il y a quelque chose qui vous chiffonne ?

Ma mine se renfrogne.

— Je ne vais pas vous embêter avec ça…

Il insiste, dit que ça ne le dérange pas. Que ça me ferait du bien d'en parler. Je finis par me confier sur l'anecdote de Virginia et du stagiaire. Il n'en revient pas.

— Eh bien, c'est corsé, les histoires, dans votre agence !

J'acquiesce, soucieuse.

— Je n'aime pas vous voir avec cette petite tête ! Il ne faut pas vous inquiéter comme ça ! Vous êtes au-dessus de tout ça, Joy.

— Bof…

Je ne dois pas paraître bien convaincue, alors, avec son doigt, il mime une hélice au-dessus de ma tête en faisant le bruitage avec sa bouche.

— Essayez l'hélicoptère !

— L'hélicoptère ?

— Oui, pour prendre de la hauteur. Amusez-vous à cultiver le détachement…

Je n'ose lui dire que je ne vois pas encore très bien comment m'amuser avec la situation, mais je trouve que le conseil vaut la peine d'être tenté. Je dois partir. J'enchaîne sur un autre rendez-vous. Je déteste cette impression de tout faire sur les chapeaux de roues. Mais surtout, je n'ai pas très envie de partir de cet endroit apaisant, d'autant que Rayane et Carmen viennent d'arriver et me réservent un accueil qui fait chaud au cœur.

Carmen m'intercepte au moment où j'enfile mon manteau.

— Joy, vous faites quelque chose pour le réveillon ?

Je vois Benjamin qui guette ma réponse du coin de l'œil. Je songe à Ugo. Il m'a promis qu'il passerait me voir. Et moi, bien sûr, je ne peux faire autrement que bloquer ma soirée pour lui.

— Je… Je ne sais pas encore… Mais a priori, oui, j'ai déjà quelque chose…

Carmen et Benjamin se regardent avec un air entendu. Ils savent que c'est pour Ugo que je me réserve. Mais Carmen, en personne pleine de délicatesse, n'y fait pas allusion.

— Ah. Eh bien, si jamais vous arrivez à vous dégager, venez donc nous rejoindre : je donne une petite fête pour célébrer dignement le passage à la nouvelle année ! Je vous envoie un texto avec mes coordonnées ?

— D'accord, Carmen. En tout cas, merci pour l'invitation, c'est adorable…

Benjamin me raccompagne à la porte. Nous échangeons encore autour de quelques détails pour la préparation de l'événement, avant qu'il me glisse :

— Moi aussi, cela me ferait plaisir que vous soyez des nôtres pour le réveillon…

Nous nous faisons face. Je ne sais quoi lui répondre. Je ne veux pas créer de déception. Et pour l'instant, tout est si flou dans mon esprit. Je reste évasive. Laisse sous-entendre un peut-être et m'éloigne à pas rapides.

Ses mots résonnent encore tandis que je m'engouffre dans le métro.

Cela me ferait plaisir que vous soyez des nôtres. L'idée de faire partie d'un clan comme le leur amène, j'avoue, une sensation agréable… La compagnie de Benjamin aussi. Mais pour l'heure, j'ai rendez-vous sur un shooting photo important et qui me met d'avance sur les dents : je sais qu'il y aura en plateau Virginia, mon BGBC… Je me demande comment je vais faire pour supporter cette présence. J'ai encore dix stations pour y penser.

30

Quand j'arrive sur le lieu du tournage, le plateau est déjà en effervescence. Une vraie ruche ! Les techniciens s'affairent dans tous les sens, installent les projecteurs, règlent les éclairages, font des essais son. Je vais directement saluer Michaela, notre cliente, qui représente la marque Laboutiqueofficielle.com. Elle est nerveuse, se demande si tout va bien se passer. Le shooting photo regroupe plusieurs people des émissions de téléréalité du moment pour booster l'image de ses marques de vêtement.

En catimini, elle me confie ses inquiétudes mais chuchote presque pour ne pas être entendue. Les murs du studio ont des oreilles.

Tu comprends, tous ces gens de la téléréalité sont si imprévisibles. Ils peuvent donner le pire comme le meilleur ! Et pourvu qu'il n'y ait pas d'embrouilles. J'ai lu sur les réseaux hier que Carla était en froid avec Benji en ce moment. Ce serait la catastrophe s'il se mettait à y avoir des problèmes.

« Super Joy » entre en scène : rassurer, réconforter, redonner le sourire, c'est mon emploi ! J'ai l'habitude d'éponger les petites paniques de dernière minute de nos clients et je sais ce qu'il leur faut : beaucoup d'écoute, de gentillesse, un bon café et… quelques macarons de chez Ladurée ! L'effet est immédiat. Michaela se décrispe un peu.

— Tu es un ange !

— Non, pas encore, mais il n'est pas exclu que je tente le casting !

Elle saisit mon trait d'humour et se met à rire, définitivement détendue. Il faut dire que « Les Anges » est une autre grande émission de téléréalité, et que je n'ai pu m'empêcher de saisir la perche qu'elle a lancée inconsciemment pour faire une petite plaisanterie. Néanmoins, je tique quand elle me regarde des pieds à la tête pour jauger mon look et mon aspect physique.

— Toi, dans « Les Anges » ! rigole-t-elle comme si c'était la meilleure de l'année.

Apparemment, je n'ai pas la plastique de rêve exigée. Je ne m'en formalise pas. J'ai l'habitude de ces univers impitoyables où tout se joue sur le physique. Par instants, un tel degré de superficialité me donne des haut-le-cœur. Mais après tout, je préfère me concentrer sur mon travail : agir pour que tout se passe bien. Ce pourquoi je commence ma tournée du plateau pour prendre la température du moral des troupes et assurer l'interface entre tous. Nos stars de téléréalité sont déjà au maquillage. On les entend de loin. Elles n'ont pas la volubilité discrète. Coiffeur à l'œuvre à grand renfort de fer à lisser, maquilleurs et maquilleuses penchés sur les visages, tentant d'appliquer fond de teint et poudre de lumière sur leurs sujets en pleine bougeotte. Je suis en train d'échanger quelques mots avec l'une d'elles, que je connais bien et que j'apprécie beaucoup, lorsque j'aperçois Virginia foncer sur moi.

— Ça y est ? Tu es enfin arrivée ? C'est pas trop tôt !

Je tique au son du reproche dans sa voix.

— Oui, on avait dit 17 heures.

Elle checke sa montre, doit y lire 17 h 15, hausse les épaules et ne s'excuse pas pour autant du ton injustement employé.

Elle me donne ses directives. Ou plus précisément, elle m'aboie ses ordres. Je n'ai pas besoin d'avoir un DEA de psychologie pour comprendre qu'elle a décidé de me faire payer ma malencontreuse découverte, comme si j'en étais fautive.

— Tu n'oublieras pas de faire un petit reportage photo du shooting pour nos réseaux sociaux. Et essaye de soigner tes cadrages : la dernière fois, ce n'était vraiment pas terrible.

Mon BGBC surgit derrière elle. Je déteste ce sourire goguenard qu'il arbore quand il m'aperçoit.

— Ah, salut, Joy ! Ça va ou quoi ?

Puis il se tourne vers Virginia sans plus faire cas de ma présence.

— C'est chanmé ici ! Je suis trop content d'être venu ! Et tu sais quoi ? J'ai la productrice qui m'a demandé mon numéro. Elle trouve que j'ai un physique intéressant. C'est guedin, non ?

Virginia, les dents serrées, me jette des petits regards à la fois inquiets et menaçants. Mal à l'aise, elle prend mon BGBC par le bras et l'entraîne plus loin. Les deux heures qui suivent, je cours dans tous les sens, j'ai dix bras et l'œil partout pour anticiper les problèmes, devancer les désirs, faciliter la mission.

Pendant ce temps-là, j'aperçois mon BGBC attablé avec Virginia, ils rigolent, discutent à bâtons rompus et cachent à peine l'intimité de leur connexion. Et que Virginia lui effleure le bras, et que F. lui lance des œillades enflammées… Franchement, se donner ainsi en spectacle aux yeux et au su de tout le monde, je trouve ça un peu limite. Mais n'est-ce pas là manquer de fair-play, quand on pense au double jeu que je joue depuis plus de deux ans ?

Au moment où Ugo arrive sur le plateau, j'ai un coup au cœur. Ce n'était absolument pas prévu ! Il m'aperçoit et se dirige droit vers moi. Tandis que nous échangeons quelques mots, il me caresse le bras, exactement comme Virginia vient de le faire avec mon stagiaire. Mon sang se fige et je le repousse un peu sèchement. Je lui montre sa femme d'un signe de tête, et il se crispe imperceptiblement mais se reprend aussitôt. C'est la grande force des jaguars dans son genre.

Soudain, coup de tonnerre sur le plateau. Alors que tout se déroulait bien, une embrouille éclate entre deux candidates de téléréalité. C'était trop beau pour que tout se passe sans incident, et leur réputation sulfureuse ne vient pas du hasard. Je comprends en un clin d'œil l'objet de la dispute : la blonde pulpeuse reproche à la brune volcanique de lui avoir fait rater sa prise. Les deux jeunes femmes, censées être meilleures amies dans la vie, se crêpent maintenant copieusement le chignon. J'avais rarement entendu un tel niveau de décibels dans une même pièce. Virginia me pousse dans le dos pour me projeter vers la scène de discorde.

— Fais quelque chose !

J'essaye de me mettre au milieu des deux déesses en pleine crise d'hystérie et, dans l'agitation, je prends un coup en pleine poire, ce qui a au moins le mérite de les calmer net. Elles répètent des « désolées » en boucle, tandis qu'on m'emmène pour me faire asseoir. Ugo arrive avec de la glace et l'applique sur ma tempe endolorie. Virginia surgit, visiblement agacée de voir son mari à mes genoux et aux petits soins.

— Joy, ça va peut-être aller maintenant, non ? On a du pain sur la planche et je n'ai pas envie qu'on couche ici !

Qui couche avec qui ? ai-je envie de rétorquer, sur le point de rire jaune au vu du comique de la situation.

— Fiche-lui un peu la paix ! Elle vient de se manger un coup !

L'intervention d'Ugo en ma faveur vient me cueillir. Je sens la chaleur revenir au fond du cœur.

Vexée, Virginia tourne les talons en râlant.

— Très bien ! Je vais m'occuper moi-même des choses puisque je suis entourée de bras cassés !

Tant de mauvaise foi m'arrache un hoquet d'indignation, que je camoufle dans une fausse quinte de toux. Il est 18 h 30. L'heure du *catering*. Une pause restauration est prévue pour tout le monde avant d'enchaîner sur la seconde partie du shooting. Nous nous retrouvons tous les quatre à la même table, moi, Ugo, Virginia et le stagiaire, face à nos plateaux froids. Mais le vrai grand froid ne vient pas de là. Nous nous regardons en chiens de faïence. Le malaise est palpable. Le stagiaire, soudain beaucoup moins à son aise, émet de petits rires nerveux. Sans faire exprès, son pied touche sous la table celui de Virginia. Il fait un bond de trois mètres et, en bousculant la table, renverse le soda posé dessus. Ugo pousse un juron. Lui et moi attrapons des serviettes pour éponger le liquide sucré. Nos mains se frôlent. Nous nous reculons comme si nous avions reçu une décharge électrique. Un peu inappropriés, nos comportements, ce qui pourrait ne pas échapper à Virginia. À présent, j'ai l'impression qu'elle nous toise avec un air étrange, sourcils froncés. Mon BGBC déchiquette sa serviette en papier et laisse des boulettes partout. Je fais semblant de picorer des miettes de pain pour me donner le prétexte de garder les yeux baissés. Nous mangeons dans un silence pesant, juste ponctué par quelques banalités. C'est un immense soulagement quand la productrice sonne la reprise. Je prends cinq minutes pour aller m'enfermer aux toilettes. J'ai besoin de retrouver mon calme. Je sors mon portable d'un geste compulsif. Je suis tentée de télécharger quelques applications. Puis le visage de Benjamin me revient en mémoire. Et ses récents propos aussi, la dernière fois, quand il avait percé à jour mon toc digital.

— Vous n'avez pas besoin de tout ça, Joy ! Deux cent quarante applications ? Vous êtes sérieuse ? Je croyais que les femmes collectionnaient plutôt les chaussures, m'avait-il taquinée. Vous ne croyez pas qu'il serait temps d'en désinstaller quelques-unes, histoire de vous alléger ?

— Mais si ça me détend ?

— Croyez-moi, il y a bien des choses qui vont autrement mieux vous détendre que ces applications qui contrôlent vos pas, votre sommeil, vos tâches, vos loisirs… Toutes ces applis, c'est comme si vous aviez mis un corset à votre esprit ! Moi, je trouve ça très étouffant… Se désappliquer, Joy… Je vous assure, ça vaut la peine.

Quelqu'un frappe à la porte avec virulence. Je comprends que c'est l'une des petites stars de téléréalité qui a besoin en urgence du lieu d'aisances et que j'ai intérêt à libérer les lieux fissa. Je caresse mon portable une dernière fois et le range dans mon sac, contente de ne pas avoir cédé. Néanmoins, plane en moi une inquiétude bien présente. Avec tout ce que je sais de ce qui se passe dans les coulisses de la Huitième Sphère, une question m'obsède : comment tout ça va-t-il finir ?

31

Mon portable sonne à répétition depuis cinq bonnes minutes sans que j'aie le courage de bouger. Mon application de réveil, Morninglife, n'a aucune pitié : elle relance jusqu'à ce qu'on l'ait désactivée de ses propres mains. J'ai la tentation de jouer « la portée disparue sous la couette ». Quand je pense à Rayane, l'autre jour, qui m'expliquait que tous les matins, pour bien commencer sa journée dans la joie et la gratitude, il s'offrait quarante minutes de yoga « pour que son âme ait le temps de redescendre tranquillement dans son corps ». Je rêve ! Jamais je n'aurais imaginé un original comme lui, décalé, trublion, mettre en place des rituels comme celui-là ! Je le revois m'expliquant les bienfaits de la salutation au soleil…

Si vous ne dites pas bien bonjour à la vie, comment voulez-vous que votre journée se passe bien ? avait-il ajouté avec une conviction aussi charmante que désarmante.

Moi, aujourd'hui, j'aurais bien plutôt fait la grève de la vie. Harassée, épuisée, démotivée, j'ai envie de garder les rideaux tirés et de rester bien au chaud sous la couette, de regarder la nuit qui quittera à peine le jour, tant les jours d'hiver sont courts et la lumière si faible pour percer. D'avance, je me sens agressée par le bruit, les gens, l'agitation particulière qui règne en cette période de fête. *Tu veux dire que c'est plutôt la perspective de passer ta journée de réveillon à la Huitième Sphère qui t'agresse ?* J'ai envie de me répondre à moi-même que je ne pouvais rien me cacher ! En effet, toute l'équipe est attendue de pied ferme à l'agence. Pour les Badass, être le 31 n'est absolument pas une excuse pour ne pas être sur le pont. C'était justement en cette période que les marques s'affolaient pour se mettre le plus possible en avant ! Les campagnes de communication battaient leur plein. Et nous avec. Je me lève le corps lourd, comme si on m'avait attaché des plombs aux chevilles. En passant devant la petite table du salon, mes doigts caressent le boîtier offert par Ugo deux jours auparavant. Mon cadeau de Noël avec quelques jours de retard. Un stylo Mont-Blanc. Beau, luxueux. Qui aurait dû me combler de joie s'il avait été offert avec une certaine démonstration d'affection, et non entre deux portes comme cela avait été le cas, balancé à l'arrache pour ne pas risquer d'être vu par qui que ce soit… Pas loin de ma table et du stylo Mont-Blanc, j'aperçois le petit pot porte-bonheur offert par Benjamin. Je m'approche et remarque que les graines ont commencé à germer. Pour l'instant, de minuscules pousses. Je les avais semées juste avant de descendre voir ma famille dans l'Ouest et, au retour, j'étais certaine de ce que j'avais envie de faire pousser. J'avais inscrit sur la pancarte prévue à cet effet : JOIE et l'avait plantée dans la terre avec satisfaction.

Deux cadeaux, deux opposés. L'un qui vaut très cher, l'autre qui vaut de l'or autrement. Lequel des deux est le plus précieux ?

Je me hâte, je suis en retard à cause de ces stupides petites rêveries. À peine suis-je arrivée que Cataclope me tombe dessus, à cran. J'ai un mouvement de recul. Je ne sais pas si c'est dû à l'odeur du tabac dont il empeste déjà si fort de bon matin, ou à la déferlante de « fais-ci-fais-ça » qu'il m'aboie dessus sans ménagement. J'encaisse en serrant les dents. J'évite de justesse la Taser à la machine à café. Les effets du mimeto-pipeau n'ont malheureusement pas duré. Chassez le naturel, il revient au galop. Manque de bol. Je me fais quand même cueillir par VIP' au bout du couloir.

— Je vois que les fêtes t'ont bien profité, Joy !

Son regard caustique s'appesantit lourdement sur mon postérieur moulé dans une jupe choisie à la hâte. J'avais oublié que je m'étais promis de l'élaguer, celle-là. La jupe. Même si élaguer VIP' aurait été aussi diablement agréable.

J'aperçois mon stagiaire en train de prendre le café avec Virginia dans le grand bureau. Ben voyons. Il aurait tort de se priver. Virginia m'aperçoit. Le visage dur, elle ferme la porte de la pièce pour se couper de mes regards indiscrets. Je ressens soudain un cuisant sentiment d'injustice ! Ce sont eux les fautifs, et c'est moi qui subis les représailles ! Mais après tout, puisque Virginia s'autorise ce genre d'écart, cela ne me dédouane-t-il pas de la culpabilité de ma liaison avec Ugo ? La première vraie pensée joyeuse de la journée m'assaille : et même, ne pouvais-je pas y voir une vraie lueur d'espoir ? Le couple Ugo-Virginia volant en éclats ? Ugo enfin libre pour être avec moi ? Nous deux, ensemble, heureux-heureux à en mourir ? Piaf dans la tête, un sourire jusqu'aux oreilles, je retourne à mon bureau, toute ma concentration – déjà très mince – envolée. J'ai subitement terriblement hâte de le voir. Je passe l'heure qui suit à guetter son arrivée. Quand enfin il débarque à l'agence, mon cœur fait un bond dans ma poitrine. J'ai envie de courir vers lui, de lui sauter au cou. Je tente de calmer mon impétuosité en relisant en boucle les lignes assommantes du dossier remis par Cataclope. En vain. Pourvu qu'Ugo vienne me voir ! Il faut absolument que je sache si nous pourrons être ensemble ce soir ! Il finit par glisser une tête dans mon bureau. Je bondis hors de ma chaise et suis sur lui en deux temps trois mouvements. Je l'attire vers l'intérieur en refermant la porte sur nous. Instantanément, nous chuchotons.

— Tu m'as tellement manqué ! Comment vas-tu ? On se voit ce soir ? Tu pourras passer au moins ? Dis-moi ?

Je me rends compte que je fais les questions et les réponses. Je m'arrête et le regarde droit dans les yeux, pleine d'espoirs anxieux. Lui freine mes ardeurs. Il paraît vaguement gêné. Évasif.

— Oui, je tâcherai d'être là. Peut-être une heure ou deux. Je dirai à Virginia que je la rejoins à notre réveillon. Heureusement, ce n'est pas un dîner assis.

Je dis oui à tout. Une heure ou deux, ce serait déjà formidable. Toute à ma joie, je m'approche de ses lèvres pour cueillir un baiser. Il me repousse un peu vivement.

— Chut ! Tu es folle ou quoi ? Tu veux qu'on nous surprenne ?

Comment lui dire que, oui, j'ai envie qu'on nous surprenne, oui, j'ai envie que notre relation éclate au grand jour ! Oui, j'ai envie qu'il me préfère ! Mais les mots ne sortent pas de ma bouche.

— Excuse-moi, je me suis laissée emporter…

Il grommelle que ce n'est pas grave sur un ton qui semble dire que ça l'est. Il est pressé. Il a des réunions. Des *calls*, comme il dit.

— On se voit plus tard ?

Il s'esquive, déjà ailleurs, indifférent à ce *plus tard* crucial pour moi. Un « plus tard », qui n'existe pas pareil dans son esprit et dans le mien.

Tout est prêt. Je l'attends d'une minute à l'autre. Les dernières heures à l'agence ont été un supplice. Heureusement, tout passe, tout arrive. J'ai préparé une jolie table. De belles et longues bougies rouges et argent, une nappe blanche, la seule que je possède, un service de table acheté à la hâte sur le chemin du retour – juste de quoi dresser deux couverts de fête pour la circonstance. Bien sûr, ce n'est qu'un apéro. Il n'est pas question d'un dîner. Mais cela me faisait tellement plaisir de « faire comme si » nous allions avoir la soirée pour nous ! Tout est prêt, donc. Je m'assois. Compte les minutes. Tourne et retourne la fourchette, pics en haut, pics en bas. J'attends. Je suis incapable de faire autre chose. Toutes les trente-cinq secondes, je consulte mon portable pour savoir l'heure. Mais j'évite de regarder la messagerie. J'ai trop peur d'y voir un message où il m'annoncerait un empêchement. Je suis nerveuse, heureuse à la perspective de le voir, malheureuse à l'idée que son retard empiète déjà sur le peu de temps que nous pourrions passer ensemble.

Enfin, ça sonne à la porte. Je me précipite. C'est lui. Il entre sans me regarder, une bouteille de champagne à la main. Il se dirige vers la table qu'il connaît bien et, toujours sans une parole, débouche la bouteille. Il nous sert une coupe et m'invite à trinquer.

Il a l'air speed, essoufflé. Je m'en fiche : l'important, c'est qu'il soit là.

Il bredouille des excuses pour son retard. Un artiste casse-pieds qui lui a tenu la jambe. Et puis, il fallait qu'il repasse chez lui se changer. Il repartira directement à la soirée. Je l'écoute à peine. Je suis concentrée sur le relief de son visage joliment buriné, ses manières de patriarche, tout ce qui fait que, partout où il passe, il semble arriver en terrain conquis. Est-ce cette force de caractère qui m'a tant charmée ? Probablement. Je me serais battue pour avoir un dixième de son aisance. Il croque nonchalamment deux ou trois canapés de foie gras, boit distraitement une seconde coupe. Pour une fois, j'aurais aimé qu'il me parle d'autre chose que de ses affaires en cours, mais tant qu'il est là, tout me va.

Quand il s'approche de moi, l'œil brillant, pour m'enlacer et m'embrasser enfin, j'essaye de profiter, de ressentir, d'ancrer l'instant. Ne pas déjà être dans « l'après ». Quand il s'en ira. Quand je serai toute seule. Comme d'habitude.

La porte vient de claquer. L'instant d'après est venu trop vite. Je reste plantée là, seule, avec l'impression de lui qui flotte et m'enveloppe encore. Vaguement chancelante, je dois m'appuyer sur ma petite console. La tête me tourne de nos ébats volés. Dans sa fièvre, il ne nous avait pas laissé le temps de gagner la chambre. Il m'avait prise comme ça l'avait pris, là, dans le couloir de l'entrée. Je crois encore sentir son souffle chaud sur ma nuque, je revois ma jupe relevée à la hâte, mes collants baissés sur mes chaussures que je n'ai pu enlever, son corps plaqué sur moi, enflammé, résolu à ne pas s'embarrasser de pudeur.

— J'ai adoré ! m'avait-il soufflé d'une voix rauque tandis qu'il réajustait sa tenue pour être présentable à sa soirée mondaine.

L'espace d'une seconde, il avait dû se sentir concerné du devenir de mon propre réveillon en solitaire.

— Tu ne vas pas être malheureuse, là, dis donc ! Champagne, foie gras, un plateau télé de roi ! avait-il plaisanté tandis que je souriais de son humour en serrant les dents.

Puis il s'était penché pour m'embrasser sur la joue avant d'ajouter une réplique qui m'avait laissée sans voix :

— Tu sais quoi ? Je t'envie presque !

Et il était parti.

32

Deux heures et demie que je me persuade que je passe une excellente soirée. Que je me fais une fête avec une farandole de mets d'exception. Je n'ai pas lésiné. J'ai pris un peu de tout. Foie gras, œuf de saumon, blinis, langoustine… Tout ça rien que pour moi ! Je songe à ma chance tandis que, affalée dans mon canapé, la télé allumée, je trempe mon bout de crustacé dans la mayonnaise. J'en fais tomber sur ma jupe. Je ramasse l'amas gluant et jaune avec mon doigt et le porte à la bouche. Comme une truie. Mais je m'en fous. Qui peut me voir ? Je ris toute seule en me servant une nouvelle coupe de champagne. N'est-ce pas une merveilleuse soirée ? Personne pour m'emmerder ? Pas de gala rasoir. Pas de réunion « pugilat des familles ». Rien que de la tranquillité ! La paix. C'est formidable.

Vingt minutes après, je sanglote sur mon gros coussin jaune.

Dix minutes après, ma fierté personnelle me donne une grosse baffe.

Cinq minutes après, je suis dans la salle de bains pour me redonner une tête humaine. Je me fais couler un café noir. Ma décision est prise : hors de question de commencer la nouvelle année comme un rat échoué. Au moins, sortir. Ne pas rester terrée à m'apitoyer sur mon sort. Je tente l'autopersuasion.

Deux minutes après, je claque la porte de chez moi. Partout, j'entends des bruits de couverts, des rires, un concert de festivités dans les rues de Paris. Je décide de prendre un Vélib plutôt que le métro. Le froid vif m'éclaircit les idées. J'ai le cœur en désordre. Un peu disloqué aussi. Mes pieds pédalent et mes pensées s'emballent. Quand je réfléchis à ma relation avec Ugo, je me sens comme dans une voie sans issue. Un mur en guise d'horizon. Son passage éclair ce soir aurait dû me faire plaisir. Après tout, ne pouvait-on considérer ce geste comme un effort ? Mais en réalité, cela me laissait un goût amer. Je me rends compte que ces moments volés, censés me « remplir » et me mettre en joie, me laissent plutôt l'impression d'un grand vide. Lui s'en va, et je reste là, seule, avec une *abandonite*. Oui, rien de moins qu'un sentiment d'abandon, exactement ! C'est une de mes grandes hantises : être oubliée en chemin. J'aurais voulu être *sa préférence*. Comme la chanson de Julien Clerc. La femme qu'on élit, qu'on choisit, et qu'on chérit tendrement. Plongée dans les affres de mon désarroi, je grille un feu rouge et évite de justesse de me faire écraser par une Porsche peu décidée à prêter attention à ce qui roule sur deux roues. Je crie. Mon vélo tombe. Mon avant-bras amortit la chute. Je m'arrête un instant sur le bas-côté pour me remettre de ma frayeur. Je lâche un juron, mais la voiture est déjà loin. Il y a embouteillage dans ma gorge. Les sanglots bouchonnent, voudraient bien sortir, mais restent coincés. Peut-être parce que j'ai peur qu'en ouvrant les vannes je n'arrive plus à contrôler leur débit torrentiel. Je remonte sur le vélo et je remarque que mon avant-bras saigne. Je me disais bien aussi que ça me piquait. Ça m'est égal. Tout m'est égal. Moi et mon chagrin, on se dit que les rues de Paris sont quand même bien jolies. Le beau n'efface pas la tristesse mais apporte malgré tout un appréciable réconfort. Comme un lot de consolation. Je roule sur le quai de Gesvres et arrive près du pont Notre-Dame. Un magnifique pont de pierre en arc, songé-je. Je m'arrête un instant pour observer ses sculptures impressionnantes. Comme souvent, des rois et des saints. Et là, sûrement un dieu grec. Je contemple les flots sombres comme un linceul soyeux. Je frémis et recule instinctivement. Je commence à m'engueuler toute seule. M'oblige à me secouer. Je ne savais pas que mon parent intérieur pouvait être si virulent. *Tu n'as pas le droit de pleurer sur ton sort ! Mais je suis toute seule ! Tu es toute seule parce que tu le veux bien ! Je te rappelle que ce soir tu es invitée à une fête ! Une fête ? Tu es amnésique ou quoi ? Quelle fête ? Celle de Carmen, tiens ! Mais je ne peux quand même pas y aller comme ça, j'ai une sale tête, je suis pas sapée... Arrête de t'inventer des excuses ! Tu sais très bien que ce n'est pas le genre de personne qui va s'arrêter à ce type de détails ! Va rejoindre ces gens. Tu les aimes bien, ces p'tits Max en plus. Tu le sais qu'ils sont adorables, eux... Alors, tu réfléchis pas, et tu y vas, c'est clair ?*

Je savais que c'était sans doute la bonne décision. Je regarde ma montre. 23 h 15. Merde ! Il est déjà tard ! Ça ne se fait pas d'arriver aussi tard à une soirée de réveillon ! Qui plus est, les mains vides… Mon parent intérieur recommence à m'engueuler et m'exhorte à me grouiller. OK. J'ai compris… Vu les circonstances, je crois que je vais envoyer valser les conventions à coups de balayette et trouver le courage d'y aller comme je suis : pas glorieuse.

33

Depuis combien de temps Benjamin n'a-t-il pas dansé comme ça ? Quel bonheur de laisser son corps s'exprimer à sa guise, au rythme de musiques qui feraient danser diables et anges sur la même table ! Il faut dire, c'est Rayane qui s'est improvisé DJ et qui déniche de vieilles pépites irrésistibles : impossible de ne pas chanter et danser dessus ! Franchement, Carmen a vraiment bien fait les choses. À la voir passer ainsi de groupe en groupe, on dirait qu'elle butine les conversations et se délecte avec gourmandise d'un nectar de convivialité. *Elle est incroyable*, songe-t-il, non sans admiration pour son amie. Évidemment, quarante personnes dans son petit appartement, ça ne laisse pas beaucoup de centimètres carrés respirables mais qu'importe ! L'ambiance bat son plein. Quoi de plus réjouissant que de voir tout ce petit monde s'amuser follement ? Carmen l'étonne toujours : elle a réussi à se créer un réseau d'amis de tous âges. *Un joyeux brassage !* comme elle aime à le dire.

— Pourquoi voudrais-tu que je me cantonne à ne côtoyer que des gens de mon âge ? s'était-elle presque fâchée un jour où ils avaient eu cette conversation. Quel ennui ! Je n'ai aucune envie de vivre en mémère !

Et puis, malicieuse, elle lui avait confié son petit secret pour se faire des super BFF. Benjamin l'avait regardée avec des yeux ronds.

— Des BFF ? Qu'est-ce que c'est que ce truc ?

— Des *best friends forever*, bien sûr ! Tu n'es vraiment pas à la page, mon pauvre Benjamin, s'était-elle moquée affectueusement.

Et c'est ainsi que Benjamin avait eu un petit cours de socialisation contemporaine : qu'il suffisait de googliser les « bonnes idées pour rencontrer du monde dans sa ville ».

— Tu n'imagines pas le champ des possibles ! C'est fou comme la vie peut changer d'un claquement de doigts : l'instant d'avant, on se croit seul au monde, l'instant d'après, c'est la corne d'abondance et on ne sait plus où donner de la tête ! Jumpin Paris, Excuse my party, les soirées Chérie Chéri, les associations, Eventbrite, Meetup, Meetmeout, OVS… et j'en passe !

Aujourd'hui, il est évident que Carmen a un réseau amical beaucoup plus développé que le sien. *Chapeau*, se dit-il, en envoyant un baiser en direction de son amie. Enlacée à son amoureux, elle est rayonnante. Il est heureux pour elle. Quant à lui, cela fait une demi-heure qu'une belle brune plantureuse tente une approche visiblement maintes fois éprouvée : proie ciblée, danse en solo dans le périmètre avec œillades appuyées, mais l'air de rien, pour ne pas trop s'afficher. Puis, premiers sourires bien dosés. Ni trop, ni pas assez. Enfin, pénétration dans la surface, non de réparation, mais de séduction rapprochée, en dessous de la barre des un mètre. Elle active un chaloupé extrêmement bien maîtrisé, et Benjamin, grisé par l'ambiance et l'humeur festive, est obligé de reconnaître qu'elle marque des points. La jeune sirène gagne en assurance et s'enhardit jusqu'à plaquer le corps de Benjamin contre le sien pour une salsa endiablée. De loin, il entend vaguement la porte qui sonne et voit Carmen se frayer un passage pour aller ouvrir. Son corps s'arrête net de bouger lorsqu'il aperçoit de loin Joy entrer. Sa partenaire de danse continue de gesticuler entre ses cuisses et s'agace qu'il ne continue pas.

— Allezzzz ! hurle-t-elle dans ses oreilles.

Il la décramponne tant bien que mal.

— Je dois dire bonsoir à une amie.

La mine renfrognée, elle le laisse s'éloigner à regret sans le quitter des yeux.

Quand Joy le découvre, elle lui adresse un faible sourire. Pas besoin d'être devin pour constater que ce n'est pas la grande forme. Son cœur se serre en voyant son visage défait. Carmen l'a déjà prise par le bras pour l'entraîner vers le buffet. En un clin d'œil, Joy se retrouve avec les trois p'tits Max autour d'elle, aux petits soins.

— Je suis désolée, je n'ai rien apporté.

— Aucune importance, on a tout ce qu'il faut ici ! s'exclame Carmen en lui tendant une coupe de champagne.

Rayane lui prépare une assiette avec quelques toasts garnis.

— Je vais vous ambiancer tout ça, vous allez voir ! Vous allez vous éclater, Joy !

Benjamin aussi s'approche d'elle.

— Je suis content que vous soyez venue.

— Je ne suis pas sûre que ce soit une bonne idée mais…

— Il ne peut pas y avoir de meilleure idée, Joy.

Il agrippe son regard et y reste suspendu. Il aimerait chasser ce voile de tristesse qu'il y lit. Le contact visuel se prolonge. Doux, agréable. Un peu troublant aussi. Et après ? La sirène aux boucles brunes vient interrompre le moment. Elle l'arrache du buffet et l'entraîne pour qu'il danse de nouveau avec elle. De loin, Benjamin envoie à Joy des mouvements d'excuses et tente par gestes interposés de lui dire qu'il reviendra auprès d'elle dans deux minutes. Rayane entame au micro le décompte de minuit. Dix, neuf, huit, sept, six… Benjamin aimerait bien retourner vers Joy mais la fille l'agrippe pour qu'ils comptent ensemble. Cinq, quatre, trois, deux…

Bonne année !

L'appartement est en folie. Les cotillons voltigent dans tous les sens, les bravos, les cris, les rires fusent. Tout le monde se tombe dans les bras et s'embrasse. Benjamin n'a qu'une idée en tête : être auprès de Joy. Il la voit, toujours appuyée contre la table du buffet, un léger sourire de façade sur son visage qui ne peut masquer sa mélancolie, belle dans sa sobriété qui tranche avec la folie ambiante. Ils se captent par-delà la foule. Elle ne le lâche pas du regard. Il s'avance vers elle. Il n'est plus qu'à un pas lorsque quelqu'un l'oblige à se retourner et s'empare de son visage. Il sent alors une bouche avide prendre la sienne tandis que deux mains retiennent fermement sa nuque. La sirène du dance floor ! Il essaye de la repousser mais l'euphorie, renforcée par un excès de fines bulles, la rend encore plus vivace. Autant essayer de se défaire à mains nues d'une liane de forêt équatorienne ! Quand il y parvient enfin, Joy a disparu.

34

Je ne sais vraiment pas pourquoi j'ai eu cette stupide idée d'aller à cette soirée. Comment ai-je pu croire que ça allait me changer les idées ? Je me sens encore pire qu'avant. En deux secondes, je retrouve mon manteau parmi la pile de vêtements amoncelés sur le lit dans la chambre de Carmen. Ce n'est pas trop difficile : je suis arrivée en bonne dernière. Il est donc très logiquement sur le dessus. Je n'ai même pas le courage de dire au revoir à Carmen ni à personne. Je n'ai plus qu'une envie : fuir. Me retrouver dehors, loin de cette foule de gens heureux qui, par contraste, me donne la nausée. Une fois seule dans la rue, je prends une grande bouffée d'air froid qui transforme mes poumons en freezer. Je reste plantée là un instant. À vrai dire, je n'ai aucune idée d'où aller. Quelle importance ? Personne ne m'attend. Personne ne se soucie de moi. Je grelotte. Je ne vais quand même pas chialer au beau milieu de la rue pour rajouter du pathétique au pathétique ? Je décide d'aller à gauche. Je jette un dernier regard au troisième étage d'où l'on entend les bruits de la fête s'échapper. La vision de Benjamin en train d'embrasser cette fille à pleine bouche m'assaille de nouveau. C'est ridicule. Quel droit ai-je de me sentir blessée ? Je ne comprends pas ma réaction. Qu'est-ce que j'imaginais ? Qu'un homme comme lui n'aurait pas de petite amie ? Il est normal, lui. Il ne s'embourbe pas dans des histoires à la mords-moi-le-nœud vouées à l'échec… Une masse surgie de l'ombre m'apostrophe. Je ne l'avais pas vue. Je pousse un cri. Le clochard, très soûl, me demande quelques pièces ou une bouteille. Je veux fouiller dans mon sac pour lui donner quelque chose.

Merde ! Mon sac.

Comment ai-je pu être assez bête pour l'oublier. Le clochard, déçu de mes fausses promesses, m'envoie au diable. Quelle soirée ! Je suis obligée de rebrousser chemin lorsque j'aperçois une autre ombre qui court dans ma direction. Je commence à avoir un peu peur. Déambuler dans les rues comme ça, en pleine nuit, un soir de Nouvel An, ce n'est pas vraiment prudent pour une femme seule et désemparée. En me rapprochant, je distingue mieux la silhouette.

— Benjamin ?

— Joy !

Il a l'air essoufflé et inquiet. À moins qu'il ne soit fâché ? Je ne l'ai jamais vu fâché mais, si ça se trouve, c'est le cas, au vu de sa ride du lion plissée entre les deux yeux. Il ne manquerait plus qu'il m'engueule ! Mais rien de tout ça. Contre toute attente, il me tombe dans les bras et me serre fort. Un réconfort immense m'envahit soudain. Je sens la chaleur diffuse de son corps se répandre au mien. *Fermer les yeux, ne plus bouger, jamais.*

Il s'écarte, j'ai froid à présent.

— Joy ! Pourquoi vous êtes partie comme ça ? Je vous ai cherchée, je me suis inquiété ! J'ai bien vu quand vous êtes arrivée que quelque chose n'allait pas…

Il me prend par l'épaule et je comprends qu'il veut me ramener à la soirée. Je me braque.

— Non, non, je ne veux pas y retourner !

— Mais pourquoi ?

— Je ne veux pas qu'on me voie comme ça…

— Comment ?

— Comme ça, en vrac !

Je m'échappe de lui et vais m'asseoir sur l'un des bancs de la petite place dont je n'ai pas retenu le nom. Il me rejoint et s'assoit près de moi. Je lui tourne le dos pour cacher mon visage défait. Il fait en sorte malgré tout que je me retrouve face à lui en faisant le tour du banc. Mon visage ruisselle de larmes. Trop tard. Je n'ai pas pu me retenir. Il a l'air d'en être bouleversé.

— Vous devriez y retourner. Votre petite amie doit vous attendre, lâché-je entre deux reniflements pathétiques.

— Mais d'où avez-vous imaginé que c'était ma petite amie ?

— Quand… Quand vous l'avez embrassée… j'ai pensé…

— Il n'y a rien à penser du tout. Je ne la connais même pas et, d'abord, c'est elle qui m'a embrassé.

Il me parle d'une voix douce et enveloppante qui me donne encore plus envie de pleurer : je songe de nouveau à Ugo, qui me traite avec si peu d'égards.

— Alors qu'est-ce qui se passe, Joy ? Dites-moi ! Racontez-moi ! Ça me désespère de vous voir aussi triste.

Il me tend un Kleenex et je me mouche bruyamment. Pour le glamour, il faudra que je repasse. Il doit me trouver affreuse. Au point où j'en suis, plus la peine de jouer avec les apparences. Je lui déballe tout ce que j'ai sur le cœur, ma relation avec Ugo qui devient toxique, mon sentiment d'abandonite chronique parce qu'il n'est jamais là, nos rencontres éclair qui me laissent un goût amer, ma solitude, et la joie que j'ai perdue.

Il m'écoute avec attention et c'est si bon de recevoir une attention sincère. Il écume ma tristesse sans palabres, juste avec la force de sa pleine présence. Quand les mots se tarissent, il me prend dans ses bras, et nous restons ainsi encore un moment. Au départ, ma respiration est courte et saccadée, puis, petit à petit, elle se synchronise sur la sienne jusqu'à devenir calme. Un flot de reconnaissance m'envahit.

— Allez, venez, retournons nous mettre au chaud, si vous le voulez bien !

— Mais… Les gens… Qu'est-ce qu'ils vont penser ? J'ai une tête affreuse !

Il éclate de rire.

— D'abord vous n'avez pas une tête affreuse ! En plus, vu l'heure, tout le monde s'en fiche… Et ce qui compte, c'est de venir vous mettre au chaud maintenant.

J'acquiesce, incapable de protester de toute façon. Je m'accroche à son bras et nous marchons à pas lents vers la maison de Carmen.

Quand elle nous ouvre la porte, elle s'exclame de sa voix tonitruante :

— Ben alors, vous étiez passés où, vous deux ?

Ses yeux se promènent de Benjamin à moi, de moi à Benjamin, et elle ajoute avec un sourire plein de sous-entendus :

— Je ne veux rien savoir !

Puis elle s'éloigne pour rejoindre son amoureux, en grande conversation avec un petit groupe de non-danseurs. Le salon s'est un peu vidé mais les « résistants » se déchaînent doublement. Benjamin m'entraîne dans la cuisine et me fait asseoir.

— Ne bougez pas, je vais vous chercher de quoi vous restaurer.

Je tente de lui dire que je n'ai vraiment pas faim, mais il s'est déjà volatilisé.

Il revient un instant plus tard. Je regarde l'assiette remplie de petits-fours, la part de quiche, le verre d'eau gazeuse et son sourire pétillant. Je suis touchée. Malgré mon manque d'appétit, je croque dans un petit-four pour lui faire plaisir. Puis un deuxième. Puis une bouchée de quiche.

— Ah ! Vous reprenez des couleurs, je suis content.

À présent, il sonne étrange à mes oreilles, ce vouvoiement entre nous, après les choses intimes que nous avons partagées. Malgré tout, ce n'est pas dénué de charme non plus, et puis, tant que nous sommes dans une relation professionnelle, je ne me vois pas franchir un cap de familiarité.

Manger amène une douce chaleur dans mon corps, en même temps qu'une certaine torpeur. Le contrecoup des émotions me frappe en boomerang et une chappe de fatigue s'abat sur moi. Benjamin s'en aperçoit aussitôt.

— Vous allez dormir là. Carmen prévoit toujours une sorte de « dortoir » pour la nuit du réveillon.

Je pourrais dire que je préfère rentrer chez moi. Mais d'une part je n'en ai pas la force, d'autre part je n'en ai pas l'envie. Benjamin me montre la pièce dans laquelle plusieurs matelas ont été agencés à même le sol, avec draps et couvertures. Je me glisse dans l'un des lits de fortune, et ma tête s'enfonce instantanément sur l'oreiller comme si elle était de plomb. Mes paupières sont si lourdes qu'elles se ferment toutes seules. Néanmoins, dans un sursaut inquiet, je relève la tête en direction de Benjamin.

— Et vous ?

Il doit entendre l'anxiété dans ma voix, car il vient s'asseoir près de moi et passe une main rassurante dans mes cheveux.

— Je viendrai moi aussi dormir là dans un petit moment, ne vous inquiétez pas.

Je voudrais garder sa paume chaude contre mon oreille. Mais il se lève, éteint la lumière.

— À tout à l'heure, murmure-t-il.

Rassurée de le savoir tout près dans la pièce d'à côté, je m'endors aussi sec, d'un sommeil lourd et sans rêves.

Quand j'ouvre les yeux, je ne sais plus où je suis. J'ai comme un instant de panique avant que les événements de la veille me reviennent en mémoire. Ugo, mon abandonite, la soirée chez Carmen, le baiser de la sirène, le moment de confessions intimes avec Benjamin. Je sens une méchante migraine tambouriner sur mes tempes. Je voudrais me lever mais quelque chose entrave mon mouvement. Je réalise qu'un bras viril et tatoué est posé en diagonale sur mon corps. Je tourne la tête et me trouve nez à nez avec le visage endormi de Benjamin. J'ai un réflexe de recul, puis me ravise. Je n'ai encore jamais vu ses traits d'aussi près et j'ai envie de prendre le temps de le détailler. Même dans son sommeil, les commissures de ses lèvres s'étirent vers le haut, prêtes à sourire. Il dort paisiblement. Comme un bienheureux, songé-je, envieuse. Comment fait-il… *Peut-être qu'il se fait moins de nœuds au cerveau que toi*, me dit ma voix intérieure déjà bien animée pour un matin de premier de l'An. Maintenant, je n'ose plus bouger. Je ne voudrais pas le réveiller. Soudain, il ouvre les yeux. Ils s'écarquillent. Nous sommes si proches que je peux voir ses pupilles se dilater sous l'effet de la surprise. L'étrangeté de la situation me saisit. C'est très incongru de se retrouver ainsi dans les bras de son prestataire, avec qui je dois finaliser un événement de première importance dans moins de deux semaines. Néanmoins, ni lui ni moi n'interrompons le contact visuel.

— Bonjour !

— Bonjour.

— Bien dormi ?

— Bien dormi.

Je ne pensais pas que de simples banalités puissent contenir autant de chaleur et de bienveillance.

— Vous voulez un café ? chuchote-t-il.

J'opine tout en passant une main dans mes cheveux lâchés en bataille. Je dois avoir l'air hirsute !

— Je vais vous en faire un.

Il quitte la pièce en regardant bien là où il met les pieds, et je réalise que six autres personnes ont dormi ici. Toutes entassées les unes sur les autres, comme une portée de chiots, d'où la promiscuité avec Benjamin à mon réveil. Je repose la tête sur l'oreiller et replonge malgré moi dans un demi-sommeil jusqu'à ce que je sente une caresse sur mon épaule. Benjamin tient dans ses mains deux cafés fumants, un pour chacun. Je l'accueille avec gratitude et nous buvons en silence pour ne pas réveiller les autres. Je découvre une chose ce matin, que j'ignorais et que j'apprends auprès de Benjamin : s'il existe des silences pesants, il existe aussi, certains jours de chance, de beaux, vrais silences heureux.

Celui-là était l'un d'eux.

35

Ce premier de l'An, quelque chose de spécial s'est passé. Une sorte de déclic. Je crois que j'ai atteint un point de non-retour. Depuis, une certitude grandit en moi : je ne veux plus continuer à vivre comme ça. Comme un robot sous tension, à mettre mon mouchoir par-dessus mes émotions ! J'implose de tous ces sentiments et ressentis inhibés. Je ne m'étais pas aperçue du cocktail explosif que je portais à l'intérieur de moi. J'avais préféré ne pas voir, sans doute par peur d'ouvrir la boîte de Pandore. Maintenant, il est temps. Je croyais que tout ça n'était qu'une histoire de stress, de surmenage, de lassitude ordinaire. Mais je réalise que le spleen est plus profond. Cette liaison sans queue ni tête avec Ugo me mine le moral. La stagnation est peut-être le pire qui puisse arriver à une histoire d'amour. Pardon : je raye « d'amour ». À la lueur de cette nouvelle année qui commence, j'ai décidé de regarder bien en face la réalité et de laisser tomber les œillères : je ne vis rien d'autre qu'un plan cul qui dure. Si je n'avais pas eu les p'tits Max, j'aurais passé le réveillon dans une solitude crasse, sans que cela tracasse un seul instant ce *cher* Ugo.

C'est étonnant comme une émotion peut en cacher une autre : j'étais persuadée de ressentir de la tristesse. En réalité, je couve une grosse colère. Peut-être est-ce une émotion plus salutaire ? Je ne sais pas. En tout cas, je quitte un état d'abattement, défaitiste, qui me plongeait des heures durant dans un sentiment de découragement, de rumination stérile, et j'entre dans un état beaucoup plus réactif. Énergie haute, niaque, rébellion qui gronde… Clairement, je n'ai plus envie de subir ma vie sans broncher ! Je me regarde dans le miroir et je ne peux plus me supporter : ce petit air de chien battu, cette coupe de cheveux gentille, ces vêtements passe-partout. J'ai soif de métamorphose. Et une métamorphose digne de ce nom doit se voir du premier regard…

Benjamin a donné rendez-vous au traiteur sur le lieu de l'événement retenu pour la soirée de la Huitième Sphère. Il a aidé Joy à le trouver. Il a conscience d'en faire plus que ce qu'il était supposé pour cette mission à l'enveloppe limitée où il aurait dû laisser Joy se débrouiller toute seule. Mais c'était plus fort que lui : toute sa vie, il avait fonctionné aux coups de cœur humains et, malgré leurs débuts difficiles, Joy et lui avaient maintenant développé un vrai lien complice qui le touchait.

Benjamin observe la salle avec un regard satisfait. C'est vraiment un bon choix. Un fashion loft, contemporain et chaleureux, baigné de lumières grâce à sa jolie verrière de style Eiffel. Selon Joy, le charme industriel et convivial de l'endroit enchanterait assurément ses patrons ! Le prestataire arrive. Ils se serrent la main. Il est prévu qu'il leur fasse goûter quelques échantillons de mets possibles pour affiner le menu du cocktail dînatoire. Bien sûr, aucun dîner servi à table ! Du nomade ! Des bouchées savoureuses et surprenantes ! Rien de conventionnel. Les Badass avaient été clairs dans leur brief. Le mot d'ordre était créativité.

Le chef traiteur, aidé par un commis, va chercher dans son camion les caisses remplies de victuailles, ainsi qu'une sélection de vins et de champagnes. Ils installent le tout rapidement, sourire aux lèvres, pressés de faire découvrir leurs produits.

— Nous attendons ma cliente. Elle ne devrait pas tarder.

Benjamin regarde sa montre toutes les cinq minutes. Bizarre. Ce n'est pas le genre de Joy d'être en retard. Avec toutes les applications qu'elle a pour la rappeler à l'ordre ! Ils ne se sont pas revus depuis la soirée du Nouvel An. Juste téléphoné. Quand elle était rentrée chez elle en fin de journée de ce 1er janvier, Carmen et Rayane lui étaient tombés dessus.

— Alors, alors ?

Ils voulaient le cuisiner, lui arracher les vers du nez, mais il avait répondu, impassible et légèrement agacé :

— Quoi alors, alors ? Alors, rien !

Les p'tits Max n'avaient pas insisté mais Benjamin n'était pas dupe : il lisait en eux comme dans un livre ouvert. Et il lisait très clairement : *y a mammouth sous rocher !*

Il connaissait ses amis par cœur : ils voulaient tellement qu'il retrouve quelqu'un qu'ils projetaient sans arrêt des choses qui n'existaient pas.

Le traiteur lui propose de goûter un virgin cocktail en attendant. Il l'accepte volontiers et le sirote fort avec la paille, perdu dans ses pensées.

Malgré tout, est-ce que réellement il ne se passait rien entre lui et Joy ? Il ne pouvait nier que cette fille lui procurait des émotions inattendues. À sa manière, elle avait réussi à le toucher, ça sûrement. Mais de là à dire qu'il y avait quelque chose…

Joy choisit ce moment-là pour faire son entrée. Elle s'avance vers eux en faisant claquer ses talons sur le parquet avec une assurance que Benjamin ne lui connaissait pas. Il ne peut cacher un mouvement de surprise. Heureuse surprise. Malgré lui, il la détaille des pieds à la tête et espère que son sifflement est resté à l'intérieur de sa bouche ! Que lui est-il arrivé ? Elle a changé de coupe de cheveux. De couleur aussi. Des bottes hautes à talons, une tenue élégante et originale. Il note aussi les ongles rouges et le maquillage raffiné.

— Waw. Tu es… Enfin, vous êtes superbe aujourd'hui.

Il maudit sa voix légèrement éraillée.

— Seulement aujourd'hui ? taquine-t-elle.

Le traiteur se rappelle à eux. Benjamin fait les présentations, puis le petit groupe se lance dans les tests de dégustation.

Joy goûte, savoure, commente. Benjamin l'observe, surpris, curieux, troublé. D'où vient le changement qui s'opère en elle sous ses yeux ? À la fin de la séance, Joy est ravie et félicite le traiteur. Tous les détails du menu sont désormais réglés. L'équipe du lieu est aussi briefée sur l'agencement de la salle de réception.

— On dirait que tout est fin prêt ! sourit Joy.

— Oui. C'est la dernière ligne droite. Vous avez reçu mon fichier pour les Magic punchlines définitives ?

— Oui, oui. Elles sont parfaites. Je valide !

— Alors si vous validez, madame !

Ils quittent le fashion loft et se retrouvent dans la rue.

— Je vous ramène ? demande Benjamin, une main déjà posée sur la portière de sa voiture miniature.

— Pourquoi pas ?

Tandis qu'ils roulent dans les rues éternellement embouteillées de Paris, ils restent silencieux un moment. C'est la première fois qu'ils se retrouvent seuls depuis le Nouvel An.

— Je suis content, j'ai l'impression que vous allez beaucoup mieux, Joy !

— Oui, j'ai vraiment envie d'aller mieux en effet ! Je voulais encore vous remercier, vous avez été si adorable pour le réveillon ! J'espère que je n'ai pas trop gâché votre soirée avec mes états d'âme ?

Benjamin hésite entre la rassurer ou la mettre en boîte.

— Si, un peu, mais bon, que voulez-vous, je n'ai pas d'autres choix que d'en prendre mon parti…

Elle a l'air de se demander une fraction de seconde si c'est du lard ou du cochon. Puis elle éclate de rire.

— Ce n'est pas gentil de me faire marcher !

— Dites plutôt que vous adorez ça.

Dans l'habitacle, l'ambiance pétille. Mais Benjamin a envie d'en savoir plus sur ses résolutions.

— Sérieusement, Joy, qu'est-ce que vous avez prévu de faire ?

Benjamin n'ose pas poser directement la question pour « lui », l'autre, qui la rend malheureuse…

— Je ne sais pas… Je sais juste que je ne peux plus continuer comme ça, mais je ne vois pas très bien comment cela pourrait changer.

Il s'arrête à un feu rouge et en profite pour la regarder bien en face.

— Et si vous laissiez tout simplement s'exprimer votre vérité, Joy ?

Elle rit.

— Mais c'est quoi, Benjamin, ma vérité ?

— Je ne sais pas ! C'est à vous de la trouver, Joy ! Mais quelque chose me dit qu'elle n'est pas loin de sortir…

— Ah oui ? Qu'est-ce qui vous fait dire ça ?

— L'intuition…

Jamais Benjamin n'aurait pu se douter qu'elle s'avérerait aussi juste.

36

C'est le D-Day. Et étrangement, je me sens calme et déterminée. Cette soirée, j'en suis sûre, marquera un tournant dans ma vie professionnelle. Aucun détail n'a été laissé au hasard. J'ai le déroulé séquence par séquence bien rodé dans la tête. Telle une harpie, j'ai été sur le dos des p'tits Max sans arrêt ces trois derniers jours pour que tout soit parfait. Je crois maintenant qu'ils me détestent ! Dans le doute, j'ai posé la question à Rayane qui m'a assuré que non, mais, à sa tête, j'ai bien vu qu'il me décernait la palme des clientes les plus casse-bonbons de sa carrière. « Attachiante », dirait-il sans doute.

Ah, les Badass voulaient être surpris ? Ils vont être servis. Je bouillonne d'excitation. Le rendez-vous est fixé à 19 heures au fashion loft. Bien entendu, j'y serai très en avance, pour aider les p'tits Max dans les préparatifs.

L'heure de vérité a sonné.

17 h 30.

Benjamin, Rayane et Carmen s'activent pour mettre en place les animations, et diriger l'équipe du lieu pour installer le mobilier et les éclairages. Le traiteur et son commis, très ponctuels, ont déjà bien avancé dans le dressage. Magnifique !

Pour l'occasion, j'ai loué une sublime robe d'un soir signée Zimmermann. Un modèle en georgette de soie, d'une délicatesse remarquable. Un style bohème chic, exactement ce que je voulais. Quand il me voit arriver, Benjamin marque un temps d'arrêt. Ses yeux glissent sur le tissu aux subtils motifs floraux et ses plis polissons qui jouent sur la transparence. Je crois qu'il aime la robe. Les minutes défilent à toute allure et nous courons partout pour régler les derniers détails. Chaque fois qu'il me parle, Benjamin a de plus en plus de mal à me vouvoyer. C'est amusant de voir les efforts qu'il fait pour maintenir entre nous cette distance professionnelle. J'en sourirais si je ne commençais à être envahie par un trac sourd. Tic-tac, tic-tac. Bientôt ils seront tous là. Et la fête pourra commencer. Je vais m'enfermer dans les toilettes. Pas pour télécharger des applications cette fois-ci. Ça, j'ai décidé que c'était terminé. Non, j'ai juste besoin de me recentrer quelques instants. Respirer. Me convaincre que tout va bien aller. Carmen entre, elle aussi. Nous sommes synchrones pour dégainer nos rouges à lèvres. Elle me demande si je suis prête, et si je suis sûre de moi. J'acquiesce avec fermeté, mais je vois son regard s'arrêter sur mes mains dont je ne peux masquer le léger tremblement.

— Courage !

Sa main serre mon épaule en signe de soutien. Encore trois minutes. Et ce sera l'heure d'entrer en scène…

Benjamin se sent plus nerveux qu'à l'accoutumée. D'ordinaire, il n'est pas vraiment stressé avant un événement : il connaît son métier. Il maîtrise. Et tout est tellement bien préparé en amont qu'il n'y a aucune raison que cela se passe mal. Pourtant, cette soirée s'annonce différente. Pour la première fois depuis longtemps, il sent la pression. Quelle ironie pour lui qui se targue d'être habituellement si décontracté. Il aperçoit Joy entrer dans le petit salon et comprend soudain pourquoi : à l'évidence, il ne veut pas la décevoir. Au fil des semaines, les lignes du « professionnellement correct » se sont de plus en plus floutées, et il est devenu impossible de considérer le dossier de Joy comme une affaire de plus ! Sa personnalité complexe et les problématiques qu'il avait découvertes en apprenant à la connaître mieux l'avaient indéniablement touché. Joy était tout et son contraire. Tantôt froide et agaçante, tantôt spontanée et merveilleusement joyeuse ! Un mélange détonnant qui faisait d'elle un être singulier. Or Benjamin avait le goût des personnes qui sortaient de l'ordinaire. Elle s'avance vers lui dans cette robe resplendissante, et il fait mine d'effectuer les derniers réglages sur l'imposante imprimante 3D, star de la première animation de la soirée.

— Tout est prêt ?

— Deux-peccable ! s'exclame Benjamin, en se maudissant une seconde plus tard d'employer une expression aussi ridicule.

Heureusement, Joy n'écoute pas. Elle a les yeux rivés en direction de l'entrée.

La Huitième Sphère, au grand complet, se tient aux portes de la salle. Du côté des Badass, c'est Versailles.

Mari et femme ont sorti tous leurs ors et brillent de mille feux dans leurs tenues de soirée. Virginia, parée de sa plus belle hypocrisie, vient embrasser Joy et la complimenter sur le merveilleux choix de lieu, et le splendide décor. Ugo pousse les manières jusqu'à baiser la main de Joy. *Quel charo !* comme dirait Rayane. Benjamin se sent bouillir intérieurement. Le théâtre de ce jeu de dupes lui met les nerfs à vif plus qu'il ne l'aurait cru. Benjamin reconnaît d'emblée Cataclope, Joy le lui avait si bien décrit. Idem pour le stagiaire BGBC qui, avec un culot parfaitement assumé, va directement profiter du buffet sans qu'il y soit invité. Joy le lui fait remarquer, mais sa boss lui fait signe de laisser couler. Benjamin commence à comprendre comment Joy a pu accumuler autant de frustrations dans cette agence. Il surprend un bout de conversation de deux femmes debout près de lui, installées autour d'une des tables hautes, en train de siroter une coupe de champagne.

— Un fashion loft, pas très original comme choix de lieu… souffle la première sans prendre la peine de baisser le ton.

Benjamin l'identifie aussitôt comme la VIP', et l'autre, par déduction, doit être la Taser.

— C'est bizarre d'avoir confié l'organisation de cet événement à une provinciale !

Les deux s'esclaffent d'un rire moqueur. Benjamin a les poils qui se hérissent. Il préfère s'éloigner pour rejoindre Rayane. Ensemble, ils vérifient le timing. Dans un quart d'heure, ils lancent la première animation Brandscape. Pour l'instant, les invités, curieux, tournent autour de la table sur laquelle trône une masse mystérieuse camouflée par un grand voile noir opaque.

— Qu'est-ce que c'est que ce truc ? s'agace la Taser.

— En tout cas, niveau budget, tout ça a dû coûter bonbon, ne peut s'empêcher de souligner Cataclope entre ses dents.

Un larsen sévère contraint tout le monde au silence. Joy s'excuse, balbutie, visiblement mal à l'aise. Benjamin n'aime pas la voir dans cette posture, à la merci de ces regards peu enclins à la bienveillance. La Vipère dissimule un sourire derrière sa main manucurée qui ne compte pas moins de trois bagues. Elle guette le faux pas, c'est criant. Très énervant aussi. Il a envie d'aller aux côtés de Joy pour la soutenir face à ces gens, mais il sait que cela serait mal venu.

Joy déclame le petit discours qu'ils avaient répété ensemble, et Benjamin se surprend à dire les mots en même temps qu'elle, comme un parent anxieux quand son enfant récite sa poésie. Puis Joy tend le bras dans sa direction pour introduire la première animation.

— Spectaculaire, vous allez voir !

Rayane envoie un jeu de lumières bluffant sur l'étonnante machine que Benjamin vient de révéler en ôtant le voile noir.

— Qu'est-ce que c'est que ça ?

— Mais ça bouge !

— Qu'est-ce qui va se passer ?

Les invités se sont agglutinés autour de la « bête » pour mieux voir. Benjamin lève les interrogations.

— Mesdames, messieurs, il s'agit d'une imprimante 3D dernière génération et regardez bien la surprise qu'elle va faire apparaître pour vous…

Le bras de l'imprimante 3D s'agite et dépose, ligne par ligne, la matière plastique.

— Fabuleux !

— Extraordinaire !

Les commentaires fusent. Les patrons ont l'air satisfaits. La soirée prend bien. Benjamin commence à se détendre. Petit à petit, le paysage de mots apparaît.

— Nous appelons ça un « Brandscape ». Un paysage corporate, si vous préférez.

La machine tousse, tremble dans un ultime effort, pour imprimer le clou du spectacle : le logo en trois dimensions de la Huitième Sphère, trônant au milieu des mots-valeurs qui ont fait la réussite de l'agence – Excellence-Talent-Expertise-Ambition. Avec un petit slogan cerise sur le gâteau : « La Huitième Sphère. Attention, talent dans l'air ».

Cacophonie d'exclamations enthousiastes. Des ah, des oh ! à vous saturer les tympans et un tonnerre d'applaudissements.

Ugo se saisit du micro pour faire un petit speech qui rebondit sur les talents, si nombreux, si précieux au sein de l'agence. Le ton est forcé. Le gars en fait trop. Mais avec ce genre d'homme, on a l'impression que tout passe.

Sa femme intervient.

— Et quelle merveilleuse œuvre commémorative à accrocher en place d'honneur à l'agence !

Nouvelle cacophonie d'exclamations enthousiastes et d'applaudissements. Benjamin sourit. La soirée se déroule comme sur des roulettes. Joy va être contente. Cette pensée lui fait chaud au cœur. Il serait si heureux que cet événement réussi ait pour elle des retombées positives. Il la cherche du regard. Il aurait voulu échanger un coup d'œil complice mais elle lui tourne le dos. Avec qui discute-t-elle ?

37

Joy se déplace légèrement, et Benjamin reconnaît Ugo en train de lui faire son grand numéro de charme. Pas le temps de s'arrêter sur la pointe de contrariété, il faut enchaîner ! Benjamin donne le signal à Rayane pour qu'il mette en place avec Carmen les lampes à ultraviolets tout autour de la salle. Les invités regardent l'étrange manège et se demandent ce qui se prépare. Évidemment, c'est l'effet escompté ! Ensuite, les deux amis vont chercher dans la salle annexe « les cadeaux-surprises » pour chaque personne présente de la Huitième Sphère. Ils retournent dans l'autre salle et sont applaudis, tandis qu'ils placent les colis-surprises nominatifs, répartis à intervalles réguliers autour d'une grande table rectangulaire. Benjamin invite chacun à prendre place devant son cadeau. Tout le monde se prête au jeu de bonne grâce.

Quelle charmante soirée !

C'est très réussi.

Chacun y va de son petit commentaire positif pour flatter les boss et cela marche plutôt bien. Quand Benjamin croise enfin le regard de Joy, il fronce les sourcils : elle n'a pas l'air dans son assiette. Il aurait bien aimé lui demander ce qui ne va pas, mais il doit lancer l'animation. Il s'empare du micro.

— Chers amis, pour que ce dixième anniversaire de la Huitième Sphère reste un souvenir inoubliable, voici pour chacun de vous un petit cadeau commémoratif !

Tout le monde ouvre son paquet. Re-concert d'exclamations enthousiastes en découvrant un personnage stylisé digne de la statue de la Liberté brandissant au monde le logo de la Huitième Sphère, une façon symbolique de magnifiquement porter l'agence aux nues.

— Il s'agit d'un trophée entièrement imprimé en 3D dans un plastique spécial qui imite à la perfection le verre.

— Formidable ! s'extasie Ugo, visiblement très flatté par cet hommage artistique à son agence.

Benjamin sait qu'il est temps pour le clou du spectacle.

— Et maintenant, mesdames et messieurs, nous vous avons réservé une ultime surprise ! Regardez l'étui en plastique dans lequel votre trophée a été placé. Que voyez-vous ?

— Rien ! C'est du plastique tout ce qu'il y a de plus transparent ! réagit Cataclope.

— Eh bien, pas du tout ! s'amuse Benjamin. Il y a un message personnel écrit pour chacun de vous, à la quinine !

— À la quinine ? répète le groupe, étonné.

— Oui, nous avons créé des cartouches d'encre incolore qui n'absorbe pas la lumière dans la partie visible du spectre des ondes électromagnétiques…

— Et en français ? interrompt la Taser, impatiente.

— En français, cela signifie que votre message personnel ne pourra apparaître à vos yeux que grâce à ces lampes à ultraviolets que vous nous avez vus installer tout autour de la table…

— Ahh ! C'était donc ça ! s'exclame le stagiaire un peu trop fort.

L'excitation monte autour de la table.

— Vous êtes prêts ? À trois, nous éteignons les lumières blanches pour lancer les ultraviolets. À la une… À la deux… À la trois…

Le noir se fait, sitôt remplacé par une lumière bleutée, et les messages apparaissent, dans une fluorescence surréaliste.

Un silence déroutant s'installe jusqu'à une première réaction inattendue du boss.

— Je ne comprends pas, c'est une mauvaise plaisanterie ?

La femme d'Ugo se penche pour lire son message.

Tu t'crois l'roi, tu t'crois beau mais t'es surtout bouffi d'ego, tu peux prendre tout le monde de haut, tu ferais mieux d'faire profil bas, car regarde mieux au d'ssus d'toi, c'est pas une couronne que t'as, mais bel et bien des cornes de bois !

Ugo se penche à son tour sur le texte de sa femme.

Avec ton mépris impérial, tu jauges ton monde du haut de ta beauté fatale, alors qu'au fond t'as l'cœur bancal, qui a jamais rien eu d'amical, personne kiffe tes grands airs, sauf peut-être les p'tits stagiaires. Faudrait que ton homme surveille mieux les vestiaires…

— Qu'est-ce que c'est que ces conneries ?

Ugo, rouge de colère, se tourne vers Benjamin, totalement décontenancé.

— Je… Je ne comprends pas, monsieur, je vous assure !

Les uns et les autres s'arrachent leur texte pour les lire à haute voix.

Tu craches tes mots empoisonnés sur les gens qu't'as dans le nez. Y a plus personne pour te faire taire dès qu't'es en mode langue de vipère. Mais t'inquiète, y a plus grand qu'ta méchanceté : c'est ton immense vacuité !

— Nan, mais j'y crois pas !

VIP' fulmine de rage et pique le texte de la Taser pour voir s'il est aussi acerbe que le sien.

Tu flipperais un régiment, on entend d'loin tes claquements d'dents. Tu t'épanches, tu te répands, avec ton stress tout gluant. Garde ta bile qui nous fout d'dans, qu'on puisse bosser tranquillement.

La Taser est tellement offusquée qu'elle commence à avoir des tremblements. VIP' lui tend une coupe de champagne pour la détendre. Elle la siffle d'une traite.

— J'aimerais bien qu'on m'explique, moi aussi !

Cataclope suffoque d'indignation.

Le stagiaire lui pique son texte pour le lire à haute voix.

Ton visage sombre comme un présage, clope au bec dans les couloirs, tu sens fort le désespoir. Faut croire qu'partout où tu passes, le moral trépasse. C'est pas la joie un mec comme toi, toujours triste comme un cendrier froid.

Benjamin, incrédule, se saisit du texte du stagiaire.

N'entendez pas BCBG mais bien BGBC, beau gosse bras cassé, boulet arrogant qui n'a de lait que ses dents, qui à peine né s'croit arrivé, qui est encore moins un cado depuis qu'il se tape la dirlo.

Benjamin commence à avoir des sueurs froides. Il tente d'expliquer.

— Il y a dû y avoir une inversion de fichiers, une regrettable erreur ! C'est vrai qu'à un moment nous avions fait une purge et…

— Une purge ?

Le boss le mitraille des yeux.

— Oui, c'est une méthode connue en créativité pour libérer l'expression, même par la négative, mais c'est un jeu, un exercice, vous n'auriez jamais dû le voir, je ne comprends pas…

— Moi, ce que je comprends, c'est que je ne vais pas vous rater. Vous pouvez dire adieu à votre réputation ! Une telle erreur, c'est inqualifiable !

Quelqu'un rallume la lumière blanche. Tout le monde est ébloui. Joy décide alors de prendre la parole.

— Laisse-le, Ugo. Ce n'est pas sa faute. C'est moi qui ai écrit ces textes. Moi qui pense chaque mot que j'y ai mis.

Ugo est consterné. Lui demande si elle a perdu la tête.

— Au contraire. Jamais je n'ai été aussi lucide sur ce que j'avais à dire à chacun de vous. Et, oui, Virginia, cela fait deux ans que je suis la maîtresse de ton mari. Je sais, ça surprend ! Et, oui, Ugo, ta femme sort avec le stagiaire, je suis vraiment désolée.

— Tu te tapes ma femme, sale petit merdeux ?

Ugo va pour donner une gifle au stagiaire qui esquive. La baffe atterrit dans la face de Cataclope. Ugo s'excuse platement, mais c'en est trop pour Cataclope qui explose.

— J'en ai ma claque de cette boîte de fous !

Il quitte la pièce, furibond, drapé dans son offense.

Pendant que les époux s'écharpent, Joy, galvanisée par sa propre insurrection, continue son tour de table. Benjamin tente de l'arrêter mais elle n'écoute rien. Enfin, le p'tit pop-corn explose, et il adore mettre de l'huile sur le feu. Joy règle ses comptes avec les filles. Elle crache sa Valda sur tout ce qu'elle a vécu ces dernières années. L'une qui la persécute. L'autre qui la vampirise. Leur égoïsme. Leur superficialité. Leur air supérieur.

— Ah si. Je dois reconnaître, vous avez une vraie supériorité, question connerie, personne ne peut rivaliser avec vous !

Les deux femmes caquettent d'indignation. Mais Joy n'y prête aucune attention. Elle s'empare d'une bouteille de champagne dans un seau, la secoue vigoureusement, arrache le bouchon et asperge copieusement l'assistance.

— Joyeux anniversaire, *fucking* Huitième Sphère !

Tout le monde crie, s'indigne. Joy balance la bouteille par terre, qui se brise dans un bruit fracassant, et s'enfuit, en larmes, en laissant derrière elle une scène de chaos inimaginable.

38

Qu'ai-je fait ?

Je me réveille, la tête serrée dans un étau, l'esprit encombré par une autoroute de pensées qui passent et repassent à grande vitesse jusqu'à m'en donner le tournis.

Qu'ai-je fait ?

Les événements de la veille me reviennent en mémoire et me secouent le ventre. J'avais attendu ce moment avec tant d'impatience, de fébrilité même ! J'en jubilais à l'avance. Comment avais-je pu penser aussi naïvement que balancer mes quatre vérités à la tête des gens allait me soulager ?

C'est un cauchemar. Je vais me réveiller et me rendre compte que j'ai rêvé la scène. Je consulte mon portable, et les messages que j'y trouve me confirment que ce qui s'est passé hier est bien réel. Un frisson désagréable me parcourt l'échine. L'angoisse. *Il fallait peut-être y penser avant, cocotte ! Oui, merci bien !* Je gagne la cuisine d'un pas titubant pour me faire couler un café, les yeux rivés sur les textos anxiogènes.

Carmen : *Il faut qu'on se parle, vite ! C'est à propos de Benjamin... C'est la cata !*

Ugo : *Il va falloir qu'on parle et que tu m'expliques le désastre d'hier. Mais qu'est-ce qui t'a pris ??? Appelle-moi. Moi aussi, je vais avoir des choses à te dire…*

Rayane : *Je n'ai jamais vu Benjamin comme ça. Je crois que ce serait bien que vous l'appeliez… En tout cas, vous avez le sens du spectacle ! Vous m'avez scotché. Courage, tenez-moi au courant.*

Et bien sûr, aucun message de Benjamin.

Je ne me sens pas la force d'appeler Ugo. De toute façon, pour m'entendre dire quoi ? Que j'ai complètement déconné ? Que je suis virée ? Ça attendra un peu. Il me paraît beaucoup plus urgent de réparer les dégâts que j'ai causés du côté des p'tit Max. J'ai fait foirer leur prestation. Benjamin doit m'en vouloir à mort. Cette pensée me mine totalement.

J'appelle Carmen.

— Viens plutôt me voir, on sera plus à l'aise pour causer. Allez, vite !

— Ne t'inquiète pas, j'arrive !

Pour qu'on se tutoie sans s'en rendre compte, c'est que l'heure est grave.

Je me prépare en moins de deux et fonce chez Carmen. J'ai hâte qu'elle me débriefe ce qui s'est passé après mon départ.

Quand elle m'ouvre la porte, je note de suite le visage défait.

— Entre !

Elle me sert un café fumant et me propose des tartines beurrées, mais je n'ai pas faim. Ce deuxième café corsé de la matinée commence déjà à faire trembler mes mains, à moins que ça ne soit mon agitation intérieure.

Elle m'explique l'ambiance de plomb après mon départ. Comment Ugo et Virginia sont tombés sur Benjamin et l'ont accusé d'avoir ruiné leur événement. Carmen mime les Badass en train de monter sur leurs grands chevaux.

— *On fera appel à notre avocat ! On vous poursuivra ! Et vous allez nous rembourser, ça va de soi ! Votre réputation n'y survivra pas !*

La pauvre Carmen est dans tous ses états et, soudain, je m'en veux terriblement de l'avoir mise ainsi dans l'embarras. Mais le pire est à venir.

— On roulait, tous les trois dans la camionnette après avoir remballé tout le matériel, personne ne pipait mot, tu peux me croire. Benjamin semblait perdu dans ses pensées. Il n'arrêtait pas de répéter « j'comprends pas, j'comprends pas » ! Et puis, tout à coup, en pleine rue…

— Quoi donc ? m'impatienté-je.

— Il a pilé net ! Comme ça ! Sans prévenir ! Ça nous a fait un choc. Heureusement qu'on avait nos ceintures, sans ça, on partait dans le pare-brise. Et heureusement aussi qu'il n'y avait personne derrière…

— Et alors, et alors… ?

— Et alors, c'était comme s'il avait eu un éclair, il a tout compris…

— Comment ça, il a tout compris ?

— Il s'est tourné vers nous et il a simplement dit : c'est toi ou c'est Rayane ? Et moi, tu sais, je ne sais pas mentir… En dix secondes et demie, il a su que c'était moi… ta complice !

La voix de Carmen se met à chevroter.

— Il a compris que tu n'aurais pas pu inverser les fichiers des punchlines sans l'aide de l'un d'entre nous. *Mais enfin pourquoi tu as fait ça, Carmen ? Pourquoi ?* qu'il arrêtait pas de répéter. J'ai essayé de lui expliquer. Que je l'avais fait parce que j'avais voulu t'aider. À quitter cette boîte bourrée de gens toxiques pour toi. Parce que tu es une chouette fille. Et que je t'aime bien, c'est tout.

Je prends la main de Carmen dans la mienne.

— Je suis vraiment désolée, Carmen… Je n'aurais jamais dû te demander ça.

— Non, c'est pas ça, Joy. Je ne regrette rien. Mais c'est juste les yeux de Benji, sa déception… Après tout ce qu'il a fait pour moi, je ne supporte pas de lui avoir indirectement causé du tort. Je t'assure que je n'avais pas pensé aux conséquences pour notre boîte ! Je pensais qu'à river le clou à ces gens qui te font vivre un enfer depuis toutes ces années.

Carmen commence à pleurer. Oh, mon Dieu, pas ça ! Je me sens tellement mal ! Je m'approche d'elle pour la prendre dans mes bras.

— Pardon, pardon, Carmen ! Je vais arranger ça, je te le promets ! Tu me crois ?

Elle acquiesce entre deux larmes. Elle m'adresse un sourire qu'elle veut vaillant et ça me chavire le cœur.

Je n'ai plus qu'une idée en tête : parler à Benjamin et réparer mes conneries.

Je laisse un, puis deux, puis trois, puis quatre messages. Visiblement, il refuse de me répondre. Une espèce de panique sourde me saisit. Et si, en voulant régler mes comptes avec la Huitième Sphère, j'étais en train de perdre ce qui était devenu si précieux en quelques semaines dans ma vie ?

J'appelle Carmen et la supplie de me donner l'adresse personnelle de Benjamin. Il faut que je lui parle à tout prix ! Cela ne peut souffrir d'attendre, même jusqu'à demain !

— Je ne sais pas si tu seras très bien accueillie… me met en garde Carmen.

Tant pis ! Quitte à crever l'abcès, autant que ce soit au plus tôt !

39

Benjamin est en train de dîner lorsque ça sonne à la porte. Qui peut bien venir le déranger à cette heure ? Sûrement une erreur. Il abandonne à regret le sushi qu'il s'apprêtait à porter à sa bouche pour aller voir. C'est Joy. Une fraction de seconde, il est tenté de refermer brusquement sa porte. Il ne sait pas s'il est prêt à lui parler. Il a été tellement déçu, choqué, déstabilisé par les événements de la veille.

— Qui vous a donné mon adresse ? réplique-t-il sèchement en guise de mots d'accueil.

Elle se tient devant lui avec ce petit air contrit, presque apeuré. Où est passée la Joy-furie qu'il a découverte la veille ?

— C'est Carmen. Ne lui en veuillez pas, je vous en supplie ! Il faut vraiment que je vous parle ! Laissez-moi une chance de vous expliquer.

— Je ne vois pas ce qu'il y a à dire, mis à part que vous avez foutu en l'air votre carrière et un peu la mienne aussi au passage.

Il s'aperçoit qu'elle est au bord des larmes. Il n'a pas envie de ressentir ce pincement à l'intérieur de lui.

Il n'est pas certain qu'elle mérite son indulgence après ce qui s'est passé.

— S'il vous plaît ? s'entête-t-elle.

Qu'est-ce qui l'a décidé à la laisser entrer ? Est-ce l'intonation de sa voix ou l'expression de ses grands yeux clairs comme perdus dans le brouillard ?

Il reste debout, encombré de sa gêne et de sa colère dont il ne sait que faire. Mais après tout, qu'elle parle, elle, puisque c'est elle qui fait la démarche en venant ici.

Ce n'est pas son petit air intimidé qui va l'amadouer. Voilà qu'elle bredouille à présent… Benjamin se force à garder un visage complètement opaque et fermé.

— Je… Je suis tellement désolée ! Je n'ai pas vraiment mesuré l'impact de mes actes. Benjamin, vous devez me croire : toutes ces dernières semaines où nous nous sommes côtoyés ont bousculé beaucoup de choses dans ma tête et…

Benjamin la regarde, l'air incrédule.

— Allez-vous me rendre responsable de votre pétage de plombs ?

— Bien sûr que non, je ne vous rends pas responsable, mais est-ce que vous pouvez me laisser finir, s'il vous plaît ? C'est important pour moi de vous dire tout ça…

— Tout ça, quoi ?

— Que notre rencontre n'a pas été anodine ! Que l'ambiance à l'atelier, avec vous et les p'tits Max, m'a permis de passer des moments magiques comme je n'en avais pas passé depuis longtemps. Que par effet de contraste, j'ai réalisé qu'on pouvait travailler et vivre autrement que dans un stress perpétuel, sous pression…

Sous cloche, j'ai envie de dire ! C'est comme si, grâce à vous, j'avais retrouvé de l'oxygène…

— Merci, Joy, je suis content d'avoir une fonction respirateur, répond Benjamin, sarcastique.

Il la voit se débattre avec ses arguments, déployer des trésors d'expressions et d'intonations touchantes pour plaider sa cause… Il n'a pas envie de se laisser embobiner et il n'est plus sûr de la sincérité de Joy.

— Tout ça n'explique pas comment vous avez pu en arriver à la mascarade d'hier au soir ! Qui plus est, en entraînant Carmen dans vos folies ! Pourquoi ne m'en avez-vous pas parlé, à *moi* ?

Il prend conscience en le disant à haute voix qu'il a été blessé qu'elle choisisse Carmen et non lui comme complice de son « coup monté ». Lui qui croyait qu'ils avaient commencé à développer une relation de confiance…

— Et vous m'auriez dit oui pour échanger les fichiers de punchlines ?

— Bien sûr que non ! C'est insensé ce que vous avez fait. J'espère que vous réalisez que vous m'avez mis complètement en porte-à-faux vis-à-vis d'un client. Hier, c'est ma réputation dans le milieu que vous avez compromise, tout ça pour quoi ? Pour balancer vos quatre vérités façon grenade dégoupillée ?

Benjamin se rend compte qu'il s'est mis à crier. Tout à coup, ça le soulage. Il déteste cette façon d'évacuer, mais Joy lui a vraiment mis les nerfs à vif.

— Oui, vous avez raison, Benjamin. Je n'aurais jamais dû péter les plombs comme ça. Je suis la première étonnée de toute cette colère accumulée ces dernières années. Mes tonnes de frustration et de rancœur stockées au fond de moi avec ce que je vivais à la Huitième Sphère. Jusqu'à la goutte d'eau qui a fait déborder le vase. Le coup de trop d'Ugo le soir du Nouvel An, où j'ai eu l'impression de toucher le fond. Si vous n'aviez pas été là, je ne sais pas comment j'aurais fini…

— Arrêtez, Joy…

Benjamin voudrait ne pas se sentir ému par ses paroles. Il serre les dents. Il ne veut pas qu'elle voie qu'il est touché.

— Non, je n'arrête pas ! Quand je me suis réveillée parmi vous… et surtout avec vous… j'ai compris que je devais changer. Que c'était presque une question de survie personnelle. Alors j'ai commencé à tourner les choses dans ma tête. J'ai repensé à nos conversations, à cette histoire de « désapplication ». Arrêter d'être la gentille fille qui fait plaisir à tout le monde jusqu'à se perdre en cours de route, voyez ? Dire enfin le fond de ma pensée ! Me libérer en étant authentique ! Et c'est là que l'idée a germé d'utiliser l'animation des punchlines pour mettre en scène ma revanche…

La voix de Joy flanche. Benjamin fait un pas vers elle pour lui parler plus calmement.

— C'est très bien d'être authentique, mais ça ne voulait pas forcément dire laisser tout sortir de façon aussi anarchique. Il y avait sûrement d'autres manières…

Elle fond en larmes. Il pose une main sur son épaule. Il ne supporte pas de voir son corps secoué de sanglots. Il tente de la réconforter.

— C'est pas si grave, allez… Ça va s'arranger…

Elle lui tombe dans les bras. Désemparé, il l'enserre à son tour. Il sent qu'elle se laisse bercer doucement et que, peu à peu, elle s'apaise. C'est agréable, la chaleur de l'autre. L'apaisement.

Elle s'écarte, le visage dévasté, affreuse et jolie à la fois.

— Mais, mais… Qu'est-ce que je vais faire maintenant ?

— Là, tout de suite ? Rien, plaisante-t-il. Vous calmer. Partager une bière et des sushis. Demain, il fera jour et on réfléchira à comment réparer les dégâts. Quoi que vous décidiez pour la suite, il faut faire les choses bien. D'accord ?

Elle opine du chef comme une petite fille. Elle repère le rouleau d'essuie-tout et se mouche bruyamment.

Benjamin commande un menu pour elle, et ils partagent cette table asiatique improvisée. Elle est encore sous le coup de l'émotion. Lui aussi. Alors ils parlent peu. Et puis, il y a ces regards qui le troublent. Mais il n'a pas envie d'interpréter de travers. Il se fait peut-être des idées. Il n'a plus l'habitude. Il a pris garde depuis longtemps à rester bien en lisière des sentiments. Il pense à ses p'tits Max. L'amitié, c'est tellement plus simple…

Il se fait tard. Joy se lève pour prendre congé. Ils se disent au revoir un peu gauchement sur le seuil de la porte. Voilà. Elle est partie.

Il se sent bizarre. Les pensées se bousculent dans sa tête. Les émotions aussi, allez ! Il se dirige vers la table comme un automate, et se met à débarrasser. Ça sonne à nouveau à la porte. Re-Joy.

— J'ai oublié quelque chose.

Elle fait un pas en avant et l'embrasse à pleine bouche.

40

Je marche d'un bon pas dans la rue. Je sors de chez le coiffeur. J'ai mis ma plus belle robe. Des préparatifs qui ressemblent plus au rituel du guerrier qui se peint le visage et le corps de couleurs avant d'aller au combat. Et c'est clairement l'impression que j'ai maintenant que je suis en route pour la Huitième Sphère. La décision n'a pas été facile à prendre. Mais on en avait longuement parlé avec Benjamin. Il m'a beaucoup soutenue : je devais rendre visite à l'équipe. Présenter mes excuses et ouvrir le dialogue. Enfin, si on m'en laissait l'opportunité. C'est ce que je craignais le plus : l'agressivité des uns et des autres. Qu'on ne m'accorde pas le temps de m'expliquer. Malgré tout, Benjamin m'avait convaincue. Pour lui, c'était à moi de montrer ma maturité en étant au-dessus des jeux de pouvoir, des duels d'ego, des hypocrisies et des petites bassesses des gens de l'agence. Faire entendre ma voix différemment que par l'agressivité était la seule chance que mes messages puissent passer.

— Tu as des raisons d'exprimer tes points de colère légitime à chacun d'eux, mais tu perds ta crédibilité si tu t'énerves ! avait dit Benjamin la veille encore, tandis que nous discutions, allongés dans son canapé.

Je flotte dans un sentiment d'irréalité depuis. Trop d'événements en si peu de temps. Tout se bouscule dans ma tête.

Quand je pense que je lui ai sauté au cou ! Je me demande ce qui m'arrive. Est-ce que je perds la raison en ce moment ? Je ne me reconnais plus. Entre mon putsch émotionnel à la soirée de la Huitième Sphère, véritable insurrection surprise, et mon assaut compulsif sur Benjamin, je m'inquiète un peu moi-même ! À moins que le plus inquiétant ne soit le plaisir que j'ai pris aux deux…

Quand je l'ai embrassé, Benjamin ne s'y attendait vraiment pas. Il avait l'air soufflé. Je le comprends. Pour être honnête, je ne savais plus très bien ce que je faisais. J'avais juste eu toute la soirée envie de l'embrasser. Je ne sais pas ce qui m'a pris, je ne pouvais plus m'arrêter. C'est à peine si j'entendais, entre deux baisers, les arguments sortir de sa bouche pour tenter de me mettre un stop. Des *ça va trop vite, Joy*, des *c'est trop tôt*, des *et Ugo ?*. Mais je n'écoutais rien. Ses lèvres étaient si douces et chaudes sur les miennes… Ses lèvres qui, elles, ne disaient pas non.

Je suis à deux encablures de la Huitième Sphère et je suis rattrapée par une bouffée de stress. Nous avions échangé avec Ugo par textos interposés. Je n'avais pas eu la force de l'appeler en direct. Je lui avais exprimé le souhait de voir chaque membre de l'équipe seul à seul, l'un après l'autre, pour présenter mes excuses. Il avait accepté. Depuis quarante-huit heures où je n'ai pas osé me présenter au bureau, différents scénarios ont défilé dans ma tête où, en boucle, j'ai fait tourner la roue de mon infortune, en lançant des paris sur mon lot de disgrâce. Allais-je me faire virer pour faute lourde ? Me forcerait-on à démissionner ? Pour l'instant, je n'en avais aucune idée et je nageais dans le flou le plus total sur ce qu'il adviendrait de moi.

J'arrive au troisième étage, devant la porte de l'agence. J'aurais pu utiliser mes clés pour entrer mais, vu les circonstances, je préfère sonner pour m'annoncer. C'est Ugo qui vient m'ouvrir. L'expression sur son visage est indéchiffrable. Moi, mon cœur fait un salto arrière dans ma poitrine.

— Entre !

Je suis toujours saisie en sa présence par son autorité naturelle. Je le suis jusque dans la salle de réunion. Il me propose un café, mais je ne veux rien. Je suis déjà bien assez nerveuse comme ça ! Il s'assoit en face de moi, et je perçois malgré tout quelques signes de trouble assez inhabituel chez lui. Une légère crispation au coin de la lèvre, un tressaillement nerveux de la paupière. Contre toute attente, il commence par me remercier de ma démarche. Il trouve ça courageux et positif que j'aie pris les devants pour présenter mes excuses. Il me fait un petit laïus sur le droit de faire des erreurs. M'explique que ce qui compte, c'est de savoir les reconnaître et de réajuster le tir. Il me dit tout ça avec un sourire presque bienveillant. Je n'en reviens pas.

— Je te laisse parler à l'équipe et moi je te vois après. Je t'emmènerai déjeuner, tu veux ? Ce sera plus intime.

Je déglutis. Je n'y vois tellement pas clair sur ses intentions. Je suis troublée. Je m'attendais à un massacre.

VIP' est la première à entrer. On se jauge par-dessus la table. Finalement, c'est elle qui parle.

— Il paraît que t'es venue là pour t'excuser. Je n'aurais pas cru que tu oserais le faire. Tu as du cran, je dois dire. Toutes les deux, on n'est jamais vraiment parties du bon pied. Je sais que je n'ai pas toujours été tendre avec toi. Tu vois, c'est peut-être à moi de m'excuser pour ça. Tu m'énervais, c'est vrai, avec ton petit air bon élève, à vouloir tellement bien faire, à t'excuser de demander pardon… J'avais envie de te donner des claques !

Je tombe des nues sur mon fauteuil mais me mords la lèvre pour la laisser continuer.

— Eh bien, ça va te paraître dingue, mais tu vois, à la soirée, quand tu as pété les plombs, que tu as explosé pour nous dire tes quatre vérités, c'est comme si tu avais fait quelque chose que j'attendais de toi depuis longtemps ! Que tu sortes de tes gonds pour t'affirmer, *putain*, ça m'a fait un bien fou !

Je ne sais pas ce qui me sidère le plus : le discours ou le gros mot incongru dans la bouche de VIP', toutes grossièretés étant très malvenues dans le parler « luxe ».

— Tu comprends, je ne peux pas supporter les gens neu-neu. Ça m'agace. Je ne peux m'entendre qu'avec les gens qui ont du caractère. C'est comme ça.

Elle se lève. Je crois qu'elle a fini. Mais non. Son visage se durcit à nouveau.

— Ne va pas croire que je te pardonne pour autant ce que tu m'as dit à la soirée sur ma connerie et ma vacuité. Disons simplement que si on avait été sur un ring, tu aurais marqué un point. Toi et moi, on ne sera jamais amies. La seule chose qui change, c'est que, dorénavant, je te considère comme un adversaire à ma hauteur.

Elle quitte la pièce après une poignée de mains sèche, et je la regarde s'éloigner dans sa superbe. Sacrée VIP' ! Elle m'étonnera toujours.

L'explication avec la Taser n'est pas moins étrange. Elle me fait presque une profession de foi.

— Tu trouves vraiment que je suis mal lunée ? Que je suis tout le temps flippée ? Je ne m'étais pas rendu compte que je donnais cette image-là… Quand j'ai lu ce que tu m'avais écrit, ça m'a vraiment blessée, mais plus tard, je n'arrêtais pas d'y penser. Et je me suis dit : et si c'était vrai ?

Je tente de m'excuser de lui avoir dit les choses aussi abruptement, mais, tout comme VIP', la Taser ne m'en laisse pas l'opportunité. Elle ne peut endiguer le flot de la confession.

— Ma mère me le disait souvent aussi, que j'étais mal lunée… J'étais une enfant craintive, anxieuse. Ça l'agaçait. Elle ne prenait pas le temps dont j'aurais eu besoin pour me rassurer. J'en souffrais beaucoup…

Elle se rend compte qu'elle en dit peut-être trop. La pudeur la rattrape. Elle se lève.

— J'ai détesté ce que tu m'as dit à la soirée, Joy. Malgré tout, force est de constater que tu n'avais pas tort. Et que j'ai besoin d'entendre ça pour aller de l'avant. On n'a jamais envie de se remettre en question. C'est douloureux, c'est vrai. Mais pourtant nécessaire. Alors, aujourd'hui, je ne sais pas si je dois te dire merci ou te dire merde !

Je la regarde, encore plus incrédule qu'avec VIP'. S'étaient-elles passé le mot pour les gros mots ? Et pour leur réaction totalement inattendue ?

Sur le pas de la porte, la Taser se retourne et souffle un merci qui lui écorche un peu les lèvres et me laisse bouche bée.

Quand Cataclope entre à son tour, je m'attends à un sermon moralisateur.

— Je ne suis pas né de la dernière pluie, Joy. Mais j'avoue que j'avais rarement vu un tel cataclysme à une soirée d'agence. En trente ans de carrière, jamais.

— Je suis désolée que vous ayez pris une baffe…

— Bah… Ça fait circuler le sang ! me dit-il avec un petit sourire en coin que je ne lui connais pas.

Les bras m'en tombent.

— Tu sais, je ne suis pas que le vieux con que tu croises à l'agence, gris et fatigué, et qui emmerde son monde avec les budgets et l'organisation…

Mais qu'est-ce qu'ils ont tous aujourd'hui avec les gros mots ?

— Moi aussi, j'aime passer du bon temps, m'amuser… Si si !

Il se lève. Se penche vers moi comme pour me faire une confidence. Il me dit tout bas :

— … Et de toi à moi, il m'a bien réjoui, ton gros pétage de câbles, l'autre soir. Ça changeait de toutes ces soirées événementielles assommantes où il ne se passe jamais rien… Mais bien sûr, ça reste entre toi et moi.

Il s'en va en faisant disparaître l'air espiègle qui était fugacement passé sur son visage. En guise d'au revoir, il m'adresse un clin d'œil discret, comme pour sceller notre petit secret.

Cette journée est folle !

Je m'attends à recevoir Virginia, mais c'est Ugo qui entre de nouveau.

— Tu es prête ?

— Et Virginia ? Et F. ?

— Ils ne sont pas là. Je t'expliquerai.

— Ah…

Les deux amants ensemble ? Je trouve Ugo étrangement serein. J'appréhende ce tête-à-tête, mais j'ai hâte d'écouter ce qu'il a à me dire. D'autant que les précédents face-à-face avec chaque membre de l'équipe m'ont totalement déboussolée.

41

Ugo m'emmène dans un restaurant chic, spécialisé dans les fruits de mer. Je prends un ceviche de crevettes et lui, une douceur de homard. Le garçon apporte dans un seau rempli de glace la bouteille de vin blanc savamment choisie – Ugo est connaisseur – et remplit nos verres avec une gestuelle appliquée. Je prends une grosse gorgée sans attendre, en espérant que le nectar blanc arrive à m'apporter un peu de décontraction. Il est temps que je me jette à l'eau pour lancer cette conversation qui me fait peur. La première étape avant de lui dire le fond de ma pensée : reconnaître mes torts.

— Ugo… Je suis désolée d'avoir ruiné la soirée anniversaire de l'agence. Je ne sais pas ce qui m'a pris d'exploser comme ça.

— En effet, on peut dire que tu n'y es pas allée de main morte ! s'esclaffe-t-il.

Il marque un temps avant d'ajouter :

— … Tu m'en veux donc à ce point ?

Il doit imaginer que j'ai agi pour me venger de lui. Fascinante, sa façon d'être autocentré.

— Le silence est une réponse, lâche-t-il laconiquement, les yeux dans le vague. Je comprends.

Qu'est-ce qu'il comprend au juste ? À quel point il a merdé ? À quel point il m'a rendue malheureuse ? J'ai l'impression qu'il lit dans mes pensées.

— Joy, j'ai conscience que la relation que je t'offre depuis deux ans est loin d'être satisfaisante pour toi et je te demande pardon si j'ai pu te faire souffrir, ça n'a jamais été mon intention.

Il couvre ma main avec la sienne et je suis incapable de savoir si je dois la retirer ou non.

— Tu vois l'ironie de la situation, c'est moi qui m'excuse finalement ! plaisante-t-il.

Je lui rends un sourire sur la réserve. Je connais un peu Ugo : il mène ses amours comme ses affaires. Pourquoi ai-je la sensation désagréable d'être dans un déjeuner de négociation ?

— J'ai bien saisi que si tu t'es déchaînée comme ça, ce n'était pas tant contre les autres que contre moi. J'aurais voulu que tu ne fasses pas d'amalgames…

— Détrompe-toi. C'est un ensemble. Il n'y a pas qu'avec toi que j'avais des comptes à régler !

— Des comptes à régler ? Comme tu y vas…

— Oui, Ugo, parfaitement. Tu ne t'en es sans doute pas rendu compte, mais je ne pouvais plus continuer comme ça, à travailler dans ces conditions-là, dans cette ambiance-là. Il fallait que je crève l'abcès !

— Parce que tu crois que je ne vois rien ? Que je ne sais pas ce que tu vis à l'agence ? Mais, Joy, ça fait vingt ans que je suis dans le milieu ! Les journées à rallonge, la pression, la tension dans les relations, la compétition ! J'encaisse ! Et tu encaisses aussi, parce qu'on est fait du même bois et c'est ce qui m'a plu en toi : tu gères !

Je retire ma main.

— C'est là où tu te trompes. Mon bois à moi, il est usé. Il n'arrive même plus à flotter. Il prend l'eau. Il est sur le point de couler.

— Tu dis ça parce que tu es fatiguée. Tu as besoin de vacances, c'est tout. C'est d'ailleurs ce qu'on allait te proposer avec Virginia : t'offrir des congés, là, maintenant, dans les prochains jours !

Je braque mes yeux dans les siens et pose la question que j'appréhende :

— Tu ne m'as pas dit comment elle a pris les choses pour *nous deux*.

Il a un sourire embarrassé qui m'inquiète.

— Bien, bien.

— Comment ça, bien ?

Il toussote.

— Elle l'a bien pris, Joy, tout simplement parce que…

— Parce que quoi ? commencé-je à m'agacer.

Maintenant il a l'air franchement gêné et je me demande ce qu'il va me dire.

— Cela fait longtemps que je voulais t'en parler mais… j'avais peur de te blesser… peur de te perdre aussi…

Mon sang se glace à l'intérieur. Qu'est-ce qu'il va m'annoncer ?

— Ne le prends pas mal, Joy, je t'en prie, mais il faut que je te le dise : Virginia est depuis longtemps au courant pour toi et moi.

— Comment ça ?

— Et moi aussi, j'étais au courant pour le stagiaire…

— Quoi ?

Il prend une grande inspiration avant de se jeter à l'eau.

— Nous sommes un *couple libre*.

Je manque tomber de ma chaise à la renverse.

Je bafouille de consternation.

— Mais, mais… à la soirée ? Quand j'ai balancé mes révélations, vous aviez l'air tous les deux de tomber de haut, elle en apprenant ma liaison avec toi, et toi en apprenant sa liaison avec F. ?

— C'était du chiqué. Du cinéma. Il fallait bien donner le change, pour l'équipe. Nous ne voulons pas que ça se sache. Après tout, c'est notre vie privée, notre intimité !

— Et moi ? Tu comptais me faire entrer quand dans ton « intimité » ?

— Tu vois pourquoi j'hésitais à te le dire ! Tu es furieuse maintenant. Mais qu'est-ce que ça change au fond ? Tu me savais marié de toute façon, donc pas disponible pour autre chose que pour une belle aventure ! Comme ce que nous vivons depuis deux ans maintenant !

Il regarde mon visage où des larmes se sont mises à couler. Il est embêté. Il les essuie d'un revers de pouce et me parle d'une voix douce.

— Joy ! Ne me dis pas que tu t'étais fait des idées ?

Il comprend à mon silence que si. Je m'étais fait des tonnes d'idées, des montagnes d'idées ! Évidemment ! Comment ai-je pu être aussi stupide ? Croire qu'il m'aimait ? Qu'il finirait par quitter sa femme ? Les larmes ne s'arrêtent plus. Je déteste le visage embarrassé du serveur qui vient débarrasser.

— Vous désirez autre chose ?

Ah oui ! Je désire tout rembobiner ! Je désire n'avoir jamais connu Ugo. N'être jamais entrée à la Huitième Sphère ! Il voit mon désarroi. Il reprend ma main dans la sienne.

— Joy ! Je vois combien tu es bouleversée et, je t'assure, ça me fait du mal ! Tu ne vas peut-être pas me croire, mais je tiens à toi, sincèrement, beaucoup plus que tu n'imagines ! Là, tu es épuisée, tu as tellement donné ces dernières semaines ! Et ce que je viens de t'apprendre te met un coup, c'est normal, il faut digérer. Écoute-moi...

— Non, je n'ai pas envie de t'écouter.

— Écoute-moi, répète-t-il. Là, tu n'as pas les pensées claires. Prends quelques jours, pars ! Amuse-toi ! repose-toi et prends le temps de réfléchir à tout ça. J'ai parlé de toi avec Virginia. Tu es un bon élément. On est conscient de ta valeur et du travail que tu fournis. On ne veut pas te perdre !

— Virginia ne peut pas me saquer !

— Tu te trompes totalement. Elle a son caractère, c'est tout. C'est vrai qu'elle n'est pas très démonstrative. Elle ne te l'a pas assez montré mais elle a beaucoup d'estime pour toi. Et puis, tu avais raison de nous alerter pour le stagiaire. Il n'en foutait pas une ! En plus, ça n'a pas collé avec Virginia...

Ils ont viré le BGBC ! Je n'en reviens pas.

— Mais ne t'inquiète pas : on t'en trouvera un autre beaucoup mieux, promis !

— Et pour notre relation, tu as une solution de rechange aussi ?

— Ne sois pas cynique, Joy ! me répond-il avec douceur. Là aussi, les choses vont faire leur chemin. Il faut donner du temps au temps. Cela me pesait que tu ne sois pas au courant de mon union libre ! Maintenant, ça laisse la porte ouverte…

— La porte ouverte à quoi ?

— À un nouveau départ, Joy ! s'enflamme Ugo.

Ce que j'admire chez lui, c'est qu'il ne doute jamais de rien. J'éclate d'un rire nerveux.

— Quel nouveau départ ? Un « trouple » avec ta femme ?

Je balaye de mon esprit la vision d'un couple à trois avec Virginia. Les « trouples » ont beau être très tendance, je ne pense pas que ce soit mon « truc ».

— Et pourquoi pas ? Je sais que l'idée est nouvelle pour toi, mais penses-y !

— Et si je ne veux pas ?

— Pas de problème… Je respecterai ta décision. Et tu auras quand même ta place à l'agence.

— Tu me garderais malgré ce qui s'est passé ?

— On s'est déjà expliqué là-dessus, je crois ? Rien n'arrive par hasard. Nous avions sûrement besoin en interne d'assainir certaines choses et de laisser sortir ces non-dits. La forme que tu as employée était fracassante. Mais dans le fond, tu nous as peut-être offert à tous une chance de nous remettre en question. D'ailleurs, ça s'est bien passé tout à l'heure, tes face-à-face avec l'équipe ?

Je suis obligée de reconnaître que oui.

Il caresse ma joue tendrement. J'ai le souffle court.

— Tu vois ? Il y a de l'espoir. Allez ! Prends quelques vacances et on en reparle !

Nous sortons du restaurant.

Il me quitte en déposant un léger baiser sur mes lèvres comme si de rien n'était. Je le regarde s'éloigner, si élégant et sûr de lui dans son costume cintré.

Je reste un instant plantée, immobile, au milieu du trottoir. Je gêne le passage. Les gens pressés me bousculent. Je pense à Benjamin qui va me demander comment s'est déroulée la confrontation. Il y a un tel vacarme dans ma tête que j'ai envie de me boucher les oreilles. Je ne sais plus quoi penser, quoi ressentir, quoi faire ! La seule certitude, c'est que je suis dans la confusion la plus totale… *Mamma mia !* Quel désordre !

42

Benjamin la regarde depuis vingt minutes faire les cent pas dans son salon en lui racontant son entrevue pour le moins inattendue avec Ugo. Il reste assis, il ne sourcille pas, il ne veut pas se laisser aspirer par la tempête intérieure qui semble agiter Joy. Rester calme, pour mieux penser et mieux sentir. Il s'exhorte à respirer profondément. Il sent le bien que ça lui fait, en cet instant, de savoir habiter son souffle. Il écoute Joy parler de son amant. L'incroyable retournement de situation. Elle se voyait déjà chômeuse. Au bout du compte, les portes de l'agence lui restent grandes ouvertes. Et il comprend à demi-mot que sa relation avec Ugo aussi reste très ouverte. C'est bien ce que Benjamin redoute dans les relations sentimentales : ce moment où la situation vous échappe, ces revirements, ces changements de cap… Il sent une boule se former dans sa gorge et un désagréable tiraillement au niveau du plexus. Tout ce qu'il a déjà connu et qu'il voulait ne pas revivre. Prendre le risque d'aimer et d'être blessé. Si elle choisit l'autre, il sera dévasté. Il s'en veut. Il a manqué de vigilance.

Il n'a rien vu venir. Les sentiments sont arrivés sans prévenir. Cela fait si peu de temps ! Ils ne devraient pas être si bien arrimés. Pourtant, il les sent, ils vivent déjà si fort en lui ! Trop tard. Il va falloir faire face. Joy a fini son exposé. Elle se tortille les mains devant lui, comme si elle attendait une réponse de sa part. Ce n'est pas à lui de la donner. Il n'y a qu'elle qui puisse y voir clair. Il se lève pour aller prendre son verre posé sur la table haute. Un prétexte aussi pour lui tourner le dos un instant et se recomposer un visage. Il ne veut pas qu'elle voie sa peur. Quand il se retourne, elle s'est avancée vers lui. Près, trop près. Il distingue chaque détail de ses pupilles. Elle se penche pour l'embrasser. Il aime déjà trop le goût de ses lèvres. Il la repousse délicatement.

— Tu ne veux pas m'embrasser ?

Elle a l'air interloquée. Chagrinée aussi. Il lui prend les deux mains et les retourne pour déposer un baiser dans le creux de ses poignets. Elle frissonne. C'est le moment de ne pas craquer.

— Bien sûr que si, j'ai très envie de t'embrasser. Mais je crois qu'il faut respecter le bon timing. Là, il me semble que ce n'est pas le bon moment. Ce n'est pas mûr dans ta tête, Joy. Rien n'est réglé vis-à-vis d'Ugo et je n'ai pas envie de commencer une histoire avec toi dans ces conditions-là, tu comprends ?

— Mais…

Il pose un doigt sur ses lèvres pour éviter le flot d'arguments qui allait en sortir.

— Pas la peine de m'expliquer, Joy. Tu as encore des sentiments pour lui, ne t'en défends pas, et c'est bien normal d'ailleurs… Et en plus, tu ne sais même pas si tu vas rester ou partir de la Huitième Sphère… Tu vois, tout est confus pour l'heure.

— Tu te trompes ! Je ne suis pas certaine d'avoir encore des sentiments ! Il m'en a trop fait. Et je ressens vraiment quelque chose de fort pour toi, Benjamin… Je ne sais pas quoi faire, c'est tout.

— Tu es à un carrefour, Joy. Depuis que je t'ai rencontrée, tu es à la recherche de ta liberté et de ta joie qui t'avaient échappé. À toi de voir si c'est au sein de la Huitième Sphère et auprès d'Ugo que tu pourras les retrouver.

Joy paraît tourmentée de nouveau.

— Mais, Benjamin, je ne peux quand même pas me retrouver au chômage. Tu imagines la galère ? Repartir de zéro, sans la certitude d'être capable de rebondir… C'est compliqué, cette décision. Certes, la Huitième Sphère, ce n'est pas le paradis, mais ce n'est quand même pas si mal, surtout si j'ai pu m'expliquer avec les uns et les autres, tu ne trouves pas ?

Joy le regarde intensément comme pour puiser dans ses yeux à lui des réponses. Est-ce qu'elle espère son approbation ? Il soupire et tend sa main vers les cheveux de Joy pour replacer une mèche derrière son oreille.

— Personne d'autre que toi n'arrivera à faire le chemin, Joy. Tout ce que je peux te dire, c'est qu'il y a deux types de choix : le choix guidé par la peur. La peur qui érige des freins, des résistances au changement. Souvent, elle truque ta vision de la situation, c'est la championne de la renégociation. Elle te fait croire que ce que tu as n'est déjà pas si mal, elle met un voile entre toi et tes aspirations profondes, parce que, même si ta situation actuelle n'est pas idéale, tu la connais par cœur, donc elle semble plus rassurante, plus facile à gérer que l'inconnu…

— Et l'autre choix ?

— C'est le choix guidé par la joie.

— Ça guide, la joie ?

Benjamin sourit devant sa moue sceptique.

— Oh, que oui !

— Et ça fait comment ?

— Ça fait chaud au cœur ! Tu n'as plus peur. C'est comme un soleil qui se lève à l'intérieur. C'est une décision qui résonne juste au plus profond de toi. Prendre les choses par le bout du plaisir, choisir la voie qui réveille la joie en toi, des projets qui t'accrochent des ailes dans le dos… Quand la motivation est là, les obstacles tombent d'eux-mêmes !

Elle fronce les sourcils.

— Je ne comprends pas : comment voudrais-tu que je sois ainsi dans la joie si je me retrouve sans emploi, et dans le flou le plus total sur la suite ?

— La joie sait très bien cohabiter avec le flou dès lors que tu as pris une décision bonne pour toi et que tu choisis d'aller mieux et de marcher vers un endroit bon pour toi.

— Et toi ? Comment tu as fait pour le trouver, cet endroit ?

— J'ai pris le temps, Joy ! Et je m'en suis donné la liberté aussi.

— Qu'est-ce que je dois faire, Benjamin ? Je suis perdue…

Il ne résiste pas à la prendre dans ses bras et lui parle doucement à l'oreille.

— Va te ressourcer quelques jours chez tes parents ! Va arpenter les bords de mer. Respire, marche, dors bien, régale-toi, profite des tiens. Je suis sûr que des idées émergeront ensuite.

Elle plante son nez dans son cou comme un joli colibri.

— J'ai peur…

Il caresse son dos doucement.

— N'aie pas peur. Tout va bien aller.

Il essaye lui aussi de s'en persuader. Elle va partir. Prendre du recul. Peser le pour et le contre. De quel côté penchera la balance ? Du sien ou de celui d'Ugo ? Il ne veut pas y penser. Pas maintenant. Maintenant, il veut juste profiter, encore un instant, de son corps chaud et doux plaqué contre le sien.

43

J'ouvre les volets en grand, et l'air frais et vivifiant s'engouffre dans la pièce et me fouette le visage. Je sens d'ici les embruns. J'en hume le parfum à pleins poumons. Ils ont sur moi un pouvoir apaisant. Voilà trois semaines que je suis installée chez mes parents. J'ai retrouvé ma chambre, encombrée des derniers vestiges de mon adolescence. Quelques posters au mur de mes chanteurs préférés, une collection de parfums miniatures, et cachée là, derrière une pile de linge, ma boîte en fer avec mes souvenirs les plus précieux. En farfouillant, je suis tombée sur les lettres de ce garçon amoureux de moi en première, et dont je n'avais pas voulu. Son amour m'avait fait peur. J'avais eu l'impression qu'il allait me submerger. Pourtant je n'avais, par la suite, jamais retrouvé quelqu'un qui m'aime avec cette intensité et cette pureté de sentiments. J'avais préféré à l'époque rester entichée d'un garçon qui ne me jetait pas un regard, mais dont j'étais folle, allez savoir pourquoi. Peut-être parce qu'il faisait du théâtre au conservatoire de la ville ? Parce qu'il avait le regard piège-à-fille et les cheveux longs très bruns relevés en catogan, trop bruns pour ne pas avoir envie d'y plonger la main. Avec le recul, je me dis que je n'y comprenais vraiment rien, à l'amour, à l'époque. J'étais sans doute passée à côté d'une merveilleuse histoire, bernée par les projections sentimentales que j'avais créées de toutes pièces. Et aujourd'hui ? Arriverais-je à faire le distinguo entre un amour authentique et un amour-projection ?

Au troisième jour de mon arrivée ici, j'avais reçu un somptueux cadeau : vingt-cinq roses d'un rose vif étudié pour contraster élégamment avec le noir de la boîte qui servait d'écrin à l'ensemble. Un cadeau floral original tout droit sorti de la collection Le Jardin Infini Medium Square. *So chic !* La carte qui l'accompagnait était signée Ugo.

Reviens vite. Tu nous manques. Tu me manques.

Évidemment, question approche de séduction, il savait faire. Sur le coup, j'avais sauté de joie au plafond devant ces marques d'affection. Mais Ugo ne brouillait-il pas les pistes en jouant cette carte-là ? Cela ne me détournait-il pas de la réflexion de fond que je devais mener, à savoir poursuivre ou non une relation limitée et vouée à rester non exclusive ?

Les manifestations de Benjamin étaient plus sobres. Des messages courts mais toujours avec une trouvaille amusante, un jeu de mots ou une image parlante. Rien qui ne laisse présager de l'évolution de ses sentiments à mon égard. Juste assez pour me signifier qu'il pensait à moi. Cette retenue avait le don de me mettre les nerfs à fleur de peau. Elle laissait planer ce soupçon de doute suffisant pour renforcer le désir. Agaçant ! Je n'arrivais pas à mesurer l'attirance de Benjamin à mon égard – oui, toujours cette manie de vouloir tout quantifier ! J'avais besoin de me rassurer mais je n'en avais pas les moyens.

Les jours suivants, j'avais continué à recevoir des présents d'Ugo – une fois, un coffret de confiserie Fauchon (une boîte en forme de cœur avec des pâtes de fruits, des chocolats cassandre, et des amandes enrobées de chocolat noir). Une autre fois, un bracelet Pandora avec un joli pendentif en forme d'étoile de mer scintillante, accompagné d'un petit mot : *Ne retombe pas amoureuse de l'Océan ! On t'attend impatiemment à Paris !*

Ces attentions me faisaient flotter sur un petit nuage et en même temps me renvoyaient à mes cruels dilemmes. Est-ce parce qu'Ugo me sentait hésitante, sur le point de rompre, qu'il se rendait enfin compte de l'importance de ces gestes pour me témoigner son affection ? Il serait temps ! Plus que jamais, je me sentais tiraillée. Et puis les jours avaient passé. Je n'avais pas reçu d'autres cadeaux. Juste des messages. Charmants. Et puis un peu plus pressants et un peu moins charmants. Chassez le naturel, il revient au galop. Ugo voulait savoir quand je serais de retour à l'agence. On avait besoin de moi. Tout le monde croulait sous les dossiers. Est-ce que j'avais réfléchi ? Quand est-ce que je serais en mesure de donner une réponse ? Parallèlement, j'avais aussi reçu des mails de l'équipe. VIP', à peine désolée de me déranger en congés, me remerciant d'avance de passer quelques coups de fil *urgents* à des clients pressés. La Taser, sans un bonjour ni un au revoir, me demandant mon retour d'expérience sur un lieu qu'elle s'apprêtait à louer pour un événement. Cataclope m'envoyant quatre relances pour poser une question concernant un budget à l'étude. J'avais senti le stress envahir de nouveau mon corps. Le corps est bon camarade mais il n'oublie pas. Le mien se souvenait très bien de ce que lui faisait subir le rythme imposé par la Huitième Sphère. La boule est revenue se loger au fond du plexus.

Elle y est encore ce matin, tandis que je marche sur la plage.

Seule avec le vent, les mouettes, les nuances de ciel et de sable. Les pensées se cognent dans mon esprit, comme la houle contre le récif. Des flots intérieurs qui balancent leurs lames vives et acérées, une mer haute et agitée dans laquelle je me débats pour y voir clair. Ici et là, je ramasse du bois pour mon père. Je suis contente, j'ai trouvé quelques écorces vertes naturellement teintées par un champignon. Je sais qu'il en fera bon usage : il collectionne les teintes originales pour les feuilles de placage qu'il réserve à ses créations en marqueterie. Des pièces de toute beauté – tableaux, objets décoratifs, boîtes diverses – qu'il vend ensuite dans sa boutique de souvenirs.

Je le rejoins dans son atelier, sans faire de bruit, et je l'assaille affectueusement, comme quand j'étais gosse. Il pousse un cri de surprise et se retourne, en faisant semblant de sortir de ses gonds. Il me soulève de terre et me grogne des baisers dans le cou qui me chatouillent jusqu'à me faire rire aux éclats.

— Arrête, papa ! m'exclamé-je entre deux rires. Je n'ai plus cinq ans !

— Ah ah ! C'est toi qui l'as cherché !

Il finit par me relâcher et m'offre son bon sourire qui réchauffe même les cœurs en hiver.

— Alors mon p'tit pop-corn ? Bien dormi ?

Il me scrute.

— Je n'ai pas osé te poser de questions depuis que tu es arrivée, mais je sens bien que quelque chose ne va pas. Tu as des soucis ? Tu n'es pas heureuse à Paris ? Tu peux me raconter, tu sais ?

— Je ne veux pas t'enquiquiner avec mes histoires. Elles ne sont pas très passionnantes !

Il éclate de rire.

— T'inquiète pas ! Si elles m'enquiquinent, je te le ferai savoir !

On se fait un café fort, avec des biscuits sablés comme je les aime, et je me mets à lui brosser dans les grandes lignes le portrait de ma vie à la Huitième Sphère sans mentionner ni Ugo ni Benjamin.

— Mmm. Une drôle de vie que tu as là ! Je comprends mieux pourquoi tu as cette mine toute grise. Mais si tu l'as choisi, c'est qu'il te plaît cet univers, non ?

— Oui ! Au début, j'étais vraiment excitée par toutes ces rencontres avec des personnalités, ces projets trépidants, cette vie à cent à l'heure…

— Et puis ?

— Je ne sais pas, papa… Par moments cette superficialité m'étouffe. Tout le monde se juge sur les apparences. J'ai l'impression que je ne suis plus moi-même… J'aimerais être plus « moi », mais je crois que cette version de moi que tu connais ne passerait pas très bien dans cet environnement.

— Tu veux dire que ces gens-là n'aimeraient pas mon p'tit pop-corn tel qu'il est, joyeux, spontané, débordant d'énergie et d'idées ? Il faudrait qu'ils soient fous alors !

— Sans doute qu'on l'est tous un peu dans les agences du luxe…

Mon père croque dans un sablé à pleine bouche et semble réfléchir.

— Je cherche une image… Ah ! Voilà. Dis-moi, Joy, quand une robe ne te plaît plus, qu'est-ce que tu fais ?

Je hausse les épaules.

— Eh bien, j'en change !

— Exactement !

— Ce n'est pas aussi simple que ça !

— Mais si, justement, me sourit-il d'une façon désarmante. Tu ne devrais pas te laisser empoisonner l'existence. Et je vois bien que tu te fais des nœuds au cerveau. Suis ton intuition, et surtout, là où il y a de la peur, mets de la confiance. Tu verras, je suis sûr que tout va aller beaucoup mieux.

Je l'embrasse fort et le remercie de notre échange. Je monte me reposer dans ma chambre. Je suis emportée par une rêverie solitaire, les yeux collés aux motifs hypnotisants du papier peint lorsque je reçois une alerte de mon téléphone. C'est un nouveau message venant de VIP'. Il contient une pièce jointe. Il s'agit d'une capture d'écran. On y voit une liste de personnes et, pour chacune d'elles, une photo et un bref descriptif.

Dépêche-toi de revenir, Joy. Les absents ont toujours tort ! Amicalement.

La connexion se fait enfin dans mes neurones et je tilte. Les Badass sont en train de regarder des profils susceptibles de pouvoir me remplacer.

44

Je ne me voyais pas tenir cette conversation sensible et possiblement houleuse à l'agence ni dans un café. J'avais donc dû me résoudre à convier Ugo chez moi pour une explication sitôt de retour à Paris. Ma seule crainte est qu'il s'imagine des retrouvailles. On en est très loin : je suis furieuse. Ma nouvelle « amie » VIP' – entre parenthèses, avec des amies comme elle, pas besoin d'ennemis – a pris soin de me prévenir de ce qui était en train de se tramer dans mon dos en mon absence.

Je regarde ma montre toutes les cinq minutes. Plus qu'un quart d'heure et Ugo sera là. J'ai mal : m'imaginer interchangeable dans ses bras et remplaçable dans ses bureaux me blesse au plus haut point. Comment ai-je pu être assez bête pour penser qu'il pourrait en être autrement ?

Enfin, il sonne. Mes mains sont moites lorsque j'ouvre la porte. Il affiche un grand sourire et m'ouvre ses bras. J'esquive. Son grand sourire s'efface un peu. Il entre en terrain conquis, jette son manteau nonchalamment sur le canapé, essaye d'ignorer le malaise palpable.

— Bon, bon, bon… Alors, ces vacances ? Trois semaines ! En plein hiver ! Tu as fait jaser tout le monde à l'agence, Joy ! Il était temps que tu reviennes.

Je me suis promis de rester d'un calme olympien.

— Mes « vacances » ont été excellentes ! Je peux même dire qu'elles ont été bénéfiques au-delà de mes espérances.

— Ah oui ? Raconte !

Je nous sers à boire, ce qui me permet de me concentrer sur autre chose que son regard appuyé sur moi.

— Ça m'a permis de prendre du recul… D'ouvrir les yeux aussi.

— Et sur quoi as-tu ouvert les yeux, ma belle ?

Ça ne prend plus, son sourire charmeur qui découvre ses dents trop blanches. Plus je le regarde, plus je sens ma détermination grandir à aller jusqu'au bout de ma résolution.

— J'ai ouvert les yeux, Ugo, sur le fait que les choses ne changeraient *jamais*.

— Qu'est-ce que tu veux dire par là ? Je ne comprends pas. Qu'est-ce qui ne changera jamais ?

Il joue au con avec maestria. J'aurais dû m'y attendre. Je pousse un grand soupir exaspéré en haussant les bras.

— Tout ! Enfin, rien ! Rien ne changera ! Ni toi, ni notre relation, ni la façon de travailler à l'agence ! D'ailleurs, parlons-en des pratiques de l'agence : tu peux m'expliquer « ça » ?

Je brandis sous son nez la feuille imprimée de la recherche de candidats au poste de coordinateur. L'ombre de gêne ne dure qu'une fraction de seconde sur son visage. Il ne dément même pas. Son calme est un outrage à ma sensibilité offensée.

— Évidemment, Joy, que nous avons commencé à chercher des personnes susceptibles de reprendre ton poste ! Et c'est tout à fait normal, en tant que chef d'entreprise, que je sois paré à toutes les éventualités. Il n'y a rien à prendre personnellement : mais imagine que tu m'annonces là que tu ne reviens pas ? Qu'après tout ce qui s'est passé, tu n'as plus envie de travailler à la Huitième Sphère ? Je fais comment, moi ?

— Arrête ! Tu étais déjà en train de me remplacer !

— Pas du tout. Tu te trompes. Il n'y a rien d'affectif dans cette recherche « préventive » de candidats ! Si je l'ai fait, c'est juste *au cas où*. Pour ne pas être dans la merde si tu décidais de nous quitter. Cela s'appelle « travailler avec filet ».

Il est fort dans son argumentaire. Trop fort. Je ne sais plus quoi répondre. C'est encore lui qui marque le point.

Il s'avance d'un pas pour m'enlacer. Il m'embrasse dans le cou avec passion et me caresse un sein.

— Allez, Joy ! Arrête de faire ta grincheuse ! Détends-toi un peu. Regarde, on se retrouve, non ?

J'aime ses caresses, ses baisers. Mais ainsi sont les pièges les plus dangereux : ce sont souvent les plus agréables. Si je tombe dedans aujourd'hui, je n'aurai plus la force de tenir ma résolution. Dire non, maintenant… me répété-je intérieurement. Maintenant…

— Ugo, arrête… Il faut que je te parle.

Je le repousse dans un moment de plaisir et il a horreur de ça.

— Quoi encore ?

— Je ne vais pas pouvoir continuer…

Il me demande d'éclaircir ma pensée. Il est à présent d'une froideur de statue du commandeur. Je lui explique bravement que je ne veux pas continuer notre relation qui ne sera jamais plus qu'une liaison, que cela me fait souffrir, d'être avec quelqu'un qui ne sera jamais disponible pour moi, que j'ai besoin d'autre chose.

— Et ?…

C'est tout ce qu'il dit. Et ? Il attend juste ma conclusion. On dirait que je lui fais un rapport annuel.

— Et je pense que, dans ces conditions, il va être aussi très difficile de continuer à travailler sereinement à la Huitième Sphère… J'ai beaucoup réfléchi et clairement, l'historique est trop lourd, que ce soit avec toi ou avec les gens de l'équipe. J'ai peur de retomber dans les mêmes ornières. Et ça, je ne veux pas… J'ai envie d'aller de l'avant !

— Nous y voilà. Eh bien, tu vois que j'ai bien fait de commencer à rechercher des candidats ! me répond-il cyniquement.

Quel moment affreux ! Mon cœur va faire exploser ma cage thoracique, et je sens mes mains qui tremblent le long de mes cuisses.

— Je suis désolée, Ugo.

— Ah non ! Pas de ça entre nous. Tu décides de quitter le navire, n'attends pas en plus que je caresse ta culpabilité dans le sens du poil !

Il attrape son manteau d'un geste sec et se retourne vers moi une ultime fois avec un regard froid dénué d'émotion.

— Tu passeras à l'agence pour signer les papiers de ta démission ? Le plus tôt sera le mieux. Tu sais comment sont les affaires. Tout est toujours pour avant-hier, alors on n'a pas de temps à perdre.

Je le regarde, consternée, et songe aux deux années que, moi, je viens de perdre avec lui.

— *Ciao bella !* lance-t-il pour rester jusqu'au bout dans son personnage sexy-cool.

J'attends encore quelques minutes pour être sûre qu'il se soit bien éloigné, puis m'autorise enfin le relâchement attendu.

Je me jette sur mon canapé pour fondre en larmes.

45

Cela fait plusieurs jours que Benjamin est sans nouvelles de Joy. Le dernier message qu'il a reçu l'a intrigué. Elle en fait des mystères ! s'était-il dit, amusé malgré tout.

Le retour du pop-corn a sonné.
Les dés sont jetés.
Je saute dans le grand bain de l'inconnu
Mais j'espère pas trop loin de ta rue...

Il a tourné et retourné dans sa tête le message, en essayant de le décoder. Le pop-corn… Elle lui avait conté l'histoire de son père, leur complicité et l'origine du surnom affectueux qu'il lui donnait quand elle était enfant. Il avait trouvé ça très charmant. Malgré tout, que voulait dire pour elle *le pop-corn est de retour* ? Cela restait assez énigmatique. Il comprenait néanmoins à demi-mot qu'elle était heureuse de ses choix. Mais lesquels ? Il s'énervait tout seul à deviner. Un « retour », cela s'apparentait à une revanche ? Or la revanche pouvait prendre bien des formes… Est-ce que cela signifiait qu'elle avait pris la décision de retourner travailler à la Huitième Sphère, peut-être auréolée de ses récentes audaces ? Qui sait même si Ugo, dans son élan de reconquête, ne lui avait pas de surcroît proposé une promotion ? Quand elle était chez ses parents sur la côte atlantique, Joy lui avait confié dans l'un de ses textos avoir reçu quelques présents inattendus de la part d'Ugo. Il n'avait pas relevé mais en avait conçu une certaine jalousie. Il était piqué. Et il le savait, être piqué signifiait aussi être mordu. Il était tombé amoureux d'elle sans crier gare. Il connaissait les effets secondaires de ce type de morsure : palpitations, réveils nocturnes, rêveries diurnes, chute drastique de connexions neuronales… Tout ce qu'il voulait éviter. Mais comme le lui rappelait encore son ami Rayane la veille, *on ne choisit pas.* Ça vous tombe dessus et puis c'est tout.

Benjamin se hâte. Il est en retard pour se rendre au travail. Encore une pauvre nuit de sommeil agité. Il regarde son portable mais sa messagerie reste désespérément vide. Alors, il rumine. *L'inconnu ? Quel inconnu ?* Joy semble parler d'un nouveau départ. *Et moi, est-ce que j'y serai aussi, sur sa ligne de départ ?* Arrivé dans le quartier de ses bureaux, il rate son créneau sur une place pourtant énorme à la borne pour garer son petit pou de location. Il se frotte les yeux, geste vain pour en chasser la fatigue. Il s'arrête pour prendre un grand macchiato à emporter. Ce matin, il n'a aucune envie de jouer les baristas. Les mots tournent dans sa tête. « *Pas trop loin de ta rue* »… Si ça se trouve, elle espère juste qu'ils ne se perdront pas de vue ? N'est-ce pas le genre de phrases qu'on dit à un ami ? Son macchiato prend un goût de bile. *Arrête de te faire du mal !* se réprimande-t-il tandis qu'il pousse la grille de l'arrière-cour. D'une humeur de chien, c'est à peine s'il remarque la gardienne de l'immeuble, le menton appuyé sur son balai, qui le regarde avec une insistance amusée. Est-ce qu'il n'aurait plus le nez au milieu du visage ? Il fait trois pas et marche sur un machin qui se colle sous sa chaussure. *Qu'est-ce que c'est que ça ?*

Il s'agace et soulève sa chaussure. Pourvu que ce ne soit pas un chewing-gum dégueulasse ! Il décolle une forme blanche écrabouillée et la jette dans la poubelle à disposition dans la cour. Il poursuit son chemin mais marche sur un truc, qui, de nouveau, se colle sous sa chaussure. Encore une espèce de machin blanc infâme. Ça va bien maintenant ! Il porte un regard plus attentif sur le passage pavé et remarque quelque chose de bizarre : de petites boules blanches tracent une ligne au sol. Comme des cailloux semés. Deux options : soit un dingue a voulu jouer au P'tit Poucet, soit un étourdi ne s'est pas rendu compte que son sac de course était percé. Il opterait plutôt pour la seconde option. En se retournant, il constate que la gardienne est restée là à le regarder, avec toujours le même sourire agaçant sur les lèvres. Il ne comprend pas pourquoi elle ne s'attelle pas plutôt à balayer toutes ces cochonneries qui traînent dans la cour ! Il poursuit sa route en prenant soin d'éviter les boules blanches. Malgré tout, il ne peut s'empêcher de regarder où conduit la ligne. *À la porte de l'atelier ? Bizarre.* Il est si mal réveillé qu'il se demande si son imagination ne lui joue pas de mauvais tours. Intrigué, il se penche pour ramasser une boule blanche et se rend compte que ça n'en est pas une. C'est un p'tit pop-corn. Son cœur se met à battre plus vite. Il insère la clé dans la serrure et entre dans l'atelier en jetant des regards inquiets alentour.

— Ah, salut, Benjamin, tu vas bien ?

Carmen lui sourit depuis la table de la kitchenette. Elle est confortablement installée avec Rayane, et tous les deux sont en train de prendre un petit déjeuner. Benjamin regarde le sol et y voit une longue ligne de pop-corns se poursuivre.

— Qu'est-ce que c'est que ça ? s'exclame nerveusement Benjamin.

Ses deux amis haussent innocemment les épaules, l'air de n'être au courant de rien, et dissimulant mal un sourire hilare.

— Vous vous foutez de moi, là ? Qu'est-ce que c'est que ce binz ?

Rayane décide de le chambrer gentiment.

— Hey ! T'as pas les yeux en face des trous, on dirait, ce matin. C'est évident pourtant que c'est un jeu de piste !

Les deux phénomènes pouffent de rire. Lui sent une certaine fébrilité le gagner. Il a bien son idée de qui pourrait être derrière tout ça. Mais il lui faut en avoir le cœur net. Il suit la ligne de pop-corns qui le conduit dans la pièce d'à côté. Incrédule, il arrive devant l'armoire. Il l'ouvre d'un coup sec : rien. Juste un Post-it rose collé sur une étagère.

Tu as vraiment cru que je pouvais être cachée là ? Cherche encore !

Benjamin a maintenant le sourire jusqu'aux oreilles. Il regarde au sol, et, en effet, la ligne de pop-corns continue et amène ses pas jusqu'à la fenêtre. Il ne va quand même pas ? Si ! Il l'enjambe – l'atelier a l'avantage d'être de plain-pied au rez-de-chaussée – et se retrouve de nouveau dans la cour. La gardienne est toujours là à suivre son petit manège. Il comprend qu'elle est de mèche. Il suit la ligne pas à pas, jusqu'à l'autre cour du bâtiment B. Là, au pied d'un arbre, un cœur géant de pop-corns est dessiné. Un autre Post-it rose est collé sur le tronc.

Voilà une partie de ce que je voulais te dire… Si tu veux connaître la suite, continue de suivre les pop-corns.

Jamais Benjamin n'a connu une sensation pareille. Un fourmillement de joie, partout, dans sa tête, dans son corps. La ligne l'emmène à l'intérieur de l'immeuble. Les pop-corns l'invitent à monter les escaliers jusqu'au palier du premier étage. Benjamin regarde, interloqué, la plaque temporaire collée sur la porte. « À louer ». Il sursaute quand une voix l'interpelle dans son dos. Il se retourne. Joy se tient devant lui, sourire aux lèvres. Elle a dans ses mains un gros pot de pop-corns en carton Stripes rouge et s'en enfourne plein la bouche avec malice. Elle s'approche de lui, se saisit de trois grains de maïs sucré et les porte aux lèvres de Benjamin, qui se referment sur ses jolis doigts. Elle continue sa mise en scène.

— Bonjour.

— Bonjour.

— Vous habitez l'immeuble, je crois ?

Benjamin, sans l'ombre d'une hésitation, décide de rentrer dans son jeu.

— Absolument.

— Joy, enchantée.

— Benjamin, de même.

— J'espère que vous n'avez rien contre les pop-corns ?

— Non, c'est une confiserie que j'aime beaucoup au contraire.

— Ah, tant mieux, vous m'en voyez ravie, parce que vous allez en avoir un dans le voisinage…

— Un pop-corn ?

— Oui.

— Ah… Et vous le connaissez, ce pop-corn ?

— Oui, nous sommes assez proches…

— Est-ce que vous diriez que c'est un pop-corn bien sous tous rapports ?

— Ça, il faudra juger par vous-même !

— Vous me présenterez ?

— Si vous voulez.

— Et dites-moi, qu'est-ce qui a motivé votre ami pop-corn à venir s'installer ici ?

— Le travail ! Il a décidé de louer ce local pour se mettre à son compte.

— Oh ! Je vois, le travail et rien que le travail ?

— Absolument !

— Vous m'en direz tant ! dit Benjamin en s'approchant encore plus près du visage de Joy.

— J'espère que vous n'y voyez pas d'inconvénient ?

— Ça dépend… Il compte payer le bail en pop-corns ?

— C'est la monnaie courante par ici ?

— C'est même la seule que nous accepterons… réplique Benjamin tandis que toutes ses pensées s'évanouissent en embrassant Joy.

Le film de l'histoire qu'il repasse dans sa tête s'arrête. Le générique défile. Tout son être est envahi par la douceur sucrée du pop-corn. Il songe que jamais il n'a ressenti aussi intensément l'essence de ce qu'est :

la joie.

Cette flamme, cette ardeur qui vivifie le cœur et réchauffe l'âme se diffuse en ondées bienfaisantes. La joie comme antichambre du bonheur, la chrysalide de la métamorphose qui engendre le vrai soi.

La joie qui ne coûte rien mais donne beaucoup.

La joie qui ne calcule pas, mais multiplie les sensations de félicité. La voilà qui jaillit telle une source de jouvence, car elle n'est jamais loin de l'enfance et de son innocence. Rien n'est appris dans l'art du spontané. Et si la vie est une danse dont on est supposé connaître les pas, elle trouve néanmoins son exaltation dans l'improvisation joyeuse où l'intuition, la créativité et la liberté s'expriment. Il n'y a de limites que celles que l'on s'impose. Se désappliquer pour s'impliquer différemment, avec plus de hauteur, et plus de cœur aux commandes, avec sérieux sans se prendre au sérieux, sauf à sérieusement se recentrer sur son essentiel et en abusant des brins de folie raisonnables !

La joie, petite flamme fragile exposée dans sa lampe à huile aux vents contraires. Protégeons-la bien des sombres tourments, écartons-nous des étouffoirs ! Car c'est elle qu'il faut suivre pour s'évader de ses peurs. Fabriquons notre joie comme on ferait notre miel. La joie profonde n'a rien d'éphémère. Elle irradie du tréfonds dans un rayonnement pur et nous apprend que la vie n'a jamais fini de nous surprendre, tant qu'on se laisse porter par les élans de l'émerveillement, créateurs de réenchantement.

Qui sème la joie récolte la tendresse,
Et s'envolent des pétales de caresses,
Dans un printemps de premières fois…

Remerciements

Merci à mes très proches qui sont ma source de joie. Je glisse des « je t'aime » et des baisers dans leurs poches pour qu'elles en soient toujours pleines.

Merci à mon éditrice, Céline Thoulouze, et à toute l'équipe Plon, pour leur engagement chaleureux et enthousiaste à mes côtés. Ils me surnomment désormais leur « p'tit pop-corn ».

Merci à mes fidèles lecteurs qui me donnent la joie d'écrire et le bonheur d'être lue.

Cet ouvrage a été composé et mis en page
par Nord Compo à Villeneuve-d'Ascq

Imprimé en France par
CPI Brodard & Taupin
en septembre 2023
N° d'impression : 3054192

#lisez engagé !
www.lisez.com
Pour plus d'information :
Imprimé sur du papier issu de forêts gérées durablement.

Pocket – 92 avenue de France, 75013 PARIS

S33304/01